# 殺手同盟

A NOVEL

# KILLERS OF A CERTAIN AGE

DEANNA RAYBOURN

蒂安娜・芮柏恩 著

吳宗璘 譯

獻給P，你是對的，我可以的，而且我做到了。

歷經冬日之千錘百鍊，讓我修得智慧。

——《貝爾武夫》

# 作者註記

有些日期是刻意誤導，還有的名字是謊言。我並非想要保護無辜之人，而是努力保護犯罪者。過沒多久之後，你就會恍然大悟。

# 1

一九七九年十一月

「我媽媽總是這麼說，母豬亂跑跳，絲襪會破洞也很正常。」海倫目光嚴厲，緊盯比莉的破損褲襪。

比莉翻白眼，「海倫，這是謀殺，又不是在跳方塊舞。」

「這才不是謀殺，」海倫糾正她，「這是暗殺，而且，妳可以下點功夫把自己搞得美一點。還有，應該要讓他們以為我們就是空服員，不會有空服員被抓到身穿破絲襪。」海倫揮舞著某個很眼熟的塑膠蛋，「我有帶備份，等到妳有時間的時候換一下，我來煮咖啡。」

破縫超小，只有海倫才會注意到。比莉本來打算開口反駁，但一看到海倫嘴邊繃得很緊，便又閉上了嘴巴。海倫很緊張，所以這就表示她會超級關注細節，找尋需要操心的目標。比莉覺得最好還是她去煩惱勾破的絲襪，而不是她們第一次出任務可能會出錯的上千種可能。

「瑪麗艾莉絲在負責煮咖啡，妳去看一下小娜……」比莉一把扯下海倫手中的那顆塑膠蛋，她衝入廁所，脫掉破損的絲襪，整個人搖搖晃晃地換上新的那一雙，她待的時間正好夠久，聽到了駕駛艙傳出的對話。又是電影台詞——想也知道。如果吉爾克里斯特與史威尼不是互辯把歌爾妲・霍恩搞上床的機率，那麼就是拚命想要搬出電影台詞難倒對方。

「『殺鹿就只能用一顆子彈，我努力要告訴大家這件事，但他們就是不聽。』」開口的飛行員在等待，原本在做飛航前檢查的同僚，暫停動作，拚命眨眼，陷入了沉思。

他開始亂猜，「是不是《聖杯傳奇》？」

發問的飛行員翻白眼，「天吶，史威尼，不是，當然不是《聖杯傳奇》，難道你覺得這段台詞很搞笑嗎？」

史威尼聳肩，「滿有可能的啊。」他突然把頭轉向廚房，開口大叫，「空姐過來一下！」

比莉跨進駕駛艙，「史威尼，什麼事？」

他斜嘴，打量她的時候拚命模仿亨弗萊・鮑嘉的姿態，「她距離美貌就少了那麼一點味而已，不過聲音彌補了不足。它很低沉性感，是點了純飲威士忌之後，叮囑酒保不需要找零的那一種聲音。」

她說道，「我不記得《梟巢喋血戰》裡面有那一段。」

他露出氣急敗壞的表情，「這是原創！拜託，我塑造了一個偉大的薩姆・斯佩德❶。」

「你還是好好珍惜你的正職工作吧。你剛剛呼叫是為什麼？」

史威尼重複剛才那一段台詞，「那一段到底是出自哪一部電影啊？凡斯剛剛丟出來考我，我不知道，他的表情像是我痛扁了他阿嬤一樣。」

「《越戰獵鹿人》，」她把答案告訴史威尼，然後又伸手指向飛行員，「而他的下一段台詞一定會來自於《教父》。」

飛行員大笑，「妳怎麼知道？」

「你每次冒出兩段電影台詞，就會有一段來自《教父》。」她停頓了一會兒，飛行員正在仔細打量她。從乾淨俐落、毫無皺摺的制服，一直到梳理成整齊法式辮的順滑深金色髮絲，她的外表無懈可擊。她的雙手並沒有顫抖，而且目光也沒有任何閃避。不過，她很緊張——或者應該說是興奮。她的皮膚之下出現了凌亂的彈動節奏，他幾乎已經聞到了那股氣味，而讓她穩定下來是他的職責。

「比莉，妳很厲害，」他低聲說道：「妳和其他人都很強，不然他們也不會給妳們這個任務。」

她微笑，「吉爾克里斯特，謝謝你。」

他聳肩，「我已經教了一堆東西給妳們，而妳們四個人只要能夠過了今晚這一關——那就沒有問題了。」講完之後，他露出了冷酷笑容。

當史威尼哈哈大笑的時候，她開口，「這種話讓人很安心……」

「只要記得任務，妳們就沒問題了，」吉爾克里斯特向她保證，「史威尼和我會保持平穩飛行，所以妳們就在後艙自己來，除非出了什麼嚴重狀況，那才另當別論。」他流露出最好不要給

❶《梟巢喋血戰》的男主角名字。

我出紕漏的神情，而她向自己暗暗發誓，寧可盡快拿迴紋針刺傷靜脈，也不會開口請他幫忙。

「知道了。」她看他足足有一秒之久，盯著他的雙手摸弄開關與控制桿，進行飛航前的檢查。他態度從容自在，宛若那種受訓與專精程度已經到了無事可做，只等著參加大賽的運動員。

史威尼推了她一下，「告訴那個棕髮妹，等到任務結束的時候，我要找她喝一杯。」

吉爾克里斯特提醒他，「你自己知道規矩，我們有禁愛令。」

史威尼發出宛若受傷幼獸的鬼叫，「你這麼說當然很容易，你已經有了安西亞。」他刻意拖長了這名字的三個音節，「安~西~亞~~」他以鄉村俱樂部的慢吞吞節奏不斷重複。

比莉對飛行員說道：「你有固定女友了？恭喜……」

他拉下遮陽板，露出了某個女孩的小張立可拍照片，宛若賈桂琳的深色髮尾外翹髮型，一雙大眼流露嚴肅神情。

比莉讚道：「很漂亮……」

「而且超~~有錢~~」史威尼的語氣很不爽。

她問道：「史威尼，你是哪裡有問題？」

「我當然嫉妒啊。他找到了有錢漂亮的新名媛，而我卻只能看著站在那裡的捲髮嬌小棕髮妹，大老二翹高高。」

「那個嬌小棕髮妹有名字，」比莉告訴他，「娜塔莉。」

「未來的麥克斯溫．查爾斯太太，」史威尼語氣嚴肅，「至少當這週末的老婆。」他舉手示意警告，「還有，千萬不要告訴我這是禁令，那只會讓一切更刺激而已，簡直就像是他們在對我撂話，有膽就約她出去啊。」

比莉的目光在兩人之間飄移，「我覺得好意外，你們都沒有人打算追海倫，」她說道：「我們當中最正的就是她。」

他們都聳肩，「很正，沒錯，」吉爾克里斯特老實承認，「甚至說美麗也不成問題，不過，她就是我們加拿大人所說的溫尼伯冬之女。」

「溫尼伯冬之女？」

「壯麗的大自然美景，但你要是犯蠢到全裸，小弟弟都會被凍壞，」史威尼一邊解釋，同時還以老練的目光打量比莉，「當然，其實只要——」

比莉揚手，「免了，我不想知道。咖啡剛煮好，我叫瑪麗艾莉絲送一點過來給你們。」

當比莉進入廚房的時候，瑪麗艾莉絲倒了兩杯剛煮好的咖啡，空氣中瀰漫燒焦咖啡的氣味，瑪麗艾莉絲對她露出抱歉神情，「我不小心把一些咖啡潑灑到爐面了。」

比莉揮揮手，「誰在乎啊？」她伸手拿鋁箔包裝的綜合堅果，送入加熱格。

瑪麗艾莉絲的下巴朝駕駛艙點了一下，「我們的大無畏領導人現在是怎樣？」

「講電影台詞，還有正在想要把我們哪一個人帶回家過週末。」

瑪麗艾莉絲擺臭臉，「天吶，真惹人討厭。」

比莉挑眉，「他們沒那麼壞。凡斯．吉爾克里斯特剛剛給我投下信任票，而且還對於傍晚的冒險來一場小小的精神喊話。」

瑪麗艾莉絲悶哼一聲，「還不都是因為他是老大，要是我們搞砸的話，這筆帳就會算在他頭上。」

「很有可能……」比莉伸手扶正瑪麗艾莉絲的名牌，上面印製的姓名是瑪格麗特．安，而她自己的名牌是碧姬。

她們的導師告訴她們，永遠要使用與名字第一個字母相同的假名。妳總是會有疲倦或分心或者直接顯露凡人面貌的時候，妳會開始寫下或說出自己的真實名字、而不是自己的假名。如果妳至少以適當的字母作為名字之首，那麼糾正錯誤就容易多了，不會引發懷疑。而且，這也表示永遠不需要改變妳自己的字首字母花押。小姐們，請牢記，妳們現在的生活是謊言，但要是謊言講得少一點，就更容易過著正正當當的生活。

海倫現身了，神態自若，但她的雙眼卻冒出了不尋常的光亮，「登場囉！」她告訴他們，「那些保加利亞人到了。」當她們匆匆奔向機側的時候，娜塔莉也湊了過來，透過圓窗盯著那一輛巨大的加長型黑色禮車逐漸接近。

「哦天啊！」娜塔莉低聲說道：「終於要來了。」

海倫伸手壓住她的手腕，「小娜，深呼吸。」

小娜深吸一口長氣，當她看到車子緩緩停下來的時候，她的鼻孔外張。預計到來的四名乘客下了車：頭頭——他們只稱呼這名男子為X——他的私人秘書，還有兩個保鏢。

瑪麗艾莉絲突然開口，「哦靠……」

比莉傾身向前，鼻子壓住了玻璃。兩名保鏢什麼都沒有帶，當他們需要拿出自己武器的時候，雙手可以自由活動。他們看起來跟熊一樣，有濃密的大鬍子，一頭亂髮，不像那名秘書把鬍鬚剃得乾乾淨淨，頭髮整齊後梳。他的雙手抱著某個小牛皮公事包，削瘦身形前傾，緊緊護著它，擋住剛剛開始落下的油亮雨滴。X自己懷中抱了一隻小狗，杏仁色的貴賓犬，銀色蝴蝶結綁住頭頂的一小撮毛。

海倫聲音微弱，「沒有人提到有狗……」

「我不殺狗，」娜塔莉離開窗面後退，「我辦不到。」

比莉向她保證，「妳不需要這麼做……」其他人的眼睛瞪得好大，她這才驚覺計劃有漏洞。她們四個人接獲指令，而且應該要聽吉爾克里斯特的指揮，不過，他卻安穩窩在駕駛艙，無論客艙裡出了什麼事，他都穩穩置身事外。而待在客艙的她們卻需要有人下指導棋。她們的組織不可能犯下這種低階失誤，比莉猜測這可能在故意設計她們，用來測試她們冷靜抗壓的某種方式。

比莉站了出來，「這隻狗很麻煩，但牠不是當下的問題，而是之後的問題。現在的問題是要讓我們的客人上機入座，我們各就各位，上吧。」

令她驚訝的是，其他三人乖乖聽話，匆忙奔向前方，在頭頭準備登上飛機階梯的時候，擺出美美的姿態。他是那種理應會搭乘奢豪飛機的人物，像是比奇或是灣流公司的飛機，有著時髦柚木內裝和最新設備的那一種。不過，他的檔案資料卻顯示他是老派人物，偏好雙引擎渦輪螺旋槳發動機，越大越好。這架飛機有兩個引擎，安裝在兩側機翼前方，推進器開始啟動，它們立刻發出了隆隆運轉聲響。

這四名空姐對X微笑，他臉色陰沉，五十多歲，當他一站上打開的艙門，立刻捻手指，甩去沾髮的雨滴。他的秘書在他後面耐心等待，依然以身軀護衛著那個公事包。其中一個保鏢殿後，站在階梯上面，不動如山，而另外一個則進入了機艙。他脖子粗肥，當他把頭探入駕駛艙、迅速一探狀況的時候，目光決然，充滿了敵意。

兩名飛行員轉頭，吉爾克里斯特對他展現親切燦笑，「天吶，你應該要先告知一聲吧。」他等待對方露出回應的微笑，但並沒有。然後，他聳肩，又回頭進行他的飛航前檢查。

保鏢的語氣在責難，「你不是韓德森！」

吉爾克里斯特回答的語氣興高采烈，「我不是。那可憐的混蛋食物中毒，我警告過他不能吃馬賽魚湯，但他就是想要跟在地人一樣。現在他蹲在希爾頓的浴室裡面，上吐下瀉。」他講完之後哈哈大笑，望向史威尼，他也跟著大笑，慢了半拍。

保鏢又重複了一次，「你不是韓德森！」

「哇，你好兇……」吉爾克里斯特表現出耐心漸失男子的面貌。

保鏢告訴他，「要是沒有韓德森，我們不起飛。」

頭頭自己走到機艙前面，「出了什麼問題？」

保鏢伸手一指，「這個人不是韓德森。」

吉爾克里斯特翻白眼，「好，我們可不可以不要再來一次？對，我不是韓德森，韓德森生病了，公司打電話給我，那就是我的明證。」他指向別在自己襯衫的員工證。

保鏢對他伸手示意，「讓我看看。」

「天吶……」飛行員嘀咕，但還是把自己的證件交過去。當然，是假的，不過仿製手法高明，吉爾克里斯特完全不擔心。史威尼繼續按部就班進行檢查，專心盯著自己的夾板以及儀器面板，而這一場戲繼續上演，保鏢仔細檢查證件。

他唸得慢條斯理，「文森．葛里芬……」

「很好，」凡斯．吉爾克里斯特對他說道：「我看得出來，某人已經領悟了『閱讀是基礎』的真義。」他對保鏢露出淡淡笑容。通常，吉爾克里斯特偏愛採取輕鬆手法，不過，有時候耍賤可以得到更好的成效，而且一定會比較有趣。

他伸手要討回證件，不過，保鏢卻緊抓不放。

「你是要幹什麼？把它壓在你的日記本裡面？然後之後邀請我去參加畢業舞會嗎？」吉爾克里斯特口氣嚴厲，「那是我的證件，如果你有任何問題，現在就拿起無線電。不然的話，馬上還給我。」

他們互瞪彼此，宛若兩隻炸毛的狗兒，站在頭頭背後的比莉，就在這時候開口了。

「機長，抱歉打斷你，不過我需要知道你和副機長想要點些什麼。」她一開口，就吸引了每一個男人的目光。

頭頭轉身看她，她對他冷笑了一下，「先生，晚安，需要我們在起飛之前先準備一點什麼嗎？」她距離他不過就只有十多公分的距離，他為了仔細端詳一百六十八公分的她，還往後退了一步。一身深灰拘謹的制服，正好襯托出她刻意外露的明顯乳溝之陰影，還有誘引他想要更深入探索的膝蓋。

他回笑了一下，不過他的眼神卻冷酷輕蔑，「伏特加，」他對她下令，「加冰塊，不要給我便宜的垃圾，我花錢就是要好貨。」

「先生，當然沒問題……」她直迎他的目光，而且還僵持了一會兒。「您要不要先入座？我的同事們正在準備點心拼盤與晚餐，起飛之後的一個小時之內就會送上。」

她伸出手臂，指向她背後的客艙。保鏢發出了抗議聲，但是頭頭卻揮手令他閉嘴，還講了幾句保加利亞語。比莉帶頭，走向第一排真皮扶手椅。秘書早已坐定在第二排的某個位置，以海倫送上的毛巾擦拭小牛皮公事包的雨漬。娜塔莉踮起腳尖，努力要關緊上方置物櫃，而另一名保鏢則一臉興致勃勃地緊盯著那對緊貼胸部襯衫的乳房在晃跳。

他以保加利亞語對那名秘書講了一些話，最後爆出了粗野大笑，但秘書的嘴巴卻保持一本正經的姿態。瑪麗艾莉絲在廚房忙著倒酒，還有裝飾那些刻意要讓那些男人感到口渴的溫熱鹹味堅果。她撫平裹住翹臀的制服裙，帶著托盤出去了，臉上掛著微笑，把點心送過去。她確認那兩個保鏢喝下了大杯冷飲，而且還鼓勵他們要在起飛前迅速喝光。

那頭頭入座的時候，開口說道：「青菜蘿蔔各有所好……」但他並沒有看那些堅果。比莉示意要扣上安全帶，他不屑地揮揮手指。

他提醒她，「我知道，給我伏特加。」他把狗兒放在自己的大腿上面，以肥厚的手指搓揉狗兒的毛皮。他的手背蒼白，她可以看到他的靜脈，那皮膚之下的厚實藍色山脊。她想到了自己閱讀過有關這雙手的一切，它們的犯行，還有它們永遠不可能放手的事物。

他抬頭，發現比莉盯著他，他挑動灰眉看着她，充滿跋扈姿態，以無聲方式提醒她的職責是伺候。她露出微笑，貴賓狗抬頭，對她展露優越表情，然後把臉轉過去，就連他的狗也是大混蛋。

比莉對他點點頭，畢恭畢敬，「先生，當然沒問題。」她進入廚房，過了一會兒之後，帶著冰鎮過的玻璃杯與餐巾紙出來。當她低身將酒杯送到他的餐桌時，她蹲膝，膝頭緊扣在一起。這是花花公子俱樂部兔女郎女侍所使用的技巧，優雅，散發魅力，像妓女一樣跪下來，「在我們起飛之前，還需要什麼服務嗎？」

他不發一語，但是趁她轉身的時候，懶洋洋伸手托住她的屁股。就在那一刻，比莉停下腳步，雙眼瞪得好大。海倫立刻迅速大力搖頭，比莉恢復鎮定，從他的狼爪中慢慢抽身，還對他露出這趟旅程包君滿意的曖昧一笑。

當女空服員們在後座上扣安全帶的時候，這些男人又以保加利亞語開黃腔打屁。瑪麗艾莉絲坐在娜塔莉旁邊，而比莉與海倫坐在她們對面。當比莉扣鎖的時候，海倫碰了一下她的手。

她悄聲說道：「要鎮定……」

比莉點了一下頭，深呼吸，這全都是工作的一部分，她知道。沒有人會假裝自己不會遇到騷擾亂摸，或是以下流話語作性邀約，甚或是更噁心的企圖。其實，她們一直很清楚。

她簡短地回了一句，「我知道我們簽下了什麼合約。」位於她後方隔牆的電話響了一聲，她伸手拿起話筒。

她開口應答，「是？」

「小妞們，扣好安全帶，」史威尼的語氣很開心，「機長說我們要出發了。」

「是，知道了。」她掛上話筒的力道稍微重了一點，就在這時候，引擎發出尖嘯。他們開始往前移動，一開始的時候速度緩慢，吉爾克里斯特打開節流閥，速度越來越快，帶他們在跑道狂衝，隨後高飛進入黃昏天空。

當他們在地中海海域平穩飛行的時候，吉爾克里斯特自己打電話，海倫瞇眼看了一下比莉，然後接起電話，「是，機長？」

吉爾克里斯特簡短地說了一句話，「巡航高度，時候到了。」

海倫不發一語地掛了電話，朝其他三人點點頭。她們不約而同在同一個時間起身，撫平裙子的皺痕。瑪麗艾莉絲拿出了某個手提箱，打開拉鍊，裡面一共有四隻皮下注射器，裡面裝滿了藥液，有封蓋。使用注射器是娜塔莉的主意：裡面的內容物由瑪麗艾莉絲負責挑選。巴比妥，只要合適劑量再加上靜脈注射，它就成了麻醉劑。以超高劑量直接注入肌肉之中，只需要幾分鐘的時間就可以取命，一種至少還提供些許尊嚴的無痛感的溫和死法。而且它跟她們可能會使用的其他方法不一樣，具有快速乾淨的優點，比莉想起了小娜一開始的建議，冰鑿。

她們輪流從手提箱內取出了自己的皮下注射器。海倫遲疑了一會兒，只以手指撫刷注射器。當初在簡報的時候，她是唯一雖然知道講出口會有什麼後果，但還是詢問是否有必要殺死他們的人。

藍道夫小姐，因為絕對不能冒險，她們的導師當初是這麼解釋的，只有這種工作是濫殺為佳。

海倫從公事包裡取出自己的皮下注射器，她們四人最後一次交換眼神。她們小心翼翼地握住注射器，走向機艙前方。她們的乘客都在靜靜打盹，他們酒飲中的可律靜開始發揮作用。當她們逐漸靠近的時候，頭頭醒了，他伸手抓住比莉的手腕。他張開一半的眼瞼，在大量可律靜混合酒精的作用之下，他勉強講出了幾個字。

他聲音濃重，開口問道：「為什麼？」

比莉的動作一氣呵成，將皮下注射器插入他的脖子，按下推桿。

「我想你知道原因。」

他想要伸手抓住脖子，但是巴比妥已經發揮作用，他垂下眼瞼。她盯著他進入失去知覺的狀態，斷氣之際，鬆開了扣住她腕部的手。過了一分鐘後，每個人都伸出指尖，指向自己下手目標的脖子。

比莉大喊：「完成！」

娜塔莉回覆：「完成！」

海倫也在同一時間開口，「完成！」

「靠！」瑪麗艾莉絲往後退，保鏢的手扣住她的喉嚨，他往前衝，越抓越緊，皮下注射器在他的脖子不斷懸晃。他把它拔出來，隨手一扔，以拋物線落在比莉的腳邊。她瞄了一下注射器，藥液依然全滿，瑪麗艾莉絲剛剛沒按下推桿，針頭已經斷了。

瑪麗艾莉絲重摔在地，保鑣壓住她，死掐她的脖子不放，她的臉開始發紫。被混亂場面嚇壞的狗兒開始狂吠，繞著圓圈在狂跳。海倫把牠抱起來，小娜衝向壓制瑪麗艾莉絲的保鏢，坐在他的背脊上面，力道就跟落在狗兒身上的跳蚤一樣。他舉起一隻手揮打她，把她狠狠推向座椅餐桌，害她幾乎無法呼吸，她大口喘氣了好幾次，拚命吸氣，而小狗繼續發出歇斯底里的狂叫，在海倫的懷中拚命掙扎。原本縝密規劃的流暢任務，卻成了一場馬戲團鬧劇，比莉知道，想要挽救就得靠她自己了。

她把雙手伸到下方，抓起裙子的開衩，用力把它扯開直至腰部。她的大腿綁了一把刀，當她走向那名保鏢的時候，她把它抽出來，她心想，幸好，這傢伙需要好好剪頭髮，她緊抓他的頭髮，猛力往後扯。他的頭突然往後仰，露出了頸脖。她迅速一戳，成功了，截斷了頸靜脈，手法俐落宛若在切牛排一樣。她扭了一下手腕，頸動脈也一樣解決了，兩條血管宛若噴泉一樣在噴血，躺在地上的瑪麗艾莉絲被濺得滿身都是，她拚命吸氣，從他的下方滾到旁邊。

海倫驚呼著：「天吶……」她抱著的狗兒突然靜止不動，發出了哀傷嚎叫。

「千萬不要把狗放下來，」比莉下令，「牠會舔血。」

「哦天吶，」瑪麗艾莉絲好不容易開口，「我快要吐了。」

「媽的最好別給我吐出來，」比莉告訴她，「我們這裡還沒結束。」

就在這時候，吉爾克里斯特從駕駛艙出來，「媽的這麼吵吵鬧鬧是怎樣——」

他立刻住嘴，看到了原本平整的灰色地毯，如今卻因為不斷向外擴散的血池而變成了黏稠深色，他嚇了一大跳，「啊，我的天吶……」

比莉的回答簡單俐落，「我們正在處理。」

「一定要給我搞定，」他下令之後，面向海倫，「降落傘。」

她從上方置物櫃拿出兩個大包與兩個小包——主傘與備用傘——把它們遞過去，「在這裡。」

他把它們交給了史威尼，然後轉身，「妳們知道接下來要做什麼。這裡結束之後就離開，我們隨後跟上。還有，千萬不要忘了那個公事包。」他又瞄了一眼癱躺在座位裡的那個秘書，娜塔莉默默展現效率的成果，「不然的話，這一趟就只是做白工而已。」

他回到駕駛艙，來不及看見比莉對他豎起的中指。

瑪麗艾莉絲站起來，脫掉被鮮血浸濕的制服，發出了顫抖笑聲。小娜給了她一件絲滑的黑色貼身裝，這是由某家軍方承包商所研發的布料，樂得偷偷賣出個幾千碼也無所謂。瑪麗艾莉絲的皮膚因為沾血而一片黏稠，但她還是硬逼自己穿上衣服，將萬用腰帶與降落傘穿戴整齊。其他人也做出一樣的動作，檢查裝備，上拉鏈與鎖扣。

小娜大聲嚷嚷，「我們遇到麻煩了，」她舉起秘書懷中的公事包，舉高，「上了手銬，完全不知道鑰匙在哪裡。」

比莉在嘀咕，「我們沒有時間搞這個……」她帶刀大步往前走，做出了自己該做的事。娜塔莉一臉興味盯著她，彷彿在生物實驗室裡抄筆記一樣，比莉抓起公事包，把它綁在自己的胸前，切斷的那隻手還在晃動，宛若某種令人作嘔的附件。

海倫把狗塞入她的衣內，將牠牢牢緊貼自己的身軀，就在備用傘的後面，然後拉緊拉鍊。

瑪麗艾莉絲說道：「我們往下跳，狗兒是不可能活命的。」

海倫冷冷回她，「我是不可能放棄救牠一命的機會。」小娜充滿感激地看了她一眼，她們前往飛機後方，凡斯控制機鼻往下，俯衝下降數千英尺，差點讓引擎熄火。

海倫說道：「真愛現……」

就在這時候，機艙的燈亮了兩次，訊號出現。瑪麗艾莉絲往前，打開了機尾大門，凡斯一直在尼斯西南方飛行，與海岸線平行，稍微偏近內陸，然後，猛力左轉，朝向飛機預定的南方。他們經過了大片山脈，剛剛飛過了莫爾平原國家公園上方，這裡比東方的峭壁高地平坦，但根本稱不上是平地。根據他們簡報時所獲悉的地形學調查報告，這裡高低不平，處處是灌木，而且還遍佈笠松以及危險的露頭。現在，機腹下方已經露出了一覽無遺的平原，長形的絕黑地帶，遙遠西方出現了顯示今日將盡的紫羅蘭色細線，而清醒的第一顆星星正在地平線上方眨眼。

娜塔莉啪一聲戴好自己的護目鏡，墜入黑夜的時候，伸手敬禮致敬。接下來是瑪麗艾莉絲，她從最後一個階梯俯衝向前，宛若游泳選手跳入深水區。海倫姿態優雅，往後傾斜的時候，還向比莉最後一次揮揮手。

比莉站在飛機口，緩慢深吸了一口氣。空氣中聞得到聖特羅佩海灣的鹹味，還有燃料的刺鼻臭味，當她墜身進入一片黑暗的時候，她開心大笑。

她在空中開始計數，三十秒之後，降落傘就要張開，這是她人生中最平靜的三十秒。她清楚感知自己在計數，手指撫觸開傘索的扣環，等待，她一度心想是不是乾脆直接墜落。從這樣的高度墜落而下，撞地的時候應該幾乎是屍骨無存，她不會有感，而且自己也看不到。除了這片示意一日告終的美麗空無之黑景以外，什麼都沒有。

三十秒。她的手指猛扯了一下，立刻感受到降落傘飽脹之後硬是把她往上拉，拖住她的速度，讓她無法成為自由落體。她搖搖晃晃，雙腿放鬆宛若木偶，準備要降落平原。她在自己的左側可以看到三道微光閃爍，是漂浮中的海倫、瑪麗艾莉絲，還有娜塔莉，正準備落地，她著陸的衝擊力道比她預期中的更劇烈，害她拚命喘氣。

她努力讓自己放鬆肌肉，側滾翻身，一如自己先前受訓的動作。她狠狠撞向某棵笠松的基底，這樣的衝撞嚇到了某隻鳥兒，牠叫了一、兩聲之後，憤怒振翅而去。比莉看到其他人的訊號燈，宛若散落平原各處的螢火蟲在眨眼。她仰起臉龐，又看到兩隻螢火蟲從幽黑的巨大機身而下。它飛得很低，朝地中海的方向前行，剪影映襯在雲團，宛若佈景一樣。他們已在事前精算過油料，正好會在半夜十二點之前於巴利亞利群島與薩丁尼亞島的某處完全燃盡，最後只會留下一些機身殘骸，還有一層飄浮在水面的化學物質。比莉記得自己看過在海面一萬英尺之下是船骨與水手們數千年來的葬身之地，現在再多幾具屍身也無妨。

比莉覺得有東西拂過她的大腿——是烏龜？還是野鼠？她好不容易站起來，搜尋其他人的下落。已經打開的大型安全訊號燈，顯現出她們所在的位置，她也打開了自己的訊號燈，強烈的白色閃光害她差點什麼都看不見。她聽到有直升機迫近，便伸手遮擋雙眼，它慢慢下降，把她從佈滿岩塊的平原拎上去，她是第四個，現在的她因為腎上腺素的副作用而全身顫抖不已。她爬上去的時候絆倒了，整個人趴地，當她一看到她們的導師，也就是「史芬克斯計劃」的領導人康絲坦絲．哈利戴——外號「女牧羊人」——正坐在某個可折疊式座位的時候，她真希望自己剛剛進入機艙的姿勢能夠更優雅一點。哈利戴就是標準七十歲的模樣，她身穿飛行裝，白色絲巾整齊包裹頸脖以抵擋寒意，還有一根拐杖斜貼她的大腿。

海倫已經扣上安全帶，打開自己的跳傘裝拉鍊，檢查狗兒，牠在狂吠，但看來牠歷經這一場冒險之後毫髮無傷，小娜在逗牠，而瑪麗艾莉絲則坐在後頭，緊閉雙眼，宛若在祈禱。等一下會有第二架比較小的直升機接那兩個男人，他們將在巴黎郊外的某處秘密地點會合，進行任務結束之後的彙報。為了要尋求改進之道，他們必須要鉅細彌遺地回顧任務的每一分鐘、詳列錯誤，檢視每一次的決策。不過，截至目前為止，她們很安全。第一次任務結束，除了小娜肋骨骨裂之外，沒有任何傷亡，而瑪麗艾莉絲的頭髮依然還黏著血塊。

哈利戴不發一語，做出手勢，比莉解開皮帶，拿出公事包，那隻手還扣在上面，鮮血已經流乾，讓它變得蒼白軟綿，宛若裝滿了香草布丁的手套。哈利戴沒有理會那隻手，拿出工具，打開了那個公事包，取出某份文件。在接下來的那幾分鐘當中，她瀏覽裡面的內容，看完之後，總算露出了一抹淺笑。

她展現優雅腔調，「威博斯特小姐，幹得漂亮……」

比莉對她點點頭，在完全沒有任何徵兆的狀況下，她四肢趴地吐了出來。

這是她一生中最精采的一天。

應該說，截至目前為止。

# 2

我一生所遇到的麻煩，散發出各式各樣的氣味。出包的任務，永遠不該拒絕進入的某條單行道；身穿褪色李維牛仔褲，帶有那種讓我心碎六次的微笑，卻讓我滿心期盼能夠再次和好的那個男人。在安菲屈蒂號上面，我聞到了梔子花與金錢的氣味。這艘船很美，某家專攻小型遊艇公司推出的最新奢華產品——共有五十間客艙，其中包括了兩間主臥套房，以及我們每個人專屬的工作人員。宣傳小冊的說法是一切都是量身訂製，或是手工或藝術品。他們事先寄給我們每個人一個小包裹，厚度足足有古董電話本的一半，裡面充滿了浮誇照片與地圖，還有來自船長的歡迎信，那張紙有浮凸花紋紙頭，而且磅數比結婚請柬還重。從三間船上餐廳的菜單（「特色是最新鮮的當地海鮮，以及有機永續培育的水果」），乃至遊覽團的簡介（「搭乘你自己的迷你潛水器，在珊瑚礁上方滑行而過」）都經過精心挑選，就是要讓我們覺得自己備受款待與榮寵。包裹裡還夾了一封為我們量身打造，以藍綠色墨水印製的私人信件，i這個字母上方的點是一個小海星。

親愛的瑪麗艾莉絲、海倫、娜塔莉，還有比莉：

我很榮幸歡迎各位搭乘安菲屈蒂號！我們知道對妳們四位來說，這是一個特別的場合。退休快樂！四十年工作從一而終，是一項了不起的成就，各位要與我們共同歡慶這一場活動，我們十分開心。當各位準備要開啟人生新夜的時刻，請讓我們知道是否還有什麼需要協助之處，讓我們可以提升各位的郵輪體驗！

誠摯敬上

希瑟・凡寧

行政客服部專員

#退休#奢華郵輪之旅#安菲屈蒂

我搖頭以對。身為全球頂尖精英刺殺小組成員之一長達四十年之久，卻是這樣的收場：免費的郵輪之旅，還有一封語氣活潑、撰寫的女孩以主題標籤作為署名的來信。

如果你期盼我會講出我工作組織的名稱，那你現在就不用看下去了。這是秘密——其實，在那裡工作的人從來就不會使用正式名稱，我們總是會叫它「博物館」，而且我們會運用博物館學命名法來討論事物，在那些聽說過我們的職責是追殺該死惡徒的人面前，這一招可以稍稍降低我們的存在感。

「博物館」的創設者國籍很多元，包括了特別行動執行處以及戰略情報局前幹員，法國、波蘭，以及荷蘭反抗軍，剩下的「博物館」成員中，還有一些是當初德國風暴突擊隊肆虐歐陸時捍衛藝術藏品的那些人。基本上，就是想要追捕納粹，但是卻沒有得到自己政府授權，因而集結在一起決定自己寫歷史的每個人。

他們都是邏輯出現精采大跳躍的怪人，不太會照本宣科，簡直就像是把教科書丟到窗外一樣。他們追查第三帝國的前成員——打從希特勒的擦鞋童到特雷布林卡滅絕營的警衛都絕不放過。他們的足跡遍佈巴西叢林、布宜諾斯艾利斯的倉庫、普利托利亞郊區的別墅，他們全力追殺自己能夠找到的最後一人。將納粹清單上的每個人繩之以法之後，他們轉向其他目標——獨裁者、軍火商、毒梟，還有性販運頭子。

這是沒有法律，只有天生正義的美國西部狂野時代，我覺得那算是美好舊時光，當然，不是百分百。「博物館」雖然有崇高原則，但是對於實現社會正義卻略嫌遲緩。我被抓屁股的次數之多，已經讓我懶得計算了，而且，在為他們工作的前十二年當中，真的就只有一名黑人外勤幹員。不過，至少在我們加入的那個時候，空氣中出現了某種嗡鳴，充滿期待，知道自己從事某些有價值的事，而且是比任何人都更加得心應手的帶電嘶嘶聲響。

當然，他們就是靠這方式找到了我。當我還是身穿有和平標誌刺繡牛仔褲大學生的時候，他們挖掘我，以改變歷史作為誘餌引我上鉤。我是在一九七八年末成為生力軍，同期還有瑪麗艾莉絲、海倫、娜塔莉，我們參與了部分的「史芬克斯計劃」，這是第一個純女性小組。我放下了抗議標語牌，踩熄了我熊熊燃燒的胸罩，讓他們把我打造成了一名殺手。

海倫不喜歡那個詞彙，但我老是問她，幹嘛費事去想別的名詞？殺手，簡單又千真萬確的詞彙，我們以殺人為業。如果你有興趣的話，這是很好的職業，豐厚的基本薪水、紅利，還有福利——包括了全額牙科保險與養老金。而且我們只殺害上級交代的對象。我們先把話講清楚，我們不是反社會分子。我們並沒有以殺人為樂，也不是免費殺人，我們收錢殺人。現在，瑪麗艾莉絲熱愛她的理想主義，依然堅信我們除害是為了要讓社會變得更好。這是我們剛入行時的官方說詞，雖然時代已經改變——有更多的電腦與文書人員進行成本效益分析——但那個部分卻沒有任何妥協。我們只殺害由「博物館」指定殲滅的目標，而且我們絕對不會自己接案，永遠不會。我們不會在休假的時候殺人，就像是胸腔外科醫生不會為了好玩而切開你的肋骨一樣，我們自有標準。

# 3

那份包裹出現在郵筒之中，是二〇一八年十一月底的事，這是可預見的每年陰鬱時光。只要遇到節日，合約殺手就出奇忙碌——因為狙殺目標就跟我們其他人一樣，都是慣性動物，當他們穿越原野，進入森林，前往祖母家的時候，讓他們一命嗚呼通常不成問題——不過，我最後一次任務結束是在萬聖節過後的那個星期，害我在自己租賃的聯排屋裡焦躁不安，宛若郝薇香小姐[2]一樣，只不過我吃的不是結婚蛋糕，而是剩下的早餐塔可餅。沒有要立刻上工的任務，上個月的季後賽，太空人隊輸給了紅襪隊，更糟糕的是，休士頓居然下雪了。總而言之，我一直在摩拳擦掌，準備迎接可能與冒險扯得上邊的任何事物，而聖誕節過後那一天由別人全額付款的郵輪之旅，總比什麼都沒有來得好。

我翻閱了那些小冊子，發現了那些刻意輕描淡寫的價格。

內容實在太多了，一看到床單織數（「以產於尼羅河三角洲的棉花手工織造」）之後，我就放棄繼續看下去了，把那個包裹丟入我的托特包裡。一個月後，當我在聖胡安登上準備於傍晚出發，感覺像是參加同學會的那艘遊艇的時候，那個包裹依然還在原處，上面多了防曬乳、香菸，還有甘草條。瑪麗艾莉絲已經先與我在達拉斯機場會合，然後繼續往東行；海倫在邁阿密加入我們的行列，只剩下娜塔莉在最後一刻衝過來，當她在波多黎各港的梯板奔跑的時候，她包包裡的口紅與迷你烈酒瓶也跟著一路散落。

瑪麗艾莉絲輕聲說道：「她這樣跑一定會摔斷屁股骨頭……」我們站在欄杆前，海倫待在我們身邊，盯著腳穿十公分厚度、黃緞綁帶直至大腿的恨天高涼鞋的娜塔莉，搖搖晃晃走過甲板。

「或者從哪個行李員身上摔下來……」我的下巴朝某個可憐的二十歲男孩點了一下，娜塔莉拚命對他眨眼，他根本不知道朝他發動攻擊的是什麼人物。

「隨便她啦。」海倫的語氣有點太過尖銳了。我挑眉望著瑪麗艾莉絲，我們兩人都沒有接腔。娜塔莉把自己的東西送入行李員等待的雙臂之中，揮手叫他離開，因為她正朝我們奔來。她是個頭最嬌小的一個，勉強跟海倫的肩膀同高而已，但也不知道為什麼，她居然能夠把我們全都摟入懷中。

「好久不見了！」她大叫，為了要好好看清楚我們的模樣，她還往後退一步。

「讓我好好看看妳們！天，妳們都變得好老！」

瑪麗艾莉絲告訴她，「才六個月而已……」然後她趕緊撫平剛剛被娜塔莉熱情擁抱後出現在亞麻上衣的壓痕。

娜塔莉搖手，「屁啦，超過了六個月。」

海倫開始計算，然後說道：「我上次過生日的時候，妳們都來了華盛頓……」話雖這麼說，

❷小說《孤星血淚》裡的人物。

但她其實並沒有講完她的心事。我們全副武裝去了華盛頓特區，彈藥是預約晚餐與在甘迺迪中心演出的《鳳宮劫美錄》門票。

我湊上前端詳她，那趟旅行讓我很擔心她，肯尼斯之死讓她深受打擊，我不確定她是否能夠走出來。當我們現身的時候，肯尼斯已經走了三個月之久，屋內百葉窗緊閉，裡面一片漆黑瀰漫著琴酒及未洗床單的氣味，而更臭的是一直沒洗澡的海倫。我們在那裡待了四天，鼓勵她出門做水療，看電影，還觀賞了一場籃球賽。我們逼她答應我們，約了髮型設計師、承諾當義工，一定要說到做到，我們還幫她報名了陶藝課，訂購送餐服務。然後，我們就回家了，各自回歸原本的生活，帶著一種我們完成任務的成就感，宛若海倫是我們待辦事項上面的其中一項差事，在標示安慰寡婦的空格內打勾勾之後，就準備忙其他事了。

不過，我猜海倫一直走不出來。現在的她打扮完美，淡灰金色髮絲搭配白金色挑染閃閃發亮，與她掛在臂彎處的鱷魚柏金包十分相稱。不過，她更瘦了，要是狠狠抱她一下，很可能會害她整個人斷成兩半，一想到就讓我好傷心。

就在這個時候，娜塔莉的年輕行李員出現了，帶了一籃東西與夾子，「女士們需要冰鎮毛巾嗎？有檸檬馬鞭草的氣味可以嗎？」這孩子的每一句話都是以問號結尾。

娜塔莉露出燦爛笑容，「赫克特，謝謝你。」

他把小毛巾逐一分送出去，宛若在發牌一樣。瑪麗艾莉絲刻意擦拭胳肢窩，而海倫則拿它輕拍臉頰。娜塔莉把自己的毛巾塞入胸罩裡，而我則把它貼著後頸，發出了爽快的呻吟。

瑪麗艾莉絲一臉同情看著我，「熱潮紅啊？」

我告訴她，「偶爾而已……」

「真不敢相信妳還沒完沒了，」娜塔莉從頸線附近抽出了她的毛巾，「自從二〇〇五年之後，我就沒月經了。」

「娜塔莉，拜託一下好嗎？」瑪麗艾莉絲立刻東張西望，不知道有沒有人在偷聽。

小娜聳聳肩，「我幹嘛要在乎被人聽見？月經是極其自然的現象。」

「娜塔莉，我知道月經是怎麼一回事，」她咬牙切齒，「我只是覺得，也許其他客人可能並不想知道妳女性生理鞠躬盡瘁的歷程。」

要是換作我們更青春的時代，娜塔莉聽到這種話一定會火爆回嘴，但她只是聳聳肩，從一旁走過的服務生托盤上方取了兩個雕花霧面玻璃杯飲料，把其中一個塞給瑪麗艾莉絲，「喂，瑪麗艾莉絲，喝點東西吧，讓我看看是不是能幫妳找個手電筒。」

瑪麗艾莉絲蹙眉，「手電筒？」

娜塔莉嬌聲回道：「我要幫妳找到插屁眼的那根棒子，如果妳需要有人幫妳拔出來，跟我講一下。」

我又拿了兩個杯子，把其中一個塞給海倫，自己立刻舉杯，「乾杯，」我瞇眼盯著瑪麗艾莉絲與娜塔莉，「敬我們自己，過了四十年了，我們依然生龍活虎。」

她們乖乖照做，就連海倫也一樣，但她似乎元氣不足，沒有辦法與大家碰杯。當我們看著夕陽沉落地平線之後，遊艇已經啟航，我們進入餐廳吃烤旗魚，應該要多吃個兩輪才是。我們嗑光了一堆椰子提拉米蘇之後，準備慢慢走回去上床睡覺，就在這時候，滿臉笑容的希瑟．凡寧過來向我們打招呼，果然如我之前所擔心的一樣，她笑得見牙不見眼，活力十足。

「希望妳們的晚餐吃得開心！」她熱情洋溢，「我為妳們準備了一項特別大禮！」

她示意請我們跟她一起走，瑪麗艾莉絲溜到我旁邊，「我跟妳賭十元美金，那孩子以前一定會表演甩棒。」

我同意，「而且還是有噴火的那一種。」

希瑟帶領我們上了橋樓，向我們介紹長相頗似演員伊卓瑞斯．艾巴的船長，所以當他在為我們進行遊艇巡禮的時候，娜塔莉一直緊貼在他身邊。他讓我們跟他上樓，從扶梯爬下去，在各個艙面四處巡禮，仔細說明所有的豪奢功能與安全措施。他對於自己的引擎室深感為傲，他詳細解釋ＮＧＬ（也許有人不知道，那就是天然液化瓦斯的縮語）儲槽的複雜度，我們也因而罰站了足足有半小時之久。他講個不停，我的小腿開始抽筋，我只想要躲在最近的引擎後面蜷身打盹。不過，我們都一直保持微笑，向他道謝，當我們回到甲板區休息室的時候，已經有一瓶他為了致意而送上的香檳在等著我們，有一個標籤——**退休快樂**——還附上了四個香檳杯。

我們舉杯歡慶，心情立刻轉為懷舊，「我覺得我根本還沒準備好要退休，」娜塔莉的語氣很哀傷，「我熱愛我的工作。」

我說道：「我也是……」

「我倒是鬆了一口氣，」瑪麗艾莉絲開口，「也該開啟人生的全新篇章了。」

「我真盼望有機會可以好好完成上一次任務，」海倫開口，她的手指緊纏著香檳杯，「我的意思是，漂亮達陣。要是我知道卡達那一次是我最後的任務，一定會更小心。」

「每一次任務我都一定會更小心，」我開口，「時間飛逝得好快。」

「我會想念腎上腺素爆發的感覺，」娜塔莉講出這句話的時候，表情若有所思，「我想說的是，我要怎樣才能找到讓我覺得生龍活虎的替代品呢？」

瑪麗艾莉絲告訴她，「妳可以玩娛樂性用藥。」

娜塔莉吐吐舌頭，然後面向我，她說道：「比莉，我知道妳懂得那種感覺……」

「是啊，那就像是原本下重金玩撲克牌的賭客，下半輩子都只能轉戰吃角子老虎。」

娜塔莉以誇張的姿勢雙手一攤，「謝謝妳。那股衝勁就是，一直在計算如何要戰勝困境，想出方法來個大逆轉，在刀鋒邊緣保持平衡。」

我完全了解她在說什麼。無論事前規劃如何縝密，無論準備得多麼充裕，一定會出現完全無法預料的狀況。而每一次的任務都有機會證明達爾文的簡單格言：

無法適應就等死。我們順應時勢，而他們只有死路一條。

我面向瑪麗艾莉絲，「妳會想念那種生活嗎？」

她思索了一分多鐘之久，「應該不會。妳知道嗎？亞希子和我過得很快樂。我們有自己的壘球社團，亞希子明年要當投手。我終於可以加入某個業餘管弦樂團，拿出我積塵多年的中提琴。

我們可以安心旅行，不需要一直擔憂是否會有什麼任務突然冒出來，搞得一切亂七八糟。我能編的理由都已經用光了，我覺得亞希子擔心我搞外遇。」

她的語氣很輕鬆，但我知道要向自己的伴侶隱藏那種秘密一定很困難。這種工作會在你最猝不及防的時候接獲指令，在完全沒有預警的狀況下冒出任務。一收到訊息就得抓起行囊離開。有時候是幾天；有時候是好幾個月，永遠沒辦法知道。

瑪麗艾莉絲繼續說下去，「我很清楚她在想什麼。如果我不是搞外遇，那就是我在當間諜。」

娜塔莉悶哼一聲，「她為什麼會覺得妳是間諜？」

「因為每當我得要突然消失的時候，對於自己的去向總是編不出什麼好藉口，上一次我告訴她的理由是我得要處理會計緊急狀況。」

「博物館」每年都會付給我們一筆錢，算是他們需要的時候我們可以隨時上陣的訂金。每次任務結束之後會發放紅利，也就是說，我們不會缺錢，一次離開好幾個月，也就意味著很難維持固定工作。不過，這樣一來很容易就會無聊，而且我們也需要掩護身分的說辭，所以幾乎都有接案。瑪麗艾莉絲為一些客戶做帳，娜塔莉從事藝術創作，偶爾還有展出機會，不過她一直小心保持低調就是了。海倫一直是肯尼斯的幸福人妻，而我則是接翻譯工作，通常是學術書籍。要是你覺得這是無趣的工作，也沒錯。不過，它讓我保持自我語言能力的敏銳度，也讓我手邊有事可以打發時間。

我面向瑪麗艾莉絲，「會計緊急狀況到底是什麼鬼？」

「相信我，要是我可以想出好理由，我當然會講啊。我通常是編一些客戶機密之類的鬼話就趕緊溜出門，不然我就是說我媽媽生病了。」

海倫問道：「難道她沒有想要陪妳嗎？」

瑪麗艾莉絲略顯遲疑，「她其實很清楚我在撒謊，我覺得她很擔心追究下去不知道會發現什麼真相。而且，妳也知道我們家的狀況，讓亞希子誤以為自己一定不受歡迎，這也不是什麼難事。」

我搖頭，「好，所以妳和亞希子結婚的這五年，她一直以為妳們家過度恐同，不歡迎妳的妻子進入他們的家門？妳就一直這樣下去？」

她聳聳肩，「這是保障她安全的最好做法。她知道得越少，可能沾惹的麻煩就越少。」

海倫噘嘴，「不過，她一定會以為妳不挺她，寧可忍受妳家人羞辱妳。」

「哦，他們真的是狠狠羞辱我，甚至還對我丟盤子。妳應該要親眼見識一下某次我把亞希子帶回家過聖誕節的場景，」瑪麗艾莉絲嘆氣說道：「不過，也許有一天我可以告訴她真相，現在，終於結束了。」

海倫插嘴，「我不懂妳為什麼不在一開始就告訴她，肯尼斯就知道我之前在做什麼……」

瑪麗艾莉絲說道：「肯尼斯是中情局的人，他有他自己的包袱，」然後，她臉色漲紅，「我應該要告訴她才是，我早就知道了，但我一直找不到合適時機。我的意思是，這當然不是第一次約會的話題，『哦，我喜歡室內樂和拼花編織，還有上星期我對某個跨國犯罪集團首腦下毒……』

這不太對吧。」

我語氣溫和，「難道第一次約會與結婚日之間都沒有任何機會嗎？」

她咬了咬大拇指指甲，看起來愧疚得不得了，「我以為她可能會離開我，我好怕，可以吧？我擔心要是我把自己做的事告訴她，她可能會認為她沒辦法忍受過那種日子，而我無法過著沒有她的生活。」

海倫態度堅定，「妳應該要告訴她才對……」

娜塔莉開口，「我從來沒跟我丈夫提過……」

瑪麗艾莉絲反嗆，「妳的丈夫們在妳身邊待的時間都不夠久，妳根本不需要跟他們提這檔子事。妳更換老公的速度，就跟我們其他人換內衣一樣快。」

娜塔莉聳肩。她傾向把一夫一妻制視為某種建議，而不是命令——這是她與第二號丈夫離婚之後，終於發覺自己應該要與未來老公分享的心得。等到她與第三任老公離異之後，她已經完全放棄婚姻，決定找一堆小朋友稱之為砲友的那種人就夠了。

娜塔莉面向我，「那妳呢？妳會想念嗎？」

「我不會想念那些訓練，」我老實招認，「為了要保命而保持強健身材，我已經慢慢過了那個年紀，我的膝蓋已經快不行了。」

海倫問道：「妳接下來要怎麼打發時間？」

我聳聳肩，「我不知道。也許會去上刺繡或是形意舞。」

娜塔莉搖頭，「我真的無法想像妳跟現在的模樣脫鉤，我們都是殺手，而妳是『殺手皇后』。」她說完之後，舉杯敬我。

其他人哈哈大笑，我勉強喝了一點，而娜塔莉剛剛那番話的精準程度卻已經超過了我的忍受極限。因為，她說出了我已經開始在擔憂的事——要是沒有這份工作，我根本什麼都不是。

# 4

一九七八年十二月

殺手沒有就業博覽會，招募新血是一種棘手的業務，比莉．威博斯特並不知道自己即將接受徵召。她坐在德州奧斯汀市的某間留置室，一整個晚上都斜靠在空心磚牆面，聆聽星期六夜晚城市監獄裡的各種慣常聲響。有名妓女把頭斜靠在比莉的肩上，睡著了，雖然她散發出類似體臭與大麻的氣味，但比莉並沒有把她推開。

她並沒有打電話求援，因為她剛剛與平常會保釋她的那個德州大學法律系二年級學生分手，她不知道還能打電話找誰。

所以她只能等待，任由這妓女繼續在她肩頭打呼，等到執班警員過來、大喊她的名字，「威博斯特！」

比莉輕輕推開那名妓女，站起來。執班警員扭頭，打開了留置室的牢門，將她上銬之後，抓住她的手臂，帶著她走過狹長走廊。她依然身穿上街頭抗議的牛仔喇叭褲，不過，褲身卻因為沾血而變得硬邦邦，而且她的指甲裡還有紅色的半月血塊。執班警員帶她穿越了好幾道門，最後終於到達了標有**私人**標誌的某個房間。他打開手銬，開門，把手銬再次扣住自己的皮帶，示意請她進去。

裡面有一張充滿污斑的桌子，還有一對椅子。有個男人佔了其中一個位置，一邊抽菸斗一邊看報。他身穿便服，不過從他的姿勢看來，應該是曾經有一段時間穿過軍警制服。

員警側頭，叫比莉趕快進去，然後對那男人說道：「長官，我就在外面等候……」雖然他對那男人講出這句話，但是目光卻盯著比莉，她知道那等於是某種警告。

她進去之後，門關上了。那男人抬頭，露出她萬萬意想不到的笑容，向她招手示意過去。她往前幾步，看到那張報紙是漫畫版。

那男人摺起報紙，同時發出咯咯輕笑，自顧自說道：「酷狗馬馬杜……」他望著她坐下來，仔細打量她，而她也同樣在死盯著他。她全身髒兮兮，深金色頭髮糾結成一團，真的得要好好梳洗一下。她身穿薄毛衣，繡有棕櫚樹與彩虹圖案的喇叭褲，一想到這女孩坐在自己的宿舍裡，仔細一針一線地刺繡，感覺有點怪怪的。他認為這女孩能夠做出如此精確的工作，讓他心中大喜，這表示他對這女孩的直覺很正確。

她猜這個男人六十多歲，擁有惠比特犬的結實肌肉，還有混雜了白絲的砂金色整齊頭髮。他的鬍鬚細薄整潔，一身休閒打扮——卡其褲與牛津襯衫——那一套西裝散發出薩佛街的風味。當時的比莉還沒聽過薩佛街，過了好幾個月之後，她才知道什麼是量身訂製西裝，而他帶領她進入了高級裁縫的世界。

他表情鎮定，流露一絲興趣，似乎對於她緊盯不放覺得很有意思，「早安，威博斯特小姐。」

他望著她腫脹流血的指關節，並沒有打算要搖頭以對，她喜歡他的體貼。

她問道：「這是怎樣？」

他露出微笑，某種充滿耐心的善良笑容，「威博斯特小姐，妳別著急啊。希望妳沒有因為傷勢而過於不適，妳嘴唇上方的挫傷真的需要縫一下。」他的語氣有責備之意，講話有點淡淡的英國口音，這一點也討她歡心。

她告訴他，「我沒事……」

「妳要不要吃些什麼？糕點或是來杯咖啡？很遺憾，警察員工餐廳的選擇不多就是了。」

比莉搖頭，他往後一靠，顯然對於自己觀察到她的必要禮貌態度，感到很滿意。

「好，很好，那就開始介紹吧，」他猛搓雙手，「我是理查德．哈利戴，少校，英國陸軍，已經退休。」

「那與奧斯汀警局有什麼關係？」

他沒有理會這個問題，把報紙移到一旁，露出了某個寫有她姓名的牛皮紙信封，「比莉．威博斯特……」他停頓了一會兒，仔細端詳她，「我必須承認，我嚇了一大跳，我依稀覺得那可能是什麼姓氏的簡稱，也許是威赫爾米娜吧。」她盯著他，他繼續唸出自己筆記的片段，他緩緩唸出她的智商——有一百四十二；還有她的在校成績——超優秀的標準化考試分數，卻因為『紀律問題』而有了污點；還有，她之所以能夠進入大學是靠獎學金，以及因為她中學時住在無照寄養家庭而得到某間機構的憐憫。當他正準備要開始講述她的獨行俠傾向的時候，她揚手阻止他。

「上校，講這些對我有什麼好處？因為我其實都很清楚。」

哈利戴闔上檔案，「我是某個機構的代表人，」他慢條斯理地說道：「某個秘密組織，所以要是妳願意不對人提起這場會面，我會非常感恩。」他停頓了一會兒，挑高砂金色的眉毛，等待她點頭表示同意。「非常好，謝謝妳。正如我剛剛所說的一樣，我代表的是某個亟需天才的機構——特別是能夠依據我們為了某種特殊嘗試之目標而被塑造的年輕新秀。」

「是色情業嗎？就是色情業，對不對？」

那細薄嘴唇差點露出了笑意，「不，不是色情業。」

比莉問道：「那不然目的是什麼？」他的面容微微抽搐了一下，她這才發現對方不喜歡這種直接提問，她應該要像螃蟹一樣向他側行前進。

「答案馬上就會揭曉，」他向她保證，「我想我最好解釋一下組織的基本任務，妳有沒有聽過OSS？SOE？」

比莉回道：「戰略情報局（SOE, Special Operations Executive），還有特別行動執行處（OSS, Office of Strategic Services），」他挑眉，她聳肩以對，「我看了很多書。」

「的確，」對方的眉毛又歸位，「那麼，想必妳知道特別行動執行處是在二次世界大戰時成立，為了要協調美國軍隊各個分支的地下活動。」

她語氣淡然，「間諜……」

「正是間諜，」他承認，「戰爭結束之後，特別行動執行處逐漸轉型為中情局。戰略情報局的故事就稍有不同，它是在經濟戰爭部的指導下成立，該單位泰半是由邱吉爾本人管理。許多平民都參與了相當危險的抵抗與破壞活動，足跡遍佈全歐洲。」

她說道：「非紳士戰爭部……」

這一次，他的確露出微笑，淡淡一笑，笑意略過嘴邊，然後消失無蹤，「妳說的是眾多暱稱之一，『貝克街非正規軍』是另一個。反正，在戰爭結束之後，戰略情報局並沒有像特別行動執行處一樣化身為政府機構，只有少數，非常少數的探員轉進英國政府的其他情報單位。」

她問道：「其他人呢？」

「解散了……」他的回答簡明扼要。他劃了一根火柴，碰觸填滿菸斗的菸草。他猛吸氣，讓一陣陣甜菸進入空氣之中。它散發出木頭與櫻桃的氣息，應該是在私人俱樂部或是豪宅裡飄蕩的味道，聞起來有金錢的氣息。他繼續說下去，「經過了訓練，英勇的付出，令人讚歎的犧牲之舉，最後整個組織瓦解，那是黑暗的一天……」

她說道：「你是其中之一……」這不是問句，他雙眼周邊的那種緊繃感，娓娓道來一切。

「就這樣，」他深吸一口氣，「我們當中的一些人並沒有回家舔舐自己的傷口，反而與特別行動執行處的某些同儕結盟。」

她大笑說道：「對各自政府抱持『去你的』態度的英國人與美國人，結合在一起……」

「不過，就某種程度來說，我們喜歡低調，秘密行動的成果最好。」他深吸一口氣，菸氣成了螺旋狀，在他頭部上方飄蕩，「戰略情報局告終，令人沮喪，而令人同樣不快的還包括了在戰後逃逸的納粹人數，他們從人間蒸發，通常還攜帶了西方藝術的最珍貴寶藏。他們在一九三〇與一九四〇年代的時候，幾乎都在掠奪博物館收藏與私人藏品，僅有一小部分的贓品物歸原主。」

他似乎若有所思，她猜想很可能是因為他想到了因為戈林染指而佚失的那些卡納萊托、卡拉瓦喬畫作。他繼續說下去，「我們就是沒有辦法忍受這些禽獸不會面臨司法審判，他們偷走的一切永遠不會交還回來。還有，少了官方程序的許可，我們對此展開行動，完全不需要綁手綁腳。」他稍作停頓，抽菸斗，嘴巴緊咬斗柄，「我們的團體在一九四六年末剛成立的時候，完全是依靠口耳相傳的方式招募成員。我們引進了波蘭與法國抵抗組織的成員，還有對抗墨索里尼的義大利人，以及力戰佛朗哥的西班牙人，我們的新血也有荷蘭人與比利時人。只要是可能與我們利益相同的人，我們都抱持合作的開放態度。」

「沒有俄國人嗎？他們是我們在二戰時的盟友。」

他的表情很閃避，「在戰爭結束的時候，顯然俄國人對於戰犯接受司法審判相當開心，不過，對於將贓物藝術品物歸原主卻沒那麼有興趣。」

「你的意思是，他們想要保留自己發現的物品。」

「關於掠奪之天賦，蘇聯人正好與對手不相上下。」他一本正經說道：「他們決定要保留他們找回的所有藝術品，還把它稱之為賠償。所以，當我們籌辦這個組織的時候，顯然我們必須在沒有前盟友襄助的狀況下完成追捕任務。」

「追殺納粹。」

「就是追殺納粹。在過去這三十年當中，我們累積了相當可觀的數量。」咬住菸柄周邊的那股微笑，化成了猙獰模樣，「而我們的創始幹員已經慢慢年邁疲累，某些已經戰死沙場。我們已經開始慢慢招募新血，逐步汰換舊人。」

「等等，你們還在追殺納粹？」她眨眼，「他們不早就死光光了嗎？」

「很遺憾，並沒有，不少人依然逍遙法外。不過，我們的任務已經超越了原始目標，額外的西班牙與義大利的反法西斯勢力，意味我們擴展了行動範圍，我們一直在消滅全球的獨裁者以及其他的類似惡徒。」

他陷入沉默，任由最後一句話與他菸斗噴出的煙霧在空中懸盪不去。她一直很小心，刻意保持不動聲色。要是她表示反對意見或是面露驚訝，他會怎麼做？把她送回留置室？或者他已經向她吐露了太多內幕、不可能讓她就這麼走人？

她仔細端詳他，而他以平靜目光回視，他抽菸斗，靜靜等待，嘴唇微微顫抖，彷彿覺得她緊盯不放的面容很有意思，他很樂意給她時間從容以對。

她終於開口，「對於殺戮來說，『消滅』是相當溫和的詞彙。」

他移開菸斗，小心翼翼放入菸灰缸，然後微微傾身向前，十指夾纏在一起，直視她的雙眸，「威博斯特小姐，告訴我，難道妳就不曾動過這樣的念頭嗎？某些人就是該死，才能讓世界變得更加美好？」

她發出低嘆，「天吶，是啊……」

他的笑容散發出奇妙魅力。突然之間，她可以看出他在戰時的模樣，三十多歲，身穿瀟灑西裝，搞不好甚至是燕尾服。他待在賭場一擲千金，啜飲淡甜馬丁尼，然後計劃在那天晚上溜入某間黑漆漆的套房殺某名德國將軍或是偷竊貴重珠寶。

「威博斯特小姐？」他語氣柔和，「妳在想什麼？」

「我在想要是你年輕三十歲，我可能會對你有那麼一點好感。」

他又拿起菸斗，悠悠然夾在齒間，「好，威博斯特小姐，根據我們掌握的資料，我可能比妳平常選擇的對象好那麼一點，」他的表情一本正經，但眼眸之中有一抹興味，「現在，」他摩拳擦掌，「我被賦予任務，要找尋『史芬克斯計劃』的適當人選。」

「什麼是『史芬克斯計劃』？」

「我們的新血輪會被編為小組來接受訓練，對他們進行更深入的評估，培養他們的才能。威博斯特小姐，『史芬克斯計劃』是我們組織有史以來的第一種班別，第一個全女性暗殺小組。而訓練者是我的姊姊，康絲坦絲，戰略情報局的授勛層級最高的女性，也是傳奇人物。我對她相當敬畏，她是一九四五年降落德軍戰線後方的全女性作戰小組負責人，她們被稱為『憤怒女神』。」

「聽起來很可愛。」

「她們在下降的過程中遭到地面德軍掃射，」他語氣平靜，「康絲坦絲，代號名稱『女牧羊人』，是唯一的倖存者。」

她低聲說道：「抱歉……」

他盯著散佈在她鼻子上的那些雀斑，對於她的青春朝氣產生了一絲憐憫之意，「在她們被殲滅之前，已經成功執行了十七次登陸被佔領土的任務。自此之後，康絲坦絲再也不願意訓練全女性小組，不過，現在她下定決心，時機已然到來。」

他往後一靠，似乎在期盼什麼，比莉很疑惑。

「這一切到底跟我有什麼關係？」

他的微笑很神秘，「也許完全沒有，也許十分相關。我有一個朋友，在這裡熟門熟路，妳昨晚被帶進來的時候，她正好注意到妳。她打電話給我，而我一大早就飛來這裡。」

「飛來這裡？你本來在哪裡？」

「華盛頓特區。」

她目瞪口呆，「你為什麼要為了我飛來這裡？」

「因為這個，」他從檔案下方取出某個牛皮紙信封，裡面是她的物品，他一個個慢慢拿出來，「錢包，裡面有巴士通票、德州州政府核發的駕照，七點四三美元，一元墨西哥披索，還有一個漂亮青少女與寶寶的合照。上面沒有任何的題字，不過，從她的衣裝看來，我猜應該是一九五八年拍攝的吧？」

比莉糾正他，「其實，是一九五九年。」

他淡然一笑，「我想，她是妳母親？」

「是我媽媽沒錯。」

他繼續把信封裡的東西拿出來，「抽了一半的大麻菸，有個『陽光美女潤唇膠』的東西——」他停頓下來，打開蓋子，試探性聞了一下。

「那是護唇膏。」

「麥根沙士。」

「啊，沙士，」他露出會心一笑，「我小時候超愛這玩意兒，」他繼續說下去，「還有這個……」他繼續從信封裡抽出某本平裝書，廉價版本，破破爛爛，書脊已有十幾處斷痕，內文以綠色原子筆作記號，然後，他翻到了有摺記的某一頁，裡面有好幾行字被反覆劃線。

他溫柔問道：「《死亡的滋味》，作者是彼得．歐唐納爾。妳是『女諜玉嬌龍』的愛好者？」

「她是我最喜歡的角色。」

「為什麼？」這問題來得快，答案亦然。

「因為她不會為任何事道歉。而且她的人生起點很悲慘，但是她卻全力以赴。她一直過著做自己的生活，她知道自己是誰，想要什麼，而且她從事的是自己的專長。還有，她樂在其中。」

「但是沒有老公，」他緊盯她不放，「也沒有小孩。」

「我也不想要這些東西，」雖然這是她第一次大聲說出口，但她知道這一直是她的肺腑之言，「我不要老公、小孩，」她重複了一次，「我想要工作，過自己的人生。」

「什麼樣的工作？」

她回嘴，「不需要學習速記的工作都可以……」不過，他意味深長地直視她的雙眼，她講出了實話，「我不知道，我還不知道自己擅長什麼，但我想要找到解答，還想要旅行，我真心想要看看外在的世界。」

他噘嘴，開口說道：「妳在這本書裡劃了好幾個重點，不過這一段話最讓我好奇不已。」他清了清喉嚨，展現權威態度唸道：「我感興趣的是正義，而不是法律，但很不幸，這兩者有其差異。」他的閃亮眸光從書本上方飄過去，「威博斯特小姐，告訴我，妳為什麼會特別標示這一個段落？」

她本來打算要嗆他，但突然之間卻開不了口，所以她說出實話，「因為我覺得很正確，正義與法律不是同一件事。你們追殺納粹，對嗎？他們的舉動，依照嚴格法律定義而言不成問題，但那並不是公平正義。」

他的表情突然轉為冷酷，「妳是在為自己昨晚的行為找藉口嗎？我知道這本來是一場和平抗議，但是妳卻攻擊某名警員。」

「我沒有攻擊他。他想要激怒我們，一直對我們破口大罵，而且奚落我們。」

他發出不以為然的嘖嘖聲響，「哎呀，哎呀呀，棍棒與石頭可能傷人，言詞卻永遠傷不了我身。威博斯特小姐，這真的是襲警的正當理由嗎？」

「他是混蛋，」比莉聳肩，「他刻意運用職權針對有權站在那裡的民眾，他拿手槍狠敲某個女孩，所以我——」

哈利戴做出結論，「妳拿走他的警棍修理他，讓他找到理由制服妳，把妳關起來，而妳只是受了一點輕傷——威博斯特小姐，我覺得這樣的結果與運氣比較有關，而不是技能。」不過，比莉看得出來他嘴角在微微抽動，她發覺他正在微笑。

她提出抗議，「你覺得很好笑……」

「我是覺得似曾相識，」他糾正她的用詞，「這就是我姊姊年輕時會做的事，正義超越了法律。」

他整個人往後一靠，帶有一絲期待，「好，妳有沒有興趣進行下一步，為我們工作？」

她沉默許久。

「威博斯特小姐？」

「是誰付你錢？你並沒有為任何政府工作，收受的並非納稅人的錢。」

「這很重要嗎？」他語氣和悅，但她很清楚他完全沒有在戲弄她的意思。

「很重要，」她耐心回覆，「因為簽支票的人可以發號施令。你的老闆是誰？」

「在戰略情報局解散的時候，裡面有幾位幹員特別具有金融天賦，他們在『金融城』裡面找到了工作。」

「『金融城』？」她問道：「是哪一座城市？」

「『金融城』是我們對倫敦金融區的稱謂，很像是你們的華爾街。其實，我們在華爾街裡面也有一些人，他們靠著某些善心贊助者巨額捐款的協助，成立了某個基金，現今規模已經相當可觀。」

「是誰負責這個組織？你們到底稱它為什麼？」

「我不能透露官方名稱，不過，我們之間都叫它『博物館』。我們有外勤幹員、研究部，還有某個負責監控『博物館』之全球活動的董事會，派遣這些幹員捍衛民主、阻卻專制，以及行使正義。」

她問道：「誰的正義？」

「『博物館』創辦人──戰略情報局以及特別行動執行處的初創成員──同意之民主原則所要求的正義，不過，正如我所說的一樣，他們的數目在近年已經開始凋零。」

他安靜不語許久，打量她，心中正在進行評估。她本想要打破沉默，但還是決定讓兩人之間繼續保持安靜狀態，最後，他終於點點頭，把手伸入放在手肘旁邊的公事包，打開了某個檔案夾。深藍色，有一個充滿墜落星星的小型標誌，周邊印有燙金座右銘，**Fiat justitia ruat caelum**。

比莉的拉丁文程度正好還能夠翻譯這一段格言，她自顧自微笑，就算天塌下來也要伸張正義。他抽出一張紙，把它從桌面推過去，置於她的面前，「要是妳決定跟我們共事，目前準備要起訴妳的部分就會撤案，妳被逮捕的紀錄也會刪除，而妳的就學資料將會被銷毀，無論是大學或是執法部門都不會有妳的就學證據。如果妳簽下這份合約，那就表示要對於我們剛剛討論的一切守口如瓶，它會被視為正式申請書，由『博物館』考量是否要任命妳成為我們『展覽處』的成員。」他拿出墨水筆，旋開筆蓋，將它整齊擺放在那張紙旁邊。

「『展覽處』？你確定不是色情業？」

「『展覽處』是我們負責外勤工作的部門名稱。所有的戰略語彙都取自於博物館的日常用語，這是一種讓我們自己與軍事、官僚有所區隔的刻意選擇。」

比莉仔細端詳那一份表格，看起來像是標準制式內容，即「商業管理入門」課程會提到的那種東西，以及她完成訓練之後會領到的少許津貼。實施地點不詳，要是她證明自己的表現令人滿意，就能夠得到正式聘用。

她緩緩開口，「為了殺人而接受訓練……」她整個人往椅背上一靠，凝望那張紙上頭的淡紫色印字。那是油印品，宛若小學二年級拼讀課的練習頁，而且聞起來有湯的味道。

他平靜說道：「妳所接受的訓練，是為了要保護所有在戰時犧牲生命的聯軍士兵所共享的價值。」

她提醒他，「我不是士兵。」

他敲了一下那本書，「『女諜玉嬌龍』不是，我姊姊也不是，但她們依然努力奮戰。」

這一次，比莉沉默許久，而哈利戴也夠聰明，同樣保持沉默。她低頭望著自己破皮的指關節，「可以教我要如何傷人但自己卻毫髮無傷嗎？」

「這一點，」他微笑說道：「是我們的專長。」專長。她生命中難道還有機會遇到某個會講出「專長」的男人嗎？

她拿起筆，「好，哈利戴上校，」筆尖迅速在紙面揮舞，留下了潦草簽名，「把我打造成殺手吧。」

他拿了那份表格，把它撫平之後，又取回自己的筆。他緩緩套上筆蓋，對她露出心照不宣的微笑，「親愛的威博斯特小姐，這真的是重點。我們不製造殺手，我們只是找到他們、對他們指引正確方向，我們知道妳的本性。」

# 5

瑪麗艾莉絲和我共睡上下舖，而海倫與娜塔莉則住在我們隔壁的臥艙。這兩間都是精緻陽台海景房，而在我們的甲板區（「優雅的涅瑞伊得絲甲板區，設計目的是為了提供最完整的隱私與寧靜」），有一個小小的游泳池與吧台，只能服務十個客人。我們打算第二天早晨在那裡會面，一起吃早餐，然後進行我們的第一次海濱郊遊。我希望探索聖基茨島可以撩動海倫的興趣。因配偶去世而哀傷是一回事，但海倫似乎整個人都崩潰了，彷彿她的靈魂也跟著肯尼斯一起死去。

第二天早晨，當我們在巴斯特爾登岸的時候，我把自己的觀察告訴瑪麗艾莉絲，不過，她忙著在臉上抹防曬乳，只是對我大手一揮。

「我很確定她沒事……」她的鼻子上留下了一坨長形白霜。

我指向前方的位置，海倫與娜塔莉並肩而行。

「瑪麗艾莉絲，她真的狀況很不好，就連她的頭髮看起來也慘不忍睹。如果那是亞希子，妳會有什麼感覺？」

「好，我們不會有問題。亞希子和我已經講好了，不管是誰先走，一定要對留在世間的那一個死纏不休，再婚絕對不行。我已經告訴她，要是她找到新老婆的話，我一定會惡搞大鬧。」

她把防曬乳交給我，「嗯，妳鼻子已經變成粉紅色了。還有，不要再擔心海倫了，她會及時恢復正常。」

瑪麗艾莉絲把我推向梯板，我們花了一整天的時間購物、四處探索、大啖烤龍蝦、在晚上的時候分享了自己的前線故事。海倫的精神稍微好一點了，也許是因為她的第二杯邁泰雞尾酒發揮了作用。一直吹海風喝白酒，讓我睡得跟死豬一樣，最後被準備廣播之前的輕柔樂鐘吵醒。船長向乘客們問候，還簡介了天氣與水況，連經緯度都報出來了。每個房間裡都有一張詳盡的地圖，我可以看出我們已經從巴斯特爾離開，繞過聖基茨島的底部，朝主島與尼維斯島之間的缺口前進，也就是被稱為「奈洛斯」的水域。我們經過了位於克里斯托夫港的全新奢華柏悅度假村，現在朝東南方前進，目的地是蒙哲臘，船長告訴我們，接下來我們會在海上度過悠閒的一日。

我穿上了保證可以托住所有下垂部分、壓平所有肥凸部分的全新黑色泳衣，然後綁了一條純棉腰布，前往游泳池。瑪麗艾莉絲已經待在那裡，佔據了超級鬆軟的貴妃椅。她正在編織複雜圖樣，計算針數的時候，表情專注。她把圖樣放在自己身旁，紙鎮是一疊雜誌與某本小說，封面是兩個身穿攝政時代服飾的帥哥在熱情廝磨。

我脫掉腰布，硬是擠在她身邊。

「我不知道達西先生是同志……」

她趁著針排換行的時候，告訴我這句話，「任何人都可能是同志……」

我微笑，進入泳池。這是加熱的海水，整個人泡進去的時候，感覺宛若天堂，我懶洋洋游了一趟又一趟，手指頭起皺宛若梅乾，瑪麗艾莉絲在這時候向我示意，叫我過去。

她大叫，「這裡有食物……」她指了一下沙發面前的矮桌，放滿了一籃籃的迷你糕點、希臘優格、小瓶的蜂蜜與果醬，以及一盤盤的繁複雕花水果。桌子兩端各放一壺雞尾酒，分別是含羞草與血腥瑪莉，我比手畫腳，請她幫忙倒酒。

小娜與海倫也在這時候加入我們，大家舉杯歡慶早晨，自己動手取食。海倫先伸手拿的不是食物，而是骨質疏鬆症藥丸，她搭配柳橙汁吞下肚，臉上露出苦笑。小娜最喜歡的行李員赫克特出現了，他現在的職務是服務生，為我們送上了豐盛的餐盤，裡面有水煮嫩蛋與撒有辛辣佐料的玉米蛋糕。

當他把盤子放下來的時候，他對小娜眨眨眼，她透過太陽眼鏡的上端望著他，當他離開的時候，她的目光依然緊盯著他的屁股。

她問道：「妳覺得我的機會如何？」

「搞不好他有喜歡老女人的癖好，」我拿著餐巾猛搧風，「美洲獅❸，妳在耳朵後面抹一點膳食纖維之後去追他，大快朵頤。」

「不，不行，」瑪麗艾莉絲糾正我，「她太老了，沒辦法當美洲獅，她是劍齒虎。」

我開始吃水果沙拉的時候，娜塔莉對瑪麗艾莉絲豎起中指。我們悠悠哉哉享用早餐，我吃了三口辣蛋，整個人往後一靠，飆髒話。

❸意思為熟女。

我低聲抱怨，「熱潮紅……」

瑪麗艾莉絲建議，「回去游泳吧。」

「那是加熱的水……」我拿起自己的餐巾開始搧涼。

小娜告訴我，「每一個甲板區後面都有一個步入式冷藏室存放著飲料與零食，妳應該要站在裡面，可以讓妳全身透涼。」

瑪麗艾莉絲透過她半空的酒杯，盯著娜塔莉，「我覺得這個舉動一定會違反了四十條不同的健康法規。」

小娜聳聳肩，「我們在公海，搞不好這裡根本沒有什麼健康法規。」

瑪麗艾莉絲嗆她，「每一個人心中自有健康規範。」

那股熱潮紅開始變得溫和，宛若喝了一大杯威士忌之後產生的擴散暖意。通常它們衝到頂端之後會開始退潮。不過這一次卻徘徊不去，不斷累積，最後血流在我的耳內碰碰作響，害我真想要剝了自己的皮。陽光、酒精，加上辛辣食物，全是悲劇元素，我實在無計可施，只能接受小娜的建議。

她一直具有摸清方向的天賦。隨便走入哪個地方，只要幾分鐘的時間，她就可以講出最靠近的出口、廁所的位置，還有找到酒飲的最佳地點。

娜塔莉舉起她的含羞草雞尾酒指引方向，「往那邊走，就在吧台後面，左轉，第一道門，赫克特不會在意的。要是被人抓到的話，說自己迷路就可以了，妳老了，他們一定會相信妳。」說完之後，她哈哈大笑。

我走過去，經過了吧台，赫克特站在那裡擦拭玻璃杯，凝望海洋。我應該要揮手打招呼，但他根本不會注意我。這是六十歲女人的特點——除非妳主動要引人注目，否則完全不可能有人注意到妳。這種真相對於自尊完全不會有任何幫助，但要是遇到這種狀況的時候，媽的還真是方便。

就在吧台的左邊，有一道標示「服務區」的門，我推開之後，發現裡面有一台超大的義式濃縮咖啡機，還有跟我的第一輛車一樣大的三明治熱壓機。再過去是一道厚重的鋅門，我使勁把它拉開。一陣空氣湧流而出——冰涼又甜美——而且還有濃濃的冷凍區金屬氣味。我站進去，後頭的門差一點就關上了，而當我一打開的時候，立刻就出現亮光。在接下來的那幾分鐘，我等待自己的熱潮紅冷卻下來，同時也趁機四處打量。裡面配有層架，精心陳列的是擺放白酒與冰沙之玻璃杯的托盤。有某排層架放置的是水果丁的保鮮桶，還有另一排是一籃籃的新鮮產品。還有一層放置的是各式各樣的起司，而下面是沾醬盒——包括了酪梨、鷹嘴豆、巴巴加努吉各種口味，我光是站在門口就已經聞到了大蒜味。我又繼續向前，某個裝有沾了巧克力之水果的托盤深深吸引了我。它並沒有使用一般的草莓，反而是以煞費苦心的方式用水晶小叉叉著覆盆莓，宛若迷你版的土耳其烤肉，然後，展現傑克森．波洛克的藝術手法，將白色與深色巧克力撒落表層。

這對我來說實在太講究了，當熱潮紅紓解之際，我只想要一顆完好的水果，不要有任何的雕切，也不需要添加糖衣或裹粉。我在最後一個層架的下方發現了好幾盒柑橘，我蹲下來，拉出了其中一盒，裡面堆滿了新鮮橘子，每一顆頂端都還有小柄與葉子，我抓了兩顆，然後把儲物盒推回去。

正當我關上冰箱門的時候，我聽到走廊上有人靠近，媽的。遊輪是全包制，食物已經付了錢，我們想要吃多少都不成問題。我拿的當然不是工作人員不樂意給我的東西，但我也不是很想當個把手伸入餅乾罐、被人抓個正著的小孩。我已經夠老了，不想被才剛過了合法買酒年紀門檻的小朋友痛斥一番。

我躲到了義式濃縮咖啡機的後面，在等待的時候剝開了剛剛拿的其中一顆橘子。我把其中一瓣丟入嘴裡，那感覺像是吞進了陽光，強烈，汁液飽滿，比初吻還要甜美。外門開了，我立刻蹲下來，在機器邊緣附近緊盯不放。我看到了某個年輕男人的身影，他身穿白色工裝褲郵輪制服——緊身程度超出了一般人的想像——還有貼膚的白色馬球衫，潔淨無瑕又清爽俐落。看來身材不錯，不過，與我們看到的多數工作人員相比，他的肩部顯得更厚實了一點。

我還發現了那個壯碩屁股並非是靠著拖拉一箱箱橘子的鍛鍊成果，他鼓脹的肌肉都是我不喜歡的部位。四十年前，我這一行的男性刻意要維持勻稱身材，肌肉纖瘦又實用，很適合從樓上窗戶鑽進去或是從狹小空間溜出來。新一代成員全身充滿了一無是處、只會在追捕時拖慢跑速的健身房肌肉。他們依賴的是槍枝與手榴彈，偏好搞爆炸，弄得一片狼籍，而不是稍稍動用一點技巧處理任務。當他一轉身，我看到了他的側影，我知道了那屁股的主人叫什麼名字。

布拉德．佛葛帝，「博物館」的某名菜鳥幹員。我正打算要開口打招呼，不過，就在我打算要從躲藏處走出來的時候，我卻愣住了。布拉德在這裡擔任臥底，偽裝成工作人員，這就表示他在執行任務。而如果是這樣的話，他很清楚我們在船上——明明知道卻不與我們聯絡。另一名外勤幹員不與我們聯絡的理由可能有上百種，都不是好事。

他走過來，與我的距離相當接近，讓我可以清清楚楚看到他別在馬球衫上面的名牌，凱文．C。

我屏住呼吸，一直等到他進入冷凍區。我趕緊衝出去，直接奔回泳池。瑪麗艾莉絲正在吃可頌，整件襯衫上沾滿了大片碎屑，宛若五彩糖粉奶油蛋糕一樣，海倫小口啃食英國瑪芬。

娜塔莉脫掉了她的襯衫，絕望地盯著自己低垂的比基尼上半部，「我說真的，我的乳房啊，就像是有人留在大太陽底下的兩坨冰淇淋，在我的胸膛上方已經融化了一半，櫻桃往下滑。」她伸手貼住自己的單側乳房，嘗試托高，一放手之後，立刻恢復原位。

瑪麗艾莉絲看到我，揚起目光，「娜塔莉正在跟我們解釋她的乳頭狀態。」她一臉期盼地看著我，「親愛的，妳的怎麼樣？」

娜塔莉悶哼一聲，「比莉一定有動刀，不然就是那件泳衣發揮神效，那對乳房被托到鎖骨的位置，就像她十八歲的時候一樣。」

海倫的哀愁宛若濃霧罩身，不過，她的直覺總是很敏銳，她開口問道：「出事了。比莉，是什麼問題？」

「我們有麻煩了。」

# 6

我們在受訓時學到的技巧之一，就是要如何概述狀況，我只講了幾句就做完簡報。

「布拉德和我一起在奈洛比工作過，」我做出結語，「要是他身穿工作人員制服，出現在這裡，那麼他一定是在執行任務。」

海倫點點頭，「他離開奈洛比之後，轉入軍火業，混得很不錯。我曾經和他在布加勒斯特一起出過任務，而且他的工作表現令人驚豔，他摧毀了大使館的整個側廳，卻能把建物其他部分所遭受的附帶損害減到最低。」

她會記得他，我一點也不意外。海倫會以刻有自己姓名字首字母的馬克．克羅斯牌的鉛筆，在她的蒂芙尼通訊錄裡，以一絲不苟的筆法記錄她遇到的每一個人的點點滴滴。海倫之所以使用鉛筆，是因為她不喜歡劃掉的痕跡，她會小心翼翼擦去已經死去或是脫離她人生軌道的人。無論我與海倫爭吵過多少次，除非她在自己的通訊錄裡擦去我的名字，否則她絕對不會跟我絕交。

瑪麗艾莉絲的反應簡潔有力，「靠。」

娜塔莉伸手拿襯衫，扣好扣子，蓋住她的比基尼上半身，「這又不表示他來這裡是為了要殺我們當中的某一個人。」

我說道：「天吶，娜塔莉，妳還是不懂要怎麼面對現實。」她往後退，彷彿我賞了她一巴掌一樣，我差點開口道歉。不過，明明不覺得有虧欠卻出口道歉，我自己覺得沒有說服力。

「這艘船還有其他九十六名乘客，工作人員數目也一樣多，」娜塔莉冷冷回道：「也許他鎖定的目標是其中一個人。」

「娜塔莉說的沒錯，」海倫插嘴，「除非知道更多線索，否則我們不該遽下結論。」

瑪麗艾莉絲織了好幾次的上針——或者反正就是打毛衣的人在做的那種動作。等到她織完了那一排之後，她把棒針插入毛線團，將它放到旁邊，「好，那我們就準備挖掘更多線索。我們當中要有一個人小心翼翼接觸他，給他一個解釋的機會。」

「我來，」我伸手拿自己的含羞草雞尾酒，「不過，萬一我們當中哪一人是他的目標，公開找他就等於自己送上門一樣。我會先檢查一下他的臥艙，看看能否掌握他到底要幹什麼，要是他現身的話，我會給他機會解釋清楚。」

瑪麗艾莉絲點點頭，若有所思，「妳需要後援。而且，如果我們是兩個一起被人發現在四處晃蕩，看起來也比較沒那麼可疑。」

我瞄了一下海倫，語氣輕鬆，「要是沒差的話，我想我還是找海倫一起去好了……」

海倫抬頭，面色驚詫，喝了一大口血腥瑪莉。

「當然沒問題。」不過，她握住酒杯的指關節成了骨白色，我很懷疑她是不是真的準備好了。

娜塔莉主動說道：「我可以啊。」

「不，」海倫說道：「我去。」現在她聽起來鎮定多了，但我發現她一臉決絕地喝光了她的血腥瑪莉，而且又倒了第二杯，宛若這是她的工作一樣。

不過，血腥瑪莉似乎讓她恢復鎮定，接下來的那一整天，我們待在游泳池邊游泳曬太陽。我們看起來像是無憂無慮的旅客，不過，我們知道成群結隊最安全，根本不需要討論，我們一直黏在一起，就連去上廁所的時候也是結伴而行。吃過午餐之後，我們進入自己的臥艙洗澡休息，所有的工作人員都必須在晚餐時段工作，所以我們決定那就是刺探的最佳時機。娜塔莉趁喝酒的時候，已經想辦法從赫克特那裡問到了工作人員的臥艙在哪裡，當我們去吃晚餐的時候。我已經熟記了口袋裡那份地圖上的位置。

我們把開胃菜吃個精光——「精緻酪梨醬佐火烤扇貝」——然後海倫和我趁主菜上來的時候，離開了用餐室，我們把自己的包包放在座位上，看起來我們只是暫時離開去洗手間而已。我發現行政客服部專員希瑟・凡寧臉上掛著完全不變的笑容、在每一桌之間來回走動，確認每一個人都在這艘美妙的郵輪裡享受美妙時光，而且充滿了「加上主題標籤符號的喜樂」。我對海倫點頭示意，我的動作細微得幾乎令人難以察覺。凡寧是資深員工，她的卡片一定是萬用卡。

當我們經過她身邊的時候，海倫悄悄伸出細長手臂，從希瑟的口袋裡取出了鑰匙卡。我對海倫眨眼，她的手可能有點抖，不過，她依然擁有我們當中最具有天份、讓她成為我們之中扒竊冠軍的金手指。她把鑰匙偷偷塞到我的手裡，當我們下樓的時候，我一直緊握在手心裡。

我早就為了活動方便而換上一身黑色連身褲與平底鞋，而海倫身穿檸檬糖雞尾酒色連身裙，搭配顏色深了好幾個色階的喀什米爾羊毛圍巾，還有掛在頸間的不規則切面琥珀的扭編串珠，產生了畫龍點睛之效。在工作人員區域的靜寂環境之中，珠寶發出了輕微的碰響，聲音之大足以引來我們不希望得到的側目。我伸手，示意叫她摘掉項鏈。

她拉了一下自己屁股衣料的縫線，張嘴默聲示意，「沒有口袋……」我指了指自己的褲腰口袋，她把項鍊交給了我。

我們很快就找到了工作人員的臥艙。我本來打算闖進清掃室，找出臥艙分配的名單列表，不過，沒有這個必要。在念大學的時候，我們的寢室門口都貼有撕開後攤平的購物牛皮紙袋，那是在答錄機還沒有出現的年代，大家直接在你的門口拿出油性鉛筆或是麥克筆留下訊息，等到那張紙寫滿了太多留言，或是有太多人畫了大老二之後，直接把它撕掉，再次貼上新紙。這裡的每一道門都配有小型乾淨白板，而它們的功能就與我們那時代的留言紙一模一樣。每個白板都整齊附掛了一枝白板筆，而在板子的最上方，列印出被分配到該臥艙工作者的姓名，只要是有ｉ這個字母出現，上頭的點點一定是海星——希瑟．凡寧的個人風格。

我們穿過走廊，掃視一張張白板，終於看到了二十四號艙房，凱文．Ｃ。

我刷了房卡，剛開始的那一瞬間完全沒有反應，然後，綠燈閃晃；成功啟動。我推開房門，等到我們溜進去之後，我關上了門。

海倫的雙眼睜得好大，滿是驚恐，她低聲問道：「有攝影機嗎？」

我張望艙室，給了她一個幾乎是後知後覺的答案，「我沒看到。」

她很堅持，「但他們應該有架設攝影機……」

「天吶，海倫，給我冷靜下來。如果真的有的話，我們就說自己是竊盜癖老賊，四處找下手目標。最壞的狀況就是他們打我們的手腕，不給我們任何甜點就把我們趕上床。」

她對於我的輕率態度不是很高興，但也沒有跟我吵架。我轉身，搜尋房間，不知道當初帶她過來是不是犯了錯。她偷竊房卡的技巧的確夠高超，不過，她的膽量卻在慢慢消退，在我們這一行，萬萬不能喪失的就是泰然自若。

我向她示意，請她檢查抽屜，但我覺得那裡應該什麼都找不到，床單底下應該也一樣，但我還是把雙手塞進去檢查。衣櫥看起來很正常，掛了備用制服，還有一套海灘休閒裝。

海倫有條不紊地搜查抽屜，仔細檢查那一堆內衣——我發現全部都是白色緊身褲，真是慘不忍睹——還有白色T恤。

「什麼都沒有……」她關上抽屜，露出不以為然的神情，「也許我們應該要給他辯解的空間，看看他會怎麼為自己解釋。」

我沒有理會她，繼續翻找，衣櫃最下方有一個帆布袋，繡有凱文．寇克蘭這個名字。

我說道：「真是隨便……」在古早時代，我們一定是以自己的姓名字首作為化名的根據，萬一說溜嘴的時候，比較有辦法可以圓謊。而且，要是有任何繡了自己姓名字首的用品，工作的時候還是可以使用。我們接受的是注重細節的老派訓練，但時代已經變了。現在的訓練是瞄準器與爆炸半徑，這讓我心生反感，而且它讓我覺得自己在這一行已經成了恐龍級人物，讓我覺得更討厭。我很不爽，猛力扯開了那個袋子。

有一本書掉出來，破爛的平裝本，作者是一個熱愛槍枝與自己陰莖的男人，很可能順序是顛倒過來吧。裡面沒有其他物品，我發現這袋子很大——佛葛帝沒帶幾件東西登船，但這袋子的容量卻遠甚於此。就在海倫柔聲呼喚我名字的時候，我正好把那袋子放回了原處。

她伸手指向以螺栓固定在牆面的那個櫃子的下方，它兼具了娛樂中心、書桌、五斗櫃的各項功能，小巧而一應俱全。它是淡色木材，底層幾乎已經貼地，就在它的下方，藏了一個亮皮公事包。

「妳的目光一直很銳利……」我彎身把它拿出來，我的背脊在微微抗議，但我不予理會，反而繼續向前，以手指扣住了它。又重又結實的東西，完全不像是他的分身所攜帶的那個便宜帆布袋；這是瑞典某家權威企業為了特定規格而生的客製品，我認得這個公事包，因為我多次自己出任務的時候都帶著它。那些鎖扣，六位數的組合，永遠都是設定在任務啟動的那一天。

我拚命轉動數字輪盤，試了一下明天的日期，沒中。

海倫緊盯著我，「後天呢？」

我試了一下，然後又試了接下來的那兩天，但鎖扣依然不動如山。我突然想到了某個真的非常糟糕的可能性。當我一按下按鈕，金屬片應聲彈開。

「是今天……」我望向床邊櫃的數位時鐘，「再過六個小時左右，今天就要結束了。」

我盯著海倫，看到她臉上閃過了某種類似如釋重負的表情，讓我在心中飆罵髒話。我做出決定，等一下我再來好好解決海倫的求死意志。我並不驚訝會看到一堆爆裂物，還有一個顯示五小時又三十二分鐘的活潑小型數位顯示器，「這是計時器，」我告訴她，「我們只剩下五個半小時來解決這個問題。」

就算海倫有稍微動念想要讓自己被炸得體無完膚，但她也知道我們其他人可能會反對。而且，這艘船上還有兩百多條無辜人命會跟她一起走上黃泉路，這樣絕對不行。她恢復鎮定，伸手準備拿那個公事包，「那我們就把它丟到海裡。」

我抓住她的手腕，可以摸到她的骨頭，纖瘦又脆弱。

「我們不能這樣，那是一種速度球。」我指向爆裂物，已經無需多言。海倫和我一樣清楚，那種速度球是「博物館」軍火部門的獨特創念。裡面的配材是為了讓傻瓜也絕對不會出錯，包括了大量的硝酸銨，確保速度球即便落入水面下方也會爆炸。要是我們直接把公事包丟入海裡，不管有沒有計時器，它都會引爆。我又瞄了一下速度球，那個裝置的威力足以削斷安菲屈蒂號，把整艘船開腸剖肚，就像是孩童繪本書裡的船隻截面圖一樣。然後，船內就會不斷進水，下沉，速度之快，根本來不及讓任何人放下救生船。

她說道：「好，我們必須要疏散大家了……」

我回她，「除非妳知道要如何拆彈……」我們都受過彈藥訓練，只要是對於炸彈有天份的人，都會被移到「臨時裝置」部門，這是「博物館」的智慧。而我們其他人只知道要在他們工作的時候避而遠之。還有，我們知道每一個設定了計時器的裝置都有一個手動控制碼，只有執行任務者知道。任何分解或是拆彈的倉促動作，只會引發它爆炸，這是某種自衛機制。

我開口建議，「我們可以從佛葛帝那裡弄來手動控制碼……」

海倫問道：「然後呢？」

我聳肩，「靠！我哪知啊。海倫，我現在是且戰且走，至少我們現在知道要處理的狀況是什麼，我們先離開這裡，趕緊把消息告訴其他人。」

由於我距離門口是半側身的姿勢，不然我一定會看到佛葛帝。當我一抬頭的時候，他已經進來了，而且使出了碎頸臂的招式狠擊海倫。她往後飛，頭部撞牆，整個人宛若緩慢土石流一樣、軟癱在地，她的雙腿直挺挺凸出來，整個人宛若被人丟棄的洋娃娃。

他對付海倫所多花的那一秒鐘，已經足以讓我抓住了椅子。我沒有時間揮過去，無法發揮完整動能，所以我宛若馴獸師一樣，把椅子高舉在自己的正前方，那個畜牲露出微笑。

「老阿嬤，妳真是想得美……」他輕輕鬆鬆移開椅子，宛若那是輕木做的一樣。

當他把椅子拉到我頭部上方的時候，我依然緊抓不放，我移動雙腿，以腳後跟狠敲他的膝蓋骨。他發出哀嚎，整個人彎身向前，椅子也隨即重落而下。但我早就猜到會這樣，立刻轉身，讓背部平均承受那股重力，任由它把我往下壓，四肢趴地，分散那股衝擊的力道。他把椅子丟到一旁，朝我撲來，表情決絕。我抓住他的手，把他的大拇指往後扭，害他痛得張腿，露出了鼠蹊處。我深吸一口氣，使出全力往後一踢，我的腳跟正中他的睪丸。我沒有停下來，繼續狠狠猛踢，直到他喘不過氣地跪地為止。

他本來會倒在我身上，但是我及時抽身滾離，靠著床鋪的反彈力道，回壓他的背。我伸出其中一隻腿扣住他的腰，另一隻腿屈膝，壓制他的後腰。我從口袋裡拿出那串項鏈並繞在他的脖子上，並將項鏈的兩端各纏在自己的雙手上，以便緊緊抓住。

然後，我開始往後拉，宛若要阻止某頭要奔逃的馬兒一樣，我的拳頭緊緊抵住我的肩膀，而我的膝蓋已經把他的背脊壓彎到骨裂。他的雙手一直在亂抓喉嚨，拚命想要扯斷那條項鏈。

我對著那些珠子低聲說道：「媽的，千萬不要給我斷掉啊……」我死不放手，又繼續往上提拉，他把手往上伸，隨便亂揮，正好擊中我的太陽穴，讓我眼冒金星了一秒之久，但我還是撐住了。

過了幾秒鐘之後，他整個人軟癱，但我完全不鬆手。海倫稍微出現了一點動靜，等到她能夠順利睜開眼的時候，一切已經結束了。我依然緊纏他不放，當他最後一次抽搐，最後完全棄守，成了地上的一坨鬆軟人肉的時候，那些珠珠已經卡在我的手肉裡面。

海倫很清楚已經不需要質疑這樣的舉動是否有必要。她慢慢起身，過來觀察狀況，並闔上他的眼瞼。過了一秒鐘之後，她點點頭，「解決了。」

「很好……」我鬆開手，掌心與手背出現了深紅色的條痕，「海倫，靠這到底是什麼珠寶？」

她聳肩，「這是為了赫爾辛基任務的特製品，我喜歡它與這件洋裝的搭配感，所以我一直留著它。」她推開了其中一顆珠子，讓我看到它到底是怎麼串成的，

「這是鋼琴線，我當初就是靠它取下芬蘭國家銀行總裁的性命。」

她把那條項鏈扣在自己的脖子上，低頭凝視布拉德．佛葛帝的軟癱遺體。

我問道：「還需要給他辯解的空間嗎？」

她噘嘴，「比莉，我沒有什麼立場批評，但我們也該留他活口，直拿到手動控制碼吧？」

我盯著計時器，它依然在無情地倒數計時當中。

「媽的。」

# 7

海倫站在我後面，一直等到我完全恢復正常呼吸、挺直身體之後，才伸手扶住我的後腰，「還好嗎？」

我對她迅速點點頭，「我萬萬沒想到會遇到這種狀況，應該先熱身一下才對。」其實，我已經有好一陣子不曾像蝴蝶脆餅一樣緊纏著我打算殺害的對象，甚至是勒死對方。這種動作的重點是手段，而不是蠻力，而當你完成任務之後，二頭肌與斜方肌的那種感覺，馬上就能告訴你是否使出了訣竅。太多人以為那是來自前臂的力量，但這種方式很可能會引發嚴重的網球肘。

大體來說，我在我這年紀的表現還不錯。即將邁入六十歲，並沒有害我陷入慌亂或是因為存在危機而焦慮不安。在我們這一行，能夠漸漸變老，是大多數人永遠想望而不可得的奢侈。但每當我遇到狀況，沒辦法像以往一樣順手的時候，總是會讓我勃然大怒。每一天，我走十六公里的路，做兩小時的瑜伽，每一個星期花十二小時捶沙包、練舉重，我吃營養補給品就像是在吃貝思水果糖一樣，不過，偶爾會遇到布拉德．佛葛帝這種垃圾跑來礙事，每一年都讓我覺得自己老了。

我在地毯上跪下來，讓胸部貼地，把雙臂往前伸，做出小狗伸展式，而海倫忙著檢查炸彈裝置。

「比莉，我還是要強調一次，我沒有要對妳講重話的意思，」她的語氣充滿耐心，「不過，難道這就是我們利用時間的最佳方式嗎？」

「海倫，我的後腰抽筋痛得要死，我不知道今晚接下來的行動還需要些什麼，所以妳何不安靜一下，看看能否想出辦法拆彈，而我也趁這個時候勸一下我的脊椎骨繼續跟我相親相愛？」

這個答案很火爆，但我很不爽，海倫一直是頂尖高手——個性很酷，可靠，而且臨危不亂，但是現在的她卻似乎真的相當慌張。

不過，等到我做完了嬰兒式與好幾組貓式和牛式的瑜伽動作之後，她已經多少恢復了以往的元氣，我站起來。

「有沒有什麼想法？」

她搖搖頭，擺臭臉，「妳知道我一直很討厭這種事。」炸彈總是搞得一團糟；爆裂物會讓人體碎屍四處散落，宛若狂歡節過後的滿地垃圾。海倫喜歡乾淨俐落，她曾經有一次頂著強風，對著七百三十公尺外的目標擊發子彈，實在太神準了，直接貫穿對方的眼窩肉中心，連骨頭都沒擦到，她還因為這樣而得到了表揚。

我關上公事包，狠狠關上扣鎖，「如果是這樣的話，我們得帶著它。」

就在這時候，佛葛帝的身體發出了某種噁心的聲音，還伴隨著某種我再熟悉不過的氣味。人體有六十多處括約肌，在死亡狀態下，每一塊都呈現鬆弛狀態。

我的對策通常是靠布拉赫牌的環星薄荷糖——容易攜帶，而且不會令人起疑——不過，其實只要有薄荷氣味的東西都不成問題。我進入臥室，拿了他的牙刷，湊到我的鼻底輕觸了一下。我跪在他身邊，搜遍他的口袋，其中有一個放了他的員工識別證，除此之外，什麼都沒有。

「想必他把自己的身分證明和錢藏在自己逃亡路線的某處，」我告訴海倫，「我們該準備動手了。」

海倫和我交換眼神，然後，她長嘆一口氣，把他的床被整個扯下來，然後鋪在地上。我們把他的屍身滾進去，努力塞入衣櫥。等到我們大功告成之後，海倫拿出他盥洗包裡的廉價鬍後水一陣狂噴。我仔細檢查我們的傑作，要是有人隨便瞄一眼，一定會以為他以床被包裹自己的髒衣服，塞進了衣櫃裡。要是仔細檢查就會露餡，但也許能夠為我們爭取一點時間。

海倫拿了公事包，小心翼翼地夾在腋下，然後靠她的喀什米爾羊毛圍巾蓋住它，而我趁這時候關上了門。海倫與我上了兩層樓，到達我們的甲板區，我們戰戰兢兢，佯裝一邊走路一邊在閒聊。

「各位小姐！」當我們進入我的艙房時，希瑟・凡寧看到了我們，「一切都還好嗎？妳們錯過了一頓豐盛晚宴，甚至還有漂亮的玫瑰花瓣粥甜點呢！」她拔高聲調，那種一遇到超出自己想像範圍的老人就開始以這種方式講話的討厭鬼行徑。

海倫面向她，「親愛的，謝謝妳。我朋友有點暈船，我想我得去她的艙房照顧她，她只是需要躺下來休息一下。」

我彎身，緊抓腹部，希瑟・凡寧的臉皺成一團，充滿了嫌惡，「哦，太可惜了！要是妳需要醫生的話，一定要讓我知道。還有，我們在『健康女神』甲板層的保健商店提供了以薑為基底的完整自然療法。」

我的喉底冒出了咕嚕嚕聲響。

「親愛的，謝謝妳，」海倫向她親切道謝，「但我已經買了一些零嘴。」

她從我手中拿走房卡，狠狠刷了一下，然後把我推入臥艙，碰一聲關上門，留下希瑟・凡寧一臉驚愕的臉龐，然後我爆出大笑。

「零嘴呢？」

她把那個公事包放在瑪麗艾莉絲的窗上，開口說道：「我討厭像她那樣的人，跟我們說話的態度簡直把我們當成了小娃娃一樣。」她拉高聲調，模仿得維妙維肖，「妳們錯過了一場豐盛晚餐！甜點是米布丁呢！」

我提醒她，「她說的是漂亮的玫瑰花瓣粥甜點……」

「我才不管她怎麼叫它，反正那是米布丁，還有，變老真是讓我煩死了。」

她一屁股坐在我的床上，我看到了她眼中的淚光。我進去廁所，拿了擦手巾。冰桶已經裝滿了冰塊，桶架上面還留了一枝蘭花。我把蘭花擱在一旁，抓了一把冰塊放在毛巾裡，送到海倫旁邊，小心翼翼貼住她的後腦勺。

「妳已經盡力了。」

她把冰毛巾貼住脖子，「距離我不到兩公尺的地方，有顆炸彈正在倒數計時當中，我搞不好已經再也沒有機會繼續變老下去，我想，在這種時候抱怨感覺變得衰老，完全沒有任何用處。」

她的語氣充滿理性，「只不過自從肯尼斯過世之後，我瞬間老了二十歲，我碰不到自己的腳趾頭，要做出妳剛剛做的那種動作更是想都不用想了。」她的語氣聽得出是在責怪自己。

「海倫，妳要放輕鬆一點。雖然我沒有失去一生的摯愛，但我知道哀悼痛苦得要命，卻也是一種過程，妳只是還沒有完成而已。」

「這就是重點，」她說道：「我以為自己已經完成了，至少我希望是如此。一早醒來的起來，我總是覺得有人扯斷了我的哪一隻手腳，已經讓我覺得厭煩又疲倦。每天早上，有那幾秒鐘的時間，我忘了一切，睜開眼睛，事情還沒發生，除了空白與平靜之外，什麼都沒有，然後，我想起來了，它把我壓垮，我好恨，恨得要命。」

我坐在她身邊，肩靠著肩，「抱歉，我知道我講的話沒有用。」

「對，真的沒用，」她說道：「根本完全沒有用。那感覺像是某種實體重物，有人硬是塞到我懷中，逼我要隨身攜帶的東西。我不想要這個，真希望我可以把它敲碎之後，轉交給其他人，也該是輪到他們的時候了。」

我說道：「到頭來，我們每個人都會輪到的。」我摟住她，她的骨頭周圍幾乎已經沒有什麼肉，我拚命想要忽略那樣的觸感。要是我用力吹氣，很可能會讓她像蒲公英種子一樣翻飛消失，天知道她最後會落在哪裡。

她深呼吸，「好，我想，要是我們今天晚上死掉的話，那也沒關係。妳知道，我這一生過得很好，嫁給肯尼斯三十多年，當中有十八年真的很幸福，還不錯。」

「其他的十二年呢？」

「勃起功能障礙，還有繁殖威瑪犬失敗。」

我爆出大笑，她本來出現短暫惱怒，似乎是打算要辯駁，不過，她後來的反應也是跟著大笑。

就在這個時候，房門開了，瑪麗艾莉絲與小娜帶著我們的手提包與剩菜盒進來，瑪麗艾莉絲問道：「妳們兩個怎麼了？」而娜塔莉在此時高高舉起其中一個盒子。

「加了玫瑰的米布丁，但很好吃……」小娜遞出湯匙，而瑪麗艾莉絲盯著她床上的公事包。她開口問道：「這是什麼？」我把密碼告訴她，她打開之後，「哦，靠……」整個人立刻往後退。

小娜把一口米布丁塞入嘴巴裡，然後湊上前細看，她彎身端詳爆裂物，宛若一個慈愛的母親在對待剛出生的寶寶一樣。

「哇，這東西很威猛，」她說道：「所以這個小混蛋是準備要炸掉整艘船——因為我們是乘客。」

我回她，「我們就是目標，不然就是『博物館』根本不在乎會波及我們……」

「這樣就太令人傷心了，」瑪麗艾莉絲插嘴，「我們為這些畜生奉獻了四十年，這就是他們回報的方式。但為什麼？根本不合理。」

「這不是當下的問題。」我講出了當初訓練時的那句老話。這可以提醒我們專注在手邊的任務，設定必要的優先順序。「現在，我們必須要想出如何拆解，或者在這艘郵輪爆炸之前疏散大家。」

「很簡單，」小娜又以湯匙挖了更多的布丁，「靠手動控制碼啊。」

海倫清了一下喉嚨，「比莉在我們找出來之前，已經先處理了佛葛帝。」

瑪麗艾莉絲問道：「處理到什麼程度？」

我回她，「已經完全解決了……」

小娜開口，「比莉，我靠……」

海倫揚手，「比莉一定得出手這麼做，」雖然她神經兮兮，但忠心度就跟小狗一樣。「現在就是這樣了。我們查過他的臥艙與口袋，想必他一定是依照規定牢記在心，而不是隨便亂放密碼。」

「算我們倒楣，這傢伙做事沒那麼馬虎……」娜塔莉講完之後，拿著湯匙在敲牙。

瑪麗艾莉絲四處張望，「我們必須要讓每個人都平安撤離。」

我站起來，「我來。當初是我犯錯，所以我來善後。」

瑪麗艾莉絲一臉平靜地看著我，「在引擎室放火？」

我點點頭，「我會把場面弄大，讓四處冒煙，妳們其中一個人按下警報器，就會啟動疏散程序……」我想起了昨天的救生船演練。

「但不是每個人都會離開，」瑪麗艾莉絲表示反對，「引擎室工作人員會留下來，想盡辦法滅火。」

「等到救生船推出來的時候就不一樣了。每個乘客都會獲得一個指派的工作人員，而引擎室的那些小男生必須要搬動救生船，我會仔細檢查是否有人脫隊，」我向她保證，「而且，我會多放幾次火，造成場面更加混亂，我們一定能夠讓每個人及時離開，船長會在棄船之前發出緊急求救信號。最壞的狀況就是，在馳援到來之前，大家得要待在救生船裡，在汪洋大海中度過艱險的好幾個小時，然後，爆炸就可以歸因於引擎室失常。

海倫問道：「那我們呢？」

娜塔莉反問：「我們的什麼？」

「『博物館』裡的某個人想要置我們於死地。等到獲救之後，他們會清點救生船的乘客，確保沒有人失蹤。」

「然後呢？」娜塔莉還是不明白，但我已經懂了。

「我們不會死，」我告訴她，「我們會被列為爆炸發生之後的倖存者。」

「然後，他們會再次嘗試，」瑪麗艾莉絲繼續說下去，「他們可能已經為佛葛帝安排了支援人手，我們只是還沒有發現是誰而已。」

我們面面相覷，娜塔莉說道：「慘了……」

海倫做出結論，「所以，我們必須在郵輪爆炸之前離開，但是不能跟其他乘客在一起。」

「我們大約只有五分鐘的時間能生出計劃，」瑪麗艾莉絲繼續說道：「我們沒辦法搭救生船，因為全部都已經被指定安排好了。」

娜塔莉告訴她，「瑪麗艾莉絲，妳這就是『半瓶水』的態度。」

我揚手，「她說的沒錯。所以我們就只能使用前往巴斯特爾旅遊時的那一艘橡膠工作艇。它有馬達，但油槽很小，航行到一半，燃油就會用光了，不過，還有風帆與航海圖。海倫，妳是我們當中唯一懂航海的人，妳覺得我們需要什麼，全都拿就是了。小娜，妳負責啟動警報器，然後開始翻白眼發狂，直到大家開始登艇為止，發揮一點大嬸的歇斯底里，就會讓大家緊張兮兮。瑪麗艾莉絲，妳準備補給品，找出完整包裝的水瓶和食物，我們可能要等待一些時間才能被人救起來，或是到達某座小島，留下手機，不要帶信用卡，但現金和藥品得全部帶在身上，還有，留下護照。等到我們跳船之後，就必須以完全無電力方式展開行動。」

小娜發出哀嚎，海倫面露無奈，等到我們終於抵達陸面的時候，拋棄護照與信用卡一定會成為難題，不過，任何想要追蹤我們下落的工具也會就此化為烏有。

我正要起身，瑪麗艾莉絲卻阻止了我，「妳知道這代表了什麼意思嗎？我們要銷毀自己的身分，我們自己真正的身分證明。」

我們互望彼此，臉色都很難看。在每一次的任務中，上級都會為我們準備臥底身分、假名，以及各種文件，大功告成之後，我們就立刻丟棄，我們從來沒有以真名旅行或工作；因為太危險了。假名可以帶給我們某種緩衝，成為我們日常生活與從事任務之間的一層保護。

現在，任務強行闖入，不請自來。

我的話簡單明瞭，「我們別無選擇……」

她點頭，「我知道，我只是……唉……亞希子……」

我們再次陷入沉默。亞希子之後會接到某通電話，那一種電話。很可能是來自於國務院，以簡短、可怕的措辭報喪，她的妻子已經在海裡失蹤了。

我語氣淡然，「瑪麗艾莉絲，這不是當下的問題……」

我起身，這一次她沒有阻止我。我從小冰箱裡拿了幾瓶酒，放入從衣櫥裡拿的洗衣袋中，還加上了早上的報紙與一件T恤。

我把身分證明與其他文件留下來，要是還留下任何碎片的話，就可以成為我們因為這起爆炸案而身亡的證據。我把所有的現金，一些百元美鈔，放入某個艾托伊德薄荷糖錫盒。我拆掉自己電子閱讀器的氯丁橡膠保護薄套，把錫盒放進去後空間綽綽有餘，讓我還可以從梳妝台拿出幾個大型安全別針來牢牢封口。

另一個口袋裡有我之前放在托運行李中的瑞士刀，但我沒有封口，萬一需要立刻取刀的時候就不成問題。我拿了我的打火機，它是沉重的銀質製品，把它和瑞士刀放在一起。我的珠寶捲式收納袋裡沒有什麼東西，只有幾對圓形耳環，加上一些鑽石耳珠，我立刻戴上去。它們每一個都是一克拉，相當清透無瑕，看起來像是假的一樣，不過，萬一我們需要把它們拿去典當的話，會是很好用的現金財源。在這個捲式收納袋裡，還有一條細長的金幣腰帶，看起來像是複製品，不過，那其實是我某次在伊朗出任務的時候帶回來的巴勒維王朝紀念品，這也是我攜帶的另一項唯一貴重物品。我本來要把它扣在腰間，不過它發出的噹啷聲響吵死了，所以我就交給海倫保管。

她把它塞進她的比基尼裡，與她的通訊錄和藥丸放在一起。

等到我整理完自己的物品，把注意力轉向其他人的時候，她們已經全都站起來。姿勢的改變已經轉化了心情，現在她們變得專注、嚴肅、實事求是。我們檢查自己的手錶——這是我們喜歡的老派風格動作之一——然後，我們凝望彼此。我們圍成了一個小圈圈，距離相當貼近，我可以聞到海倫的「一千零一夜」香水、娜塔莉的橙花精油、瑪麗艾莉絲的綠茶洗髮精。我對她們的愛如潮浪朝我襲來，力道之凶猛，差點讓我的雙膝為之軟癱。

我突然冒出一句，「媽的誰管那麼多……」感情很可能會誤事，害妳自己喪命。

這是「女牧羊人」曾經給我們的教誨，我拿起了那個公事包。

海倫問道：「妳要帶著它？」

「這樣比較好。它爆炸時的位置越低，炸爛整艘船的可能性就越高。」我走向門口，又看了她們最後一眼，「之後碰頭了。」

她們回我話，「之後碰頭了……」這三個老女人點頭，宛若《馬克白》裡的女巫。我認識她們的時間足足佔了我人生三分之二的時間，我一定要拯救她們，死不足惜。

# 8

我一路往甲板下方前進，為了要閃避經過的工作人員，在角落暫時停下腳步好多次。到達引擎室的過程似乎很漫長，不過，我的手錶卻顯示根本還不到十分鐘。不意外，只要在執行任務的時候，時間似乎都會變得充滿了彈性。有時候幾秒鐘宛若永恆無盡，而數小時卻彷彿在瞬間流逝。安瑟．凡寧的房卡帶我進入了我需要進去的地方，我悄悄進入房間，豎起耳朵，注意聆聽是否有任何工程師出現在附近的聲響。現在過了九點鐘，他們大部分的人應該晚餐快吃完了，不然就是進了員工酒吧。只會留下一些人監控一切運行順利，而他們很可能是靠電腦進行監控。我想，他們不太需要在天然液化瓦斯儲槽附近活動，那裡應該就是塞那個公事包的好地方，所以我把它夾放在兩個瓦斯槽中間，靠著槽身投射的陰影當成屏障，以免被別人意外發現。

然後，我往上爬，到達另一層甲板，前往空無一人的圖書館。我蹲在某張椅子後面，拿出了那件T恤，用瑞士刀把它切割為碎片。我以報紙捏出了堆疊在T恤上面的那一坨坨鬆垮垮的紙團，讓它們完全吸收從小冰箱裡取出的那些酒液。報紙的焚燒速度很快，但是布料卻只是在狂冒煙，我盼望可以引發緊急狀況警報。我打開門，謹慎地張望外頭，沒人。我悄悄溜出去，把門緊緊關上。

我的第三站是自己的臥艙。我的酒已經全沒了，便從瑪麗艾莉絲的盥洗包裡拿出了一些指甲去光水，倒在床單上，點燃。我燒毀了我的床，還有瑪麗艾莉絲的床，我一確保房門安全栓上鎖，就從陽台門離開。我大敞這裡的門，海風狂煽著火焰，讓其高度碰觸到天花板都不成問題。窗簾在附近危險地飄晃，著火也不過是接下來那幾分鐘的事而已。

我站在露台，等待娜塔莉的訊號。突然之間，警報發出鳴響，就像是耶穌再臨的號角一樣大聲。我一手抓住欄杆跳過去，進入下一層的甲板區。我們的正下方是另外一間套房，我暗暗期盼裡面的客人還沒回來，不僅如此，他們甚至還體貼地留下敞開的陽台大門，我穿過他們的房間，進入另一頭的船艙走廊。

我從那裡進入甲板區時，正好是超級大混亂爆發的時刻。娜塔莉尖叫大嚷著聞到了煙味，有兩位痛苦的服務生努力想要安撫她，而希瑟．凡寧則鼓勵大家要保持冷靜。當船長的聲音透過廣播系統傳出來，下令直接前往搭乘救生船的時候，她依然堅持這是假警報。

我必須要稱讚這些工作人員，他們的確依照自己受過的訓練行事，安排乘客排隊搭乘救生船，拚命要核對每一個人的名字。海倫與瑪麗艾莉絲各排一行，將她們自己的名字報給了其中一位服務生，而我與小娜的名字則報給了另一個。核對兩次的工作人員在回應時都是急忙點頭，叮嚀她們千萬不要亂跑，才能順利搭乘下一艘救生船，而這兩次她們都趁著大家爭先恐後之際順利溜走。

小娜和我前往船尾與他們會合。當我們快要抵達「特亞」甲板層的時候，後頭有人在講話，聲如洪鐘，「小姐們，千萬不要害怕，我已經為妳們兩位安排了座位。」

是赫克特，他身穿鮮豔的螢光橘色救生衣，似乎下定決心要扮演英雄。「謝謝，但我們有指定的座位，」我告訴他，「你去搭你自己的救生船吧，千萬不要擔心我們。」

「當然不可以！我絕對不能讓我的小姐們落單，自行摸索找路。來吧，我會好好照顧妳們。」

「天吶！」娜塔莉低聲抱怨，「我們快來不及了，一定要甩掉他。」

我對她咬牙切齒地說道：「那妳當初也許就不該一直跟他眉來眼去……」然後，我直接面向他，「赫克特，我們的位置不是由你指派，我們沒事，你去搭你自己的救生船。」

他搖搖頭，伸手抓住我的臂膀，「妳只是因為害怕而變得恐慌，」他講話的那種語氣，很可能自以為是在安撫我，「現在，跟我一起來。」

「我沒有時間跟你玩這種父權鬼東西！」我一記右手直拳，直接命中了他耳朵下方的脆弱部位，他默默倒下，彷彿全身上下都被去骨，最後成了堆放在甲板上的一坨骨頭。

小娜說道：「哇，赫克特的下巴一定是瓷做的吧。」

小娜和我同心協力地抬起不省人事的赫克特。我抓住他的雙肩，而她負責他的腳踝，我們把他拋到欄杆的另一頭入水，濺起了巨大的水花。

我發現最靠近我們的工作人員在盯著我們，我大叫，「有人落水啦！」然後伸手指向下方的洋面，赫克特安靜無聲，在那裡載浮載沉。

那名工作人員罵了一聲髒話，跑去通知別人，小娜和我趁這個時候匆匆奔向船尾，準備要與瑪麗艾莉絲和海倫會合。她們站在馬達工作艇的旁邊，也就是功能原本是將船上遊客送到一百公尺左右之外港口的那一艘橡膠電動汽船。它是專門為了到訪港口，而不是在汪洋大海中飄游，但現在勢必如此了。我們合力將它推離船尾，直接拿刀子砍斷繩索，懶得跟它們有任何糾纏。它一碰觸水面就開始隨著潮浪漂浮，距離主艇越來越遠。

我們得在幾秒鐘之內跳下去，在六公尺的高處往下緊盯目標，我萬萬沒想到它會變得這麼小。小娜是第一個，穩穩落在艇面的正中央，她在海倫跳下來時趕緊閃開。瑪麗艾莉絲根本懶得對準，寧可冒險入水。她距離汽艇足足差了將近有兩公尺之遠，她划了好幾下，到達艇邊，海倫與小娜趕緊把她拉上來。警報器在我後方發出淒厲聲響，郵輪內部深處的某個地方發出了如雷巨響，這一陣噪音引發了更多的混亂，因為當救生船一被放下來，大家都在尖叫推擠。

我深呼吸，跳下去，我效法瑪麗艾莉絲，直接墜入艇邊的洋面。海水淹沒了我，溫暖絲滑，而且如此暗黑，根本難以分辨何處是上方。我屏住呼吸，緩緩吐氣，這樣才能夠判定該往哪一個方向。長條狀的銀色泡沫從我的鼻孔冒出來，為我指引明路。我跟過去，露出水面，正好看到頭頂上方的閃爍星座。

海倫與瑪麗艾莉絲伸手，架住我的胳肢窩，把我拉起來，我終於噗通一聲落在船底，拚命把海水咳出來。

海倫仰頭凝望星空，正在確認星象判定我們的方位。

我問她，「知道了嗎？」

她點點頭，

「很好。目標是尼維斯，讓我們離開這鬼地方。」

# 9

一九七九年一月

飛機降落的時候，正在下雨，從機艙冒出的女孩四人組，正在狂打哈欠，從她們拿行李的姿態，以及她們對那個在她們的護照上蓋章，詢問她們來訪英國目的的移民官微笑撒謊的模樣看來，很可能會讓人以為她們是同學。有個身穿花呢西裝的男子舉了字牌在等候她們，然後，護送她們上了某輛旅行車，車內有一籃三明治正在等著她們。他開車進入郊區，她們則忙著吃東西。一個小時過去了，然後又過了一小時。等到她們抵達的時候，天色已經慢慢變黑，女孩們手腳發麻，深受時差所苦，她們蹣跚下車，站在某棟豪宅前面——或者，至少對她們來說，那看起來是豪宅。

這是維多利亞時代的紅磚巨宅，周邊都是花園，還有一個連綿至崖邊的大草坪。從破舊人行磚道以及側廂溫室的髒污玻璃看來，這是破舊之地。飾條需要重新粉刷，而且黃銅因為塵污發黑。

不過，當大門一打開的時候，這一切都變得不重要了。她站在門口，散發出將軍檢視自己麾下部隊的那種威儀。康絲坦絲・哈利戴，行動代號「女牧羊人」。當時的她們還不是很清楚她的傳奇故事，之後，她們會慢慢得知她的過往片段，而她們將會聽到的一切，既是神話也是真相。她的稀疏白髮剪成了超短平頭，幾乎就是剛從頭皮冒出髮根的長度，而且她走路時有拐杖隨身，但不是為了要平衡，而是要敲打動作不夠快速的菜鳥。

她年輕的時候在劍橋念古典文學，要是當時他們願意給女性學位的話，她一定會拿下優等成績畢業。而她的弟弟，哈利戴上校，曾經把「復仇女神」的故事告訴了每個女孩，那正是康絲坦絲領導的清一色女性作戰小組，以及她們如何陣亡的故事——降落在德軍掌控區域，而納粹神槍手射殺了從半空而降的所有隊員。他之前告訴她們，康絲坦絲活了下來，但是他一直沒有提到她在降落時受了傷。被逮捕之後，她被送到了拉文斯布呂克集中營，她的斷腿被接得亂七八糟。她逃出集中營，走了半個歐洲之後才得到完整醫療，對別人來說，她的瘸腿是某種榮譽勳章，但是對她自己而言，這等於是提醒她自己所失去的一切。當邱吉爾特別針對她進行表揚的時候，她把那封讚揚信撕成碎片寄回去，同時還附上自己以藍色鉛筆寫下的精簡短信，細述他的各種失敗。

她在「博物館」的「董事會」擔任創辦人之一的那段時間，讓她覺得百無聊賴，不到幾個月的時間，她又主動回到前線，花了三十年的時間訓練業界的頂尖殺手——全部都是男人。找尋一群年輕女子同時組訓，藉以活化人才庫，是她所提出的想法。接二連三到來的小中風，減緩了她的行動速度，讓她真正體悟到自己逐漸變得蒼老。而這是康絲坦絲・哈利戴有史以來第一次盤點自己的一生，她突然動念，得要為自己的性別留下某種傳奇。她想念「復仇女神」，戰時的那一群女性同僚之愛。她弟弟足足花了三年的時間才為她找到了合適培訓的年輕女性，不過，她相信等待她們是值得的。她們將會是她最後一次打造的頂級菁英——這是「復仇女神」的完美終曲。她會訓練她們成為報仇女神，即完成每一場特殊使命的殺人機器。

不過，當初她見到自己的四人組的時候，完全沒有提到這些事。她已經熟讀她們的檔案，紙頁已經變得柔軟，字跡變得模糊，不過，這是她第一次見到她們本人。她透過冰藍色的眼眸端詳她們，最後總算點點頭，向她們示意跟她進去。這棟房子與戶外車道相比，其實溫度沒有高多少，但至少不會濕答答。客廳有燃火壁爐，她帶領她們進去，叫她們站在原地，然後，她緩緩在她們周邊繞了一圈，最後站在壁爐前面，動也不動。

「歡迎來到本斯肯姆宅邸，妳們會站在這裡，是因為我們在妳們的身上看到了某種特質，當然，我們也有可能搞錯了，」她繼續說下去，目光冷酷無情，「不過，我們從事這一行已經很久了，也許我們是對的。『史芬克斯計劃』是一項相當特殊的任務，第一次有機會在我們組織的奧援之下，為了成立作戰小組而讓一群女性接受培訓，妳們不會讓我們失望的。」

這不是問題，而當她在講話的時候，室內溫度似乎陡降了攝氏十一度。

「『博物館』裡面有些人認為，一群女人無法接受完整訓練、完成我們的任務。我相信妳們可以，妳們有這個能力，而且一定做得到。女人的殺技就與男人一樣，而且妳們具備了男人欠缺的優勢。妳們都是年輕美女，而且這樣的外表就表示男人會低估妳們，妳們日後要運用這一點當成自己的優勢。」

她停頓了一會兒，挑眉望向瑪麗艾莉絲袒胸露背的亮眼裝扮，「妳的某些優勢強過其他人，不過，在妳們四個人當中，都有某種符合大眾品味的強項，比方說，妳，」她拿起自己的拐杖，指向海倫，「妳具有類似賈桂琳・甘迺迪的冰冷特質，非常優雅。而妳呢，」她指向娜塔莉，「古靈精怪，就跟奧黛麗・赫本一樣。」海倫與小娜互看一眼，迅速笑了一下。康絲坦絲・哈利戴又把注意力轉向瑪麗艾莉絲，「親愛的，我想我不需要列舉妳有哪些魅力，」她說道：「那種過於豐滿的身材在一九五〇年代相當流行，依然還是有許多男人喜好這一種類型，而不是……」她隱約指了一下比莉，而比莉則冷冷回瞪她。康絲坦絲・哈利戴以雙手扣住自己的拐杖頭，杖身是微微泛紅的深木色，而杖頂是某種純銀的鳥頭，配有黑色玻璃珠製成的雙眼。

「沒有，妳就沒有杜特小姐那種明顯的魅力……」她對瑪麗艾莉絲稍微點了一下頭。比莉發現，她們的導師沒有開口詢問就已經知道她們的姓名，讓她吃了一驚，不過，她知道一定有關於她們每一個人的報告，記載了各式各樣資訊的檔案，這一點讓她很不舒服。

康絲坦絲・哈利戴端詳比莉的時候，一直側著頭，「對，妳的搶眼魅惑感比不上杜特小姐，」她重複了一次，「不過，妳看起來像是那種享受性愛的年輕女子，對吧？」

「沒錯。」

「很好。男人會嗅出那種氣味，他們對於粗野特質有第六感。不過，我要提醒妳，千萬不要讓它失控，」她態度嚴厲，「威博斯特小姐，性是武器，千萬不能任由它成為妳的絆腳石。」

她往後退一步，「妳們的房間在樓上——兩人一間。放好個人物品，洗手準備吃晚餐。十五分鐘之後，用餐室見。」

她們四人拿起放在玄關的行李，到了樓上。她們沒有討論太久，瑪麗艾莉絲與比莉住同一間，而海倫與娜塔莉住另外一間。房間很簡樸，兩張雙人床，素色羊毛床罩。沒有什麼傢俱，而這些房間顯然必須得要共用走廊的那間老舊浴室。

瑪麗艾莉絲踢掉鞋子，一屁股倒在自己的床上，「我喜歡這個地方。海倫說這就像是從《小熊維尼》或是《柳林風聲》冒出來的場景一樣。還有，哈利戴小姐人很好，我喜歡她。」

「嗯，我懂，因為她沒有直接罵妳是大騷貨。」

瑪麗艾莉絲哈哈大笑，「我想那就是妳的超級強項。娜塔莉和海倫可以當很酷的社交名媛，假裝是很難追的女子，而妳和我……」她沒有繼續說下去，做出了某種要是沒穿胸罩就會顯得相當猥褻的晃搖動作。

梳洗過後，她們下樓，準備上第一堂禮儀課。哈利戴小姐吩咐她們坐下，準備在擺滿了銀器與瓷器的餐桌前吃一頓正式的晚餐。海倫看起來十分輕鬆自在，不過娜塔莉卻拿起洗指碗，猛戳漂浮在水面的檸檬切片。

「這是什麼湯？」她提出疑問，「看起來像是熱水。」

哈利戴小姐回答她，「舒勒小姐，因為它就是熱水啊。」她坐在自己座位的前三分之一處，背脊直挺挺，宛若老鷹居高而下，以猛禽的銳眼盯著她們。「妳們的任務將會帶領妳們進入全球各式各樣的業界，包括了最高等級的外交圈，妳們必須要準備周全，才能夠有得體的表現，」她繼續說下去，想也知道她們不敢出口反駁，「我的代號名稱是『女牧羊人』，因為我具有照顧別人、評估對方能力、確保他們得到完整培養的天份。我的職責就是讓妳們對各式各樣的危險做好準備，確保妳們遇到任何狀況時都能夠處變不驚。我在戰略情報局帶領的最後一個小組是『憤怒女神』，出於神話裡的角色。妳們知道誰是『憤怒女神』嗎？」她提出問題，環顧整桌的人。

海倫大膽開口回答，「在古典神話當中，『復仇女神』是報復執行者，她們會折磨那些沒有因為犯罪而付出代價的人。」

康絲坦絲．哈利戴露出一抹淺笑，「荷馬說，她們住在幽黑地帶，完全沒有任何的同情心，他把她們稱之為復仇者，夜之女兒。支撐她們的是正義之怒火，對於我的女孩們來說，這名字恰如其分。」

她喝了一大口酒，兩側嘴角留下了紫色的微小新月形狀，「不過，這個世界已經發生了改變，光是憤怒並不夠，妳們必須狡猾、神秘，而且又野蠻。妳們知道史芬克斯是什麼模樣嗎？」她向大家提出了問題。

瑪麗艾莉絲開口，「獅面男人。」

「那是埃及的史芬克斯，」康絲坦絲．哈利戴糾正她，「妳們是以希臘的史芬克斯為本，那是具有美女面孔與胸部，以及獅身的生物，她甚至還有翅膀。」

娜塔莉的眼睛睜得又大又圓，「靠！不會吧？」

康絲坦絲．哈利戴沒有理會她，直接整個人往椅背上一靠，端詳自己酒杯中的光點追逐嬉戲，「學者們對於『史芬克斯』的詞源莫衷一是，而我傾向的理路是它來自於希臘的『sphingo』

一詞，意思就是『擠壓』。因為史芬克斯是女獅，而這就是女獅的殺戮方式。悶死獵物，以毫不留情的方式讓牠們窒息斷氣，這並非因為她們生性邪惡或凶狠，而是因為她們是獵者，這正是獵者的行為。」她停頓了一會兒，讓我們沉澱她剛剛說出的那一番話，「還有，舒勒小姐，妳等一下要把罰金一先令投入髒話罐，」她繼續說下去，「妳也許可以私底下講髒話，不過，來到本斯肯姆這個地方，妳完全歸我掌控。」

# 10

這一整夜，海倫幾乎都讓船艇一直朝東北東前進，她負責監看，而我們其他人則輪流控制舵柄。我們為了省油，速度一直很慢，主要是靠風引領我們前進，只有在修正航道的時候才會使用引擎。在我們出發過後沒多久，出現了震撼世界的一聲巨響，一團火柱直入夜空，一坨燃油煙塵蒙蔽了明月。

「好，就這樣了……」海倫說完之後嘆了一口氣。她轉頭，面向西方地平線的一片空曠。海洋與天空的一切，全成了黑色，只看得到星光幽微閃動。我們坐定在小艇內，穿上保暖衣物，抵擋突然出現的風。

這一夜並不舒適，但我們都曾經遇過更糟糕的狀況。第二天早上，快要到中午的時候，海倫把我們帶進了尼維斯的某個小洞穴，我們抓了自己的裝備，毀爛小艇，這樣一來，就完全無法追溯到安菲屈蒂號了，然後，我們沿著小丘頂部的鋪面人行道前進，繞過了住家和旅館。走了半個小時之後，我帶領大家進入海灘。

小娜氣喘吁吁地問道：「我們要去哪裡？」我的草編鞋是平底，但是她穿的是厚底高跟鞋，很難在鬆散沙地中好好行走。

「那裡……」我指向白天未插電的那一串燈泡下方寫有「陽光」的招牌，那是一家海灘酒吧，加勒比海最傳奇的地點之一。我告訴她們，「我們過去吃午餐，喝一輪『殺人蜂』雞尾酒，只要是有人問起，就說我們在渡假，住在聖基茨島。」

她們沒有任何異議，不知道她們是因為期盼烤魚？還是這家酒吧的傳奇蘭姆潘趣酒？我們吃吃喝喝，最後所有餐點全部被我們一掃而空，連最後一滴蘭姆潘趣雞尾酒都不剩。我們付現，給的小費能讓服務生滿心感謝，但也不至於慷慨到會令人留下記憶的那種程度。等到我們用餐結束之後，酒保幫我們打電話叫計程車，把我們送到水上計程車登船處。那裡正對著聖基茨島底端的奈洛斯海峽，而座落在那裡的柏悅酒店正在陽光下閃耀光芒。造景綠意盎然，這一整個度假村前有海灘，後面則有高聳山陵。

水上計程車花了六分鐘的時間穿越奈洛斯海峽，搭船的有觀光客，也有通勤人士。

船長與常客們在聊天，而瑪麗艾莉絲在刻意翻閱剛剛從「陽光酒吧」陳列架隨手抓下的觀光客雜誌，水上計程車直接就停在柏悅飯店的碼頭。

我看著海灘那排面向尼維斯的日光浴躺椅，下巴朝那裡點了一下，「妳們去那裡稍微休息一下，我去弄房間。」

海倫問道：「沒有護照要怎麼入住？」

我把手伸入口袋，拿出從安菲屈蒂號船尾跳下去之後，一直隨身攜帶的氯丁橡膠電子閱讀器保護套。我拿出刀子，迅速割開封口，裡面有一個加拿大護照，照片是我本人，但名字完全不一樣。

「我的天吶！」小娜緩緩說道：「妳旅行的時候一定會帶著備份身分文件嗎？」

「從阿根廷那一次之後就是如此……」我露出苦笑。那次的阿根廷之行是我從事的最危險的任務之一，備份身分文件讓我躲過了嚴苛審訊，也不需要在彭巴草原罪犯集中營蹲牢兩個月。

海倫問道：「還有，我們這位加拿大朋友要怎麼支付她的房間費用？」

我又把手伸入那個保護套裡，拿出了某張美國運通黑卡，「她有信用卡。」

就在這個時候，某位身穿條紋T恤、面帶燦爛笑容的員工朝我們走來，她帶著裝了冰水的高腳杯，上面還有黃瓜薄片作為綴飾。她為小娜與瑪麗艾莉絲送上飲料，而海倫與我則沿著山坡上行走向主樓。如果換作是其他情境，這種景色可能會讓我大為驚豔，這裡是露天設計，有錦鯉池塘，還可以欣賞到奈洛斯海峽與尼維斯之間的壯觀美景。氣氛寧和，我真的想要放鬆一下，但還早得很。

飯店櫃檯宛若《建築文摘》裡面的某件作品——黑色光滑水泥長板，搭配藤編高腳椅，還有以高冷手法擺設的蘭花。唯一能夠看出這裡有商業活動的就是那一台超薄平板電腦。櫃檯人員熱情招呼我們，我也對她投以淺笑。重點是要把語氣拿捏得恰如其分，介於惱怒與優越感之間的那一種。

我瞄了一下她的名牌，「蘇菲亞，希望妳可以幫忙我們。我們預訂了島嶼另一頭的某棟奢華別墅，但恐怕是沒辦法住人。」我說完之後，緊閉雙唇，暗示有些事我講不出口，「妳這裡有房間嗎？」

「聽到這種事，真令人遺憾！讓我看看我能幫什麼忙。」她迅速敲打自己的平板電腦，「有一間漂亮的海濱雙床房，但很可惜是在度假村比較遠的那一頭，距離餐廳與游泳池都很遠……」說完之後，她伸手指向弧狀海灣的另一頭。

我微微嘆了一口氣，「我想當然沒問題……」我的語氣還流露出淡淡的失望之情。

「現在就可以入住了，」她向我保證，「我剛剛說過，它位於海邊，它的位置在一樓，可以直接使用海灘。」

「那個就可以了……」海倫插嘴，她的口音聽起來有點外國腔，可能是荷蘭或丹麥，或是介於這兩國之間的某個地方。

蘇菲亞對我們露出感激微笑，「太好了，現在我只需要一張信用卡，還有妳們的護照。」

海倫默默做出默劇演員的手勢，指向自己根本不存在的錢包，而我果斷地把自己的信用卡與護照放在櫃檯的小托盤裡，「不，不，這就由我買單。」

海倫低聲說道：「親愛的，謝謝妳……」

「我朋友把她的錢包忘在那間別墅了。等我們找人把行李送過來之後，會再過來讓妳影印複本。」

蘇菲亞遲疑了一下，然後露出微笑，「當然沒問題，請稍等我一下。」她帶著信用卡與護照進入後面的辦公室，整個人不見了，要是會出包的話，那就是非此刻莫屬。我做了好幾次平穩情緒的深呼吸，重複我在印度喀拉拉邦某家靜修中心出任務時學到的禱文，而海倫則忙著在翻閱咖啡桌上的洛娜．辛普森攝影集。

過了宛若漫漫無盡的幾分鐘之後，蘇菲亞再次現身，帶了一桶東西，裡面是冰毛巾與礦泉水。她遞過來的時候，還附上了我們的文件以及房間鑰匙。

「各位女士，歡迎來到柏悅酒店，祝各位住得開心。」

我們以要與朋友共進午餐當藉口，婉拒了度假村的導覽介紹。當我們一離開主樓，馬上在海邊找到小娜和瑪麗艾莉絲，沿著地圖的指示前往我們的房間。

小娜低聲說道：「目前安全了，」這是「女牧羊人」的另一句格言。無論在什麼時候，只要人安全無虞，就算只有短暫片刻也一樣，重點就是要給自己喘息的機會，攝取營養，充分休息，準備繼續再戰。

我脫掉自己的草編鞋，在床上攤展全身，雙手擱在後腦勺。

「現在呢？」瑪麗艾莉絲問道：「我們已經拚成這樣，但依然還待在加勒比海，而且全部四個人只有一本護照和一張信用卡，我們要怎麼回家？」

「不是回家，」海倫提醒她，「我們需要避難所，需要爭取足夠的時間搞清楚到底出了什麼狀況。」

我們沉默了一分鐘之久，大家可能都在想同一件事。雖然我們經驗老道，不過，我們一直很習慣有整個組織提供豐厚資源任由我們使用，要是我們出任務的時候遇到危險，他們會想辦法把我們救出來，準備收拾我們留下的爛攤子，讓我們遠離火線。四十年來，這是我們第一次得要靠自己了。

我緩緩坐起來，「我有一個朋友可以幫忙，她是與『博物館』完全沒有任何關聯的人。」我盯著電話，「但是我們不能冒險使用飯店的電話，別人可以追蹤到我們的下落。」

所以，我挖出了當地的電話簿，撥打巴斯特爾某家通訊行的電話。我把自己的需求告訴他們，他們答應一個小時之內就會送來王八機的包裹。我在房內等候，而瑪麗艾莉絲則待在平台區擺臭臉。海倫和小娜去酒店附設的店鋪，為我們每個人買了一些盥洗用品，還有貴得要命的衣物，全部都是掛房帳。等到王八機送來後，我把其中一隻手機插入充電器，按下我一直牢記在心中的某個電話號碼。米恩卡在第四聲鈴響出現時接了電話，我眼前已經浮現出她的模樣，穿的是馬丁大夫靴，雙腳擱在桌面，同時在玩她自行設計的遊戲，對著外星人開雷射槍。

我跳過寒暄，直接一股腦講出我們需要的一切——身分文件、機票啊什麼的，她是老手了，知道絕對不要提問。

米恩卡答應我，這些東西會在二十四小時之內送到，我們結束通話。等到小娜與海倫回來時，我解釋自己剛剛做了哪些事。瑪麗艾莉絲從平台區回來了，她一直在揉眼睛，正好趕上我結尾的那一段，看來她剛剛一直在哭——而且雖然想要忍住淚水——但是卻無能為力。

「誰是米恩卡？」

「說來話長，」我揮揮手，沒有理會她的問題，「不過她很可靠，我把自己的命交付給她，我很放心。」

海倫冷冷地嗆我，「還有我們的命……」

我告訴她，「如果妳另有想法，那妳就去啊。」

她沒有。我們點了客房服務送餐，在一片疲憊的沉默之中吃了東西。海倫在飯店商店買了好幾本書與雜誌，整個人縮成一團，閱讀瑞絲．薇斯朋讀書會的最新推薦書，而小娜則亂轉加勒比海新聞頻道，最後選定的是某齣委內瑞拉肥皂劇，主角是在尖吼台詞的濃妝女子。

「我要去外面走一走……」我的這句話其實沒有針對特定對象。

瑪麗艾莉絲起身，準備跟我一起離開。我們穿越滑門、經過平台區，到了某個蓊鬱地帶，兩旁佈滿了九重葛、香蕉樹，還有木瓜樹的花壇。不遠處的海灘上，已經放置了好幾張日光浴躺椅。

瑪麗艾莉絲的下巴朝那裡點了一下，「我們該冒這個險嗎？」

我聳聳肩，「其他人似乎都在吃晚餐。」餐具的碰撞聲響與柔和音樂從散落在度假村各處的餐廳飄送出來，在我們這一頭的海灘卻一片寧和，完全看不到人。

我們入座後，我點了菸，微小的星火在眨眼，宛若在漸濃夜色之中的螢火蟲。

瑪麗艾莉絲微笑看著那些菸，「千萬別跟我說那些東西泡水之後還能倖免於難……」

我搖頭，「這是海倫從度假村附設商店買的東西，還有保濕霜和牙線。」

「海倫明明討厭妳抽菸。」瑪麗艾莉絲和我坐在躺椅邊緣，我們轉頭面對大海，兩人的膝蓋幾乎相碰在一起，夕陽已經在我們右側的路岬後方沉落，天色一片暗紫。

「但她還是買了菸，那就是友誼。」

瑪麗艾莉絲悶哼一聲。除了海潮的節奏之外，沒有任何聲響，這種狀況持續了好一段時間之久。在我們左方的底端，有一棵孤單棕櫚樹斜插入水，彷彿在傾聽大海必須要傾訴的那些秘密。

我聽到猛吸鼻子的聲響，「瑪麗艾莉絲，我的衛生紙已經用完了，要是妳想要擤鼻涕，最好是拿妳自己的襯衫擦一擦。」

「威博斯特，去妳的……」她用袖子抹了一下雙眼，不過她的語氣已經好轉，背脊也比較挺直了，「我只是受不了這種狀況——離開亞希子，但是卻完全不知道她怎麼想，她要怎麼熬下去。」我不發一語，因為最好還是讓她繼續講完，一口氣全部宣洩出來。「我只有這個秘密一直不曾對她說出口。嗯，應該說這是唯一的重要秘密，」她修正用詞，「她並不知道我重新鋪設玄關樓梯地板花了多少錢。」

我問道：「妳用羊毛嗎？」

「有機產品，紐西蘭進口，」她說道：「之後我會把連結寄給妳。」

她靠過來，從我手中取走香菸，深吸一大口，菸頭因而轉為火紅色，然後她又把菸還給我。她把菸深吸入肺，停留許久之後才吐出來，漫漫無盡的一口長氣。

「我好懷念菸味。」

我瞄了她一眼，她噘嘴，「不要用那種表情看我。我知道我不能抽菸，這是被乳癌剝奪的另一個習慣。」她大手一揮，指向自己的胸部。

「看起來很不錯，」我告訴她，「小娜說她很想要做一對新的。」

「臭小娜去死啦。這對奶子外表能看，但我已經病懨懨了八個月之久，而且我的乳頭還是僵麻。」

我提醒她，「但妳撐下來了……」

「我撐下來了。」她挨近我，肩膀碰到了我的肩頭，「而問題是，能堅持多久呢？」

我搖搖頭，以草編鞋鞋底撚熄香菸，然後把菸屁股放入菸盒裡，「我還是不敢相信那小混蛋想要炸死我們，我真想知道他到底是從哪裡接獲命令。」

「誰說是這樣？」她回我，「他可能只是個自走砲。」

「要我們這四個退休幹員的命？為什麼？」

「我們知道內情。」

「那個廢物小騙子炸彈客布拉德．佛葛帝，我們哪裡會知道什麼對他產生威脅感的秘密？」

她開始努力釐清狀況，「好，佛葛帝對我們任何人都沒有敵意……」瑪麗艾莉絲處理一切的方式都是緩慢又有條不紊。她的專長是細節，甚至比海倫更厲害，雖然她得要更長的時間才能發現真相，不過，她經常能夠挖出我們其他人忽略的事物。而我比較躁進，仰賴的主要是直覺，有時候就只是運氣好被我矇到而已。這就是我們之所以能夠成為超級團隊的原因，我是她的衝鋒隊。

她微笑，這是我這二十四小時以來，第一次看到她展露發自內心的微笑。「我知道，我的速度跟烏龜一樣慢。忍耐一下吧。」她沉默不語好一會兒，我盯著海潮宛若蕾絲的邊緣，摺襇狂拍沙地，然後又退縮回去，宛若佛朗明哥舞者的長裙一樣，有一隻迷你灰蟹急急忙忙爬過我的腳。

我轉身盯著她，她的蒼白鵝蛋臉在重重幽影之中綻放光亮，要是我能夠更仔細觀看，我知道我會在她的眉宇之間看到一條深鑿的細紋，我突然耐性全失，「瑪麗艾莉絲，妳不能就這麼掩蓋事實，或是想辦法看到一線希望還是什麼他媽的人生光明面。要嘛就是這四十年來發薪水給我們的那群人打算要炸死我們，不然就是他們明明知道我們會出事卻袖手旁觀，因為他們還有其他更重要的任務。我們知道太多內幕了。在一天之內，我們已經從不重要的小角色轉變成為巨大的威脅。」

「多可怕的威脅？」她向我下戰書，擺明要吵架。

「瑪麗艾莉絲，隨便妳怎麼想，妳又沒這麼笨。我們都知道屍體埋在哪裡——確切的地點。他們不是在對我們打分數，而是媽的在清算。妳一直不想承認事實，是因為這意味妳必須想辦法解決亞希子的問題。」

我聽到她的鼻子在激烈吐氣，宛若公牛爆衝之前的那種聲音，「比莉，我太太不是問題，但我覺得妳根本不會懂。」

她準備氣沖沖跺重步離開，不過，在這麼深的沙地，這動作難度很高。我在她背後大叫，「喂，瑪麗艾莉絲……」她轉身，我伸出了中指。

她邁步走人的時候，也回敬我相同的動作。我掏了一根新的香菸，點燃，緩緩吐出一大口菸氣，我對那隻螃蟹說道：「本來可以不用搞得這麼僵……」

# 11

從飛機起飛到降落邁阿密，一共花了三小時，我們下機的時候好整以暇，小心翼翼，不想因為匆匆忙忙而引人側目。我們通過了海關與移民官，而米恩卡的傑作果然奏效。通過了官方檢查路線之後，距離我們搭乘前往亞特蘭大的另一個航班，還足足剩下半小時的時間。而當我們到達哈茨菲爾德機場之後，那裡擠滿了聖誕節後的人潮，每個人都在拚命推擠。什麼世界和平，什麼善待他人，早就沒了，想必這一切都和馴鹿圖案包裝紙一樣，全被大家給扔了。

此時是深夜十一點，我們搭乘前往阿拉巴馬州的伯明罕的最後一班班機，在半夜十二點之前降落。娜塔莉因為疲累在哀叫，但我還是堅持要繼續走下去，瑪麗艾莉絲和海倫跟在後頭，也不知道為什麼，她們看起來比我們兩個更加活力充沛。我拿到了米恩卡幫我們預約的租車，準備進行我們的最後一段旅程，納塔莉鑽進後座，一坐定就睡著了。而我們其他人輪流開車，五小時之後，又輪到我開車，越過雙跨橋，進入紐奧良，就在這個時候，正好遇到旭日東升。

我沿著州際十號公路進入市區，混在早晨交通尖峰時間的車流之中，最後到了法國區附近。瑪麗艾莉絲在副座上打盹，而海倫與娜塔莉則像小狗一樣蜷在後座。

我動手戳醒瑪麗艾莉絲，「趕快叫醒她們，我們快到了，而且等我一停好車，我們就得要盡速採取行動。」

她喚醒海倫與小娜，收拾我們攜帶的輕便行李。我把車子停在蘭姆帕爾特附近的某條小巷，沒有熄火，不到半個小時，它就會被送入某家拆車廠，變得體無完膚，就算誰有能耐追查到我們到了伯明罕，也絕對不可能知道我們是怎麼來到了這座城市。

瑪麗艾莉絲把包包揹上肩頭，開口問道：「現在呢？」

我伸手指向法國區的方向，「我們步行……」要是只有我一個人的話，我會繞行整個街區，為了以防萬一先事先檢查，不過，海倫又開始打瞌睡，而且娜塔莉幾乎已經站不穩了。二十歲的時候，連續二十四小時沒有好好睡覺，易如反掌；不過，到了六十歲的時候，根本就是要人命。當我們沿著俄西蘭街舉步維艱地往前走的時候，未眠之夜的每一分鐘都讓我痛苦不已。這裡是法國區最安靜的街區之一。沒有醉漢在凹凸不平的人行道跌撞前進，水溝裡也沒有一坨坨的嘔吐物，幾乎是一片寧和。

我們在某戶普通的大門前停下來，上面安裝了一個密碼鍵盤。大門後方有帶襯墊的黑色厚重帆布，任何人想要朝內一窺究竟，一定是不得其門而入。我按了密碼，出現了短暫沉默，這在我的預期之中。然後，是一聲輕柔的嗡鳴聲、噹啷，大門瞬間敞開。後面是拱形磚道，唯一的微弱燈源是一盞煤氣燈，濕答答的地面暗處有東西在竄動。

小娜一直盯著那個黑暗角落，開口問道：「那是什麼？」

我笑嘻嘻地告訴她，「很可能是老鼠……」我重重關上大門，確保它上鎖，「歡迎來到我的地盤。」

這座隧道的另一頭是中庭，周邊有四間磚造建物，一棟比一棟破敗。立面之間有廊道與階梯彼此連結，全都東倒西歪，互相倚靠形成支撐，宛若老太太們在進行最後一次八卦一樣。

她們三個站在那裡，慢慢轉身，打量眼前的場景。一棵雜亂的桂花樹挺立在角落，旁邊全是一堆堆的碎磚。這裡還堆了其他雜物——石板、木板、水泥袋——還有一盆又一盆的飽滿灌木，茂盛程度不一。在正中央有一個噴頭失蹤的噴泉，盆內是滿滿的綠水，水面微泛漣漪，害娜塔莉嚇了一大跳。

瑪麗艾莉絲問道：「在那水裡動來動去的是什麼？」

「名叫路易的鯉魚，他的歲數跟這房子一樣。」

海倫客氣說道：「嗯，養寵物應該很舒心……」

小娜盯著支撐二樓走廊的斑駁黑色鍛鐵，開口說道：「這房子看起來快塌了……」

我告訴她，「有可能，妳上去的時候小心一點……」

「想必以前很美，」瑪麗艾莉絲講的話有一點像是外交辭令，「相信它可以再度恢復往日光采。」

小娜回她，「只要稍微動動手，丟幾管炸藥就可以了。」

我提醒她，「妳住這裡又不用付錢……」

瑪麗艾莉絲佯裝鎮定，「水管還能用嗎？」

「有時候可以……」顯然瑪麗艾莉絲與娜塔莉興趣缺缺，我面向海倫。

她露出微笑，出乎我意料之外，「太好了。比莉，謝謝妳帶我們過來這裡。」

瑪麗艾莉絲展現風度，擺出有些愧疚的表情，不過娜塔莉只是在打哈欠。就在這個時候，某道門開了——綠松石油漆剝落的大門——出現的是某個高瘦女孩，我還來不及介紹她是誰，她就朝我撲來，緊緊抱住我不放，我整個人被她抬起來，離地約有兩、三公分，她身上散發出楓糖糖漿和焦黑吐司的氣味。

她把我放下來的時候，語氣堅定地說道：「妳嚇壞我了，之後千萬不要再這樣了……」

「我們很平安，」我告訴她，「妳表現得太棒了。」

她一手搭住我的肩，轉身面向其他人，像松鼠一樣歪頭仔細端詳，「這些是朋友嗎？」

「瑪麗艾麗絲、海倫，還有娜塔莉，」我逐一介紹，「這是米恩卡。」

她們禮貌地嗯哼了一下，米恩卡點頭回應，然後又看著我。「我做了早餐。」

我提醒她，「妳又不會烹飪……」

她聳肩以對，「的確是不美味。但妳們應該要吃點東西。」

她帶頭，走入綠松石色的房門，進入一棟只有空殼的房子。負責支撐的磚牆還在，但是隔間牆全被拆除，上層也一樣，所以天花板距離我們有兩層樓高。一片老舊房門被堆放在一堆堆磚塊上面，弄出了臨時的廚房流理台，放置一切必要物品——咖啡機、電爐，還有烤土司機。有一個昂貴的煮水壺，但那是我唯一忍痛購置的奢侈品。

這空間的正中央擺放了一張可容納四十人用餐的巨大桌子，旁邊隨便放置了幾把風格完全不搭調的椅子。窗戶是以聖經故事為主題的彩繪玻璃，某些地方的原始窗片已經碎裂，換上了廉價透明玻璃。其他部分幾乎都出現龜裂，抹大拉的馬利亞跪在復活耶穌面前，她的仰望臉龐上出現了一道長形鋸齒狀裂縫。

瑪麗艾莉絲問道：「這是什麼地方？」

「先前是修道院……」我一邊回答，一邊指引她們入座，有個盤子上堆滿了冷掉的烤焦吐司，而且奶油塊上方散落了一層麵包屑，不過咖啡依然熱呼呼。我們都無力地癱坐在椅子上，每一個人都拿著馬克杯，對於那些烤壞的麵包就裝作沒看到。「這裡的修女們隸屬於某個與抹大拉的馬利亞有關的修會，」我繼續說下去，「就在街底有一間本來是屬於俄西蘭街的修道院，而建造這棟房舍的修女們是在數十年之後才來到這裡，她們是護理修會，一場黃熱病疫情讓她們全數陣亡。」

米恩卡端著咖啡入座，喜滋滋插話，「這裡鬧鬼哦……」

瑪麗艾莉絲轉頭看她，「鬧鬼？」

米恩卡補充，「就是有幽魂啊……」

「是修女的魂魄，」我鄭重澄清，「她們趕走了好幾個屋主，但是她們從來不曾打擾我，似乎也沒有糾纏米恩卡。」

她聳肩以對，「獨居的時候有同伴是好事。」

海倫客氣問道：「米恩卡，妳住在這裡嗎？」

米恩卡點點頭，「對，我現在是真正的美國人了……」她的五官完全就是斯拉夫血統：又寬又平的顴骨，眼窩凹陷明顯。她的風格每個星期都有變化，不過今天的打扮像是法國電影裡的臨時演員，一字領條紋T恤，圓點小絲巾。她又剪了頭髮，平頭，染成一頭墨黑色，加上櫻桃紅挑染。她戴著小巧的圓框老花眼鏡，全身上下只差一個有長型法國麵包冒出來的自行車籃子而已。

海倫打量我，「這房子是在妳名下嗎？」

「不是，是某家開曼群島的控股公司，這樣一來就完全追蹤不到我。」

「我靠，」瑪麗艾莉絲說道：「妳居然有自己的避難所。」

我聳肩，「在我們這一行，這是很合理的預防措施。」

「我就沒有避難所……」娜塔莉的臉色很臭，而海倫看起來依然若有所思。

海倫什麼都沒說，而娜塔莉面向米恩卡，「希望比莉至少有給妳一間室內廁所，這裡有點簡陋。」

米恩卡瞇眼，模樣就跟貓咪一樣，「比莉為我準備了一切，」她又多待了幾分鐘，但是氣氛已經變得超級冷淡，等到她藉故離開之後，娜塔莉面向我。

她開口問道：「我剛剛講錯什麼了嗎？」

「重點不是妳說了什麼，」海倫告訴她，「我覺得是妳批評比莉，讓她不高興。」

娜塔莉還來不及翻白眼，海倫已經站起來，「我累死了。」

我起身離座，「我來告訴妳們睡覺的地方在哪裡。」

瑪麗艾莉絲動也不動，「我們得要搞清楚狀況，需要擬定計劃。」

海倫轉身，似乎打算再次坐下來，但有點搖搖晃晃，我伸手抓住她的肩頭，穩住她的重心，「對，瑪麗艾莉絲，我們會訂定計劃，但我們大家都累壞了，根本無法好好思考。我們先睡覺，然後吃飯，最後再想出計劃，這是哈利戴的規矩。」

我看得出來，瑪麗艾莉絲並不高興，但她還是起身，跟我走向中庭另一頭的建物，也就是一樓有磚牆隧道的那一棟，隧道兩側各有一個大房間，其中一個堆滿雜物，連進去都不可能了。另一個空蕩蕩，只有一個小型的螺旋梯，樓上是一道通往十多個房間的長廊。

「修女們的宿舍，」我告訴她們，「房間很小，但至少是私人空間。」

我打開了第一間的門。裡面是寬面木板條，擦拭得很乾淨。一張雙人床墊，塑膠膜根本還沒拆封，斜靠某面牆，只剩下能夠走動的空間而已，而牆上的某個壁龕裡還放著一尊無頭聖徒的石膏像。娜塔莉張嘴，但海倫卻瞪了她一眼以示警告。

娜塔莉有氣無力，「非常好……」她直接朝床鋪走去，整個人癱倒，拉起毛衣蓋住頭。

「小娜，親愛的，」海倫呼喊她，「至少應該要鋪一下床單吧？」

「不要。」這句話發音模模糊糊，但是揮手動作卻很清楚。

我們關上她的房門，瑪麗艾莉絲與海倫不發一語，陸續進入隔壁的那兩個房間。我進入自己的房間，撲通一聲倒在床上，立刻入眠，是那種讓人全身發癢、比完全不睡更恐怖的深眠。我在日落時分醒來，床被與我的雙腿夾纏在一起，熱潮紅讓我滿身大汗。我下床，迅速洗澡，然後拿取我留在這裡的那一小疊衣物，靴型牛仔褲、珍妮絲．賈普林的破爛T恤正好符合我現在的心情。我穿上自己最愛的牛仔靴，搭配比米恩卡還年長的飛行員夾克，還有我的太陽眼鏡。出門的時候，我順便抓了一頂棒球帽，雖然我完全看不出我們被跟蹤的跡象，但是我不會冒險。

我出了大門，沿著俄西蘭街往迪卡杜爾街前進。當我經過「中央雜貨」的時候，肚子發出咕嚕叫聲，想要來個木佛塔三明治，不過店門外掛了「打烊」的招牌，我繼續往前走。我在這一區繞了一圈，有點算是以之字形方式前進，鑽進了幾條小巷，不過，並沒有任何狀況觸動我的「蜘蛛人」神經。我進入「世界咖啡」，買了五份貝涅餅，回家的時候，我的懷中抱滿了因熱氣和油脂而變得軟塌、氣味宛若天堂的紙袋。

海倫一定已經洗過澡了。她的頭髮濕漉漉，正在慢慢翻閱二〇〇九年的《浮華世界》雜誌，而小娜則身穿我最愛的和服，一直以手指敲桌面，瑪麗艾莉絲打開了裝有貝涅餅的袋子，分送到每一個人手上，而且同時遞出紙巾與菊苣咖啡。我環顧四周，開口問道：「米恩卡在哪裡？」

瑪麗艾莉絲的回答簡單扼要，「外面……」

當娜塔莉吃了第一口貝涅餅的時候，她大力讚道：「我想我剛剛排卵了……」她咬下溫熱麵糰之際還發出了低聲呻吟，將糖粉吹送到空中，「極樂美味。」

我脫掉外套，把棒球帽丟到桌上，開口說道：「紐奧良的貝涅餅是老梗了，不過是好的那一種。」她們很安靜，刻意展現熱情在吃東西，我東張西望在打量她們，她們氣色不好，但依然努力撐住。就在這個時候，米恩卡回來了，她提著從街區外賣店買來的食物——秋葵和馬鈴薯沙拉，還有從街角雜貨店買來的好幾瓶紅酒。此外，還有麵包，過早販售的國王蛋糕，想必是來自來自波旁街某家坑殺觀光客的黑店。

當米恩卡忙著拆開包裝的時候，我對她道謝，「小朋友，真心感謝妳……」她轉身去拿碗與湯匙，我打開了第一個餐盒，開口說道：「我們可以邊吃邊討論。」

海倫拿了其中一瓶酒與開瓶器，眯眼盯著米恩卡的背。

她用法語警告我，「不要在小女孩面前講這件事。」

米恩卡根本沒轉身，以法語回話，「這位女士，小女孩聽得懂法文。」

海倫以法語罵髒話，「靠……」

米恩卡面對我們，「如果妳們不想跟我講話，那我就回我的房間了。」

「當然不是，」瑪麗艾莉絲打圓場，「米恩卡，我們都知道自己欠妳一份恩情。」

她以目光警告海倫，海倫遞出一杯酒，露出牽強微笑，「當然，我只是不知道我們要透露多少後續步驟的細節，怕米恩卡覺得無聊。」

這是鬼扯客套話，但我實在太累了，實在沒辦法嗆她。

米恩卡聳肩，把她的秋葵放在一坨馬鈴薯沙拉上面，娜塔莉看得著迷，開口問道：「好吃嗎？」

米恩卡說道：「妳試試看啊……」

娜塔莉照做，挖了一大匙，翻白眼，「我靠，超好吃。」

米恩卡大笑，兩人開始展現青少女的熱情，嘗試各種吃法。

當娜塔莉伸手拿辣醬瓶的時候，瑪麗艾莉絲告訴娜塔莉，「妳等一下就得吃制酸劑了……」

「我會坐著睡覺，」娜塔莉說道：「值得啦。」她面向我，「好，現在是怎樣？」

海倫語氣輕快，「我們也該開始進行評估了……」她以優雅的方式小口吃貝涅餅，然後把自己的紙袋推到一旁，雙手完全看不到任何一顆糖粒，她根本沒碰她碗裡的秋葵，但是酒杯卻已經空了一半。

「好，」我說道：「我們就來好好推演一下，顯然我們成了『博物館』要殲滅的目標，但我們不知道原因。」

「我一直在想，鐵定是有誤會，」海倫主動開口，「我的意思是，我們一直很稱職，偶爾還會有出色表現，而且我們已經退休了。為什麼現在要除掉我們？」

「真是大哉問，對吧？」我說道：「要是我們知道為什麼，其他的一切都可以兜得起來，因為現在什麼都不合理。」

米恩卡嘴裡塞滿秋葵，開口問道：「這個『博物館』是什麼？」

娜塔莉一臉好奇地望著她，「妳知道比莉做什麼工作嗎？」

「嗯，」米恩卡說道：「妳們是同事嗎？妳也殺人？」

「她們都是，」我證實了答案，「『博物館』是我們服務的組織，看來『董事會』已經決定要除掉我們。」

米恩卡側頭，「解釋一下吧。」

桌上鋪了一張老舊的防水布。之前的主人之所以沒有帶走它，很可能是因為看到上面令人倒胃的黑色污漬與香菸焦痕。我向米恩卡示意，請她給我能夠在上面寫字的工具。她找到了某隻麥克筆，淺藍色，散發出水果香味，是卡通《彩虹小馬》中會拿來寫交換日記的那一種筆。我在防水布的某一個角落畫了三個框框，在裡面各填了一個名字。

她大聲念出來，「提耶利．卡拉帕茲，來源處；鞏瑟．帕爾，採購處；凡斯．吉爾克里斯特，展覽處。」

我告訴她，「沒錯……」我畫了一個括弧，將那三個框框圈在一起，寫下了「董事會」，在它的上方又註明了「博物館」。

「『博物館』有一個三人董事會，每個人都有各自監管的部門。」我伸出食指，碰觸第一個，「卡拉帕茲負責的是『來源處』，這些人是電腦天才，他們負責研究，深入政府資料庫，同時也會進行數位監控，他們唯一的職責就是情蒐。」

米恩卡問道：「目的是什麼？」

「為了要找出『博物館』有興趣的兩種人」海倫告訴她，「可能的獵殺目標，還有可能的新血輪。」

米恩卡點點頭，我繼續說下去，從「來源處」畫了一條線指向董事會，「『來源處』會固定在每一次的季會向董事會做簡報，介紹他們認為必須要殺害的目標，或者是應該要訓練為外勤幹員的對象。董事會成員會召開閉門會議，進行辯論與商討，然後進行投票，只有在三人都同意、一致投票通過的狀況下，才能發佈格殺令，或是發出聘僱書。」

我伸手指向下一個框框，「一旦發佈格殺令，『採購處』——帕爾底下的那個部門——將會負責補給與後勤。他們無所不能，從創建虛假社交媒體個人資料，乃至製造炸彈都不成問題。他們提供武器、服裝，以及安排旅程，只要是我們為了確保任務成功的必需品，都會負責提供。到目前為止，妳都聽懂了嗎？」

米恩卡點頭，點了一下最後一個框框，「『展覽處』，這些是負責殺人的外勤幹員？這就是妳嗎？」

「沒錯，」我告訴她，「我們四個都是，我們在凡斯．吉爾克里斯特手下做事，我們的責任就是完成任務。」

海倫透過老花眼鏡盯著草圖，「妳忘了博物館館長們……」

我又在那些處長下面硬是擠出了三個小框，「每一個處長都有一個負責該部門日常事務的館長，」我把他們的名字逐一填入，「納歐蜜．尼迪雅在『來源處』的提耶利．卡拉帕茲底下做事，馬丁．費爾布拉特爾是鞏瑟．帕爾的副手。」

然而，在凡斯．吉爾克里斯特下方的那個空白框框，我卻陷入遲疑。

米恩卡問道：「在那個位置工作的人是誰？」

「現在是空缺，」娜塔莉告訴她，「上一個人在六個月前死了，他們還沒有找到接續人選，凡斯這個人很龜毛。」

「只有女人才會被稱為龜毛，」瑪麗艾莉絲回她，「男人是『側重細節』。」她推開自己的空碗，任由湯匙噹啷作響，「展開行動吧，我們需要計劃，而且要盡快。」

這麼粗魯的態度，不是瑪麗艾莉絲的風格，但我知道她掛心的是亞希子。我們盡快處理完這一場亂局，她就能盡快找到妻子，想出彌補的辦法。

「同意，」我說道：「我們已經為自己爭取了一點時間，但我們不能永遠待在這裡，必須要了解為什麼我們會成為目標。」

「我們完成了這一切，」娜塔莉的話充滿了真正的酸楚，「真不敢相信董事會突然會把我們當成仇敵。」

「也許正是因為我們完成了這一切，」海倫回道：「也許我們殺死了不該殺的人，或者看到了不該看到的事物。」

「董事會認定我們是麻煩人物，可能會有成千上百個理由，」我說道：「唯一能夠發佈終止令的人就只有他們了，而且想必他們一定會全數同意這麼做，我們必須要追查出他們為什麼會對我們發出格殺令的原因。」

娜塔莉開口，「我們沒辦法直接問他們，實在太遺憾了……」

瑪麗艾莉絲第一次開口，「我們為什麼不能問？」

這個想法很大膽，瑪麗艾莉絲提出這個建議，我很開心。要是她能想出這麼具有顛覆性的念頭，那就表示她並非勇氣全失。

「但是要問誰？」海倫大膽質問，「我們不能直接去找那些董事，當初下達格殺令的人就是他們。」

米恩卡拿起那支藍色麥克筆，在吉爾克里斯特、帕爾，以及卡拉帕茲三人的名字中間畫下細線。

瑪麗艾莉絲開口，「博物館館長們呢？」

「當然不可能，」娜塔莉口氣決然，「我不相信納歐蜜，就像是我不能在她面前玩花招一樣，」她伸手猛戳納歐蜜的名字，「她負責『來源處』，也就是說，她負責向董事會做簡報，不知道她對他們講述了什麼，反正就是成了他們追殺我們的原因。」

「這一點我們又不能確定……」瑪麗艾莉絲開口，不過卻被娜塔莉打斷，「董事會做出決定不都是依照『來源處』的建議嗎？提出狙殺目標本來就是他們的工作。」娜塔莉很堅持，「而且，我對於『來源處』是避而遠之。這些人讓我覺得很毛，以透過鍵盤那種方式監視別人，真是恐怖。」

我見過納歐蜜好幾次，我對她完全沒有好感。她三十多歲，有兩個小孩，穩穩站在職涯階梯頂端的副手位置。每一個董事會成員都是底下館長的導師，也就是說，等到卡拉帕茲退休後，她很有可能成為接班人，對於這份工作的渴望，她也很坦白，她不會為了硬要講話而瞎掰，我可以理解娜塔莉為什麼會覺得不舒坦。

我槓掉她的名字，開口問道：「馬丁呢？」

「我們真的要找他嗎？」海倫插嘴，「我覺得那小男生好可憐。」馬丁．費爾布拉特爾不是小男生，他就跟納歐蜜一樣三十多歲，不過，他們兩人之間的共同點也就只有年齡而已。納歐蜜充滿自信，不玩插科打諢，然而馬丁卻截然不同，反而比較喜歡跟自己的那些小玩意兒為伍。有一次，在參加某場水力炸藥主題的全日會議的時候，我和馬丁坐在一起，從頭到尾他只跟我講了一個字，「筆？」因為他的筆爆裂，油墨溢露，整個袖口都髒兮兮。我把自己的原子筆給了他之後，又回頭繼續打盹。不過，他工作表現傑出，保證我們每次執行任務時所需要的一切都不成問題，無論是多麼微不足道的細節都使命必達。如果瑪麗艾莉絲想要Lärabar牌的薄荷口味能量棒，或者，海倫要求印有中國製造標籤的空尖彈，找馬丁準沒錯。

「他因為聽到我抱怨上次的骨密度掃描結果，在我的工作包裡多塞了一些鈣質咀嚼錠，」海倫邊說邊露出微笑，「巧克力夏威夷果仁口味。」

娜塔莉也插嘴，「而且，他上次去長崎的時候，還幫我買了一件很可愛的小號柔道服。」

她們都盯著我，我聳肩以對，「他曾經幫我從德州某位皮具製造商那裡弄了一個皮拍。」這是很棒的小型武器。看起來像是《聖經》的書籤，不過兩側的鉛卻夠重，要壓碎太陽穴不成問題，「他是注重細節的高手，而且他心思縝密。」

「對吧？這小孩很不錯，」海倫說道：「好，董事會顯然認定我們做了什麼壞事，而且惡行重大到必須取我們的性命。現在，他們知道第一次的奪命計劃失敗，他們一定知道我們會去詢問，而被我們問到的人都會有危險。」

我做出結論，「由於凡斯的館長已經死了，馬丁就成了我們詢問的第一人選，」我伸手搓臉，「海倫說的沒錯，與馬丁聯絡很可能會害他有危險。」

瑪麗艾莉絲抗議，「我們又不知道……」

我揚手阻止她，「我們就把馬丁列為備胎計劃。一定還有誰可能知道出了什麼事，不像馬丁那麼脆弱，但是會注意八卦的人。」

我們安靜不語了好一會兒，大家都陷入沉思。我把椅子往後翹，靠著兩支椅腳平衡，絞盡腦汁。娜塔莉拿起麥克筆，開始在防水布的某個角落塗鴉，而瑪麗艾莉絲則拿起了自己的餐巾紙，將它們撕成碎片，然後堆疊成一坨小山。海倫只是坐在那裡放空，盯著正中央，而米恩卡則吃光了最後的那一批貝涅餅。

突然之間，我碰一聲放下椅腳，「史威尼一定會講。」

瑪麗艾莉絲說道：「我已經二十年沒見到史威尼了。」

海倫傾身向前，「也許值得一試，他一直很喜歡我們。」

「他去年退休了，」我開始思索，「既然他已經拿到了養老金，那麼也許對於『博物館』的秘密就會比較願意鬆口。」

「前提是如果他還能知道什麼秘密，」瑪麗艾莉絲講到了重點，「如果他已經退隱，應該是不知道最新八卦。」

「狙殺四名在職幹員，絕對不是大家能夠守口如瓶的話題，」我說道：「相信我，大家一定在熱烈討論。」

小娜抬頭，雙眼不再盯著她的素描——那是男性裸體，差一點就要離開高雅品味的界線，跨入輕度色情的範圍，她說道：「史威尼可以幫忙。」

我瞄了她一眼，「妳聽起來很自信。」

她露出竊笑，「應該的啊，我去年跟他上過床。」

要是誰聽到了接下來的內容，一定會以為我們在舉行全球年齡層最高的睡衣派對。

「嗯，小娜，史威尼啊……」

「妳又不喜歡紅髮男。」

「他還行嗎？」

最後一句話是我問的，娜塔莉哈哈大笑，「比妳想的還厲害。」

海倫語氣哀怨，「但到底是怎麼發生的？」

娜塔莉伸了一下懶腰，心滿意足，然後開始回憶過往，「是在大阪的時候，我們的目標是同一個犯罪家族裡的兩名成員。『來源處』的某個人搞砸了，並沒有發現他們兩人有關聯，因為姓氏不一樣，要是早發現的話，我們其實可以先行整合。所以，當我們在麗茲飯店相遇的時候，我們差點曝光。我們必須要比對資料，所以他就進來我的房間，然後就自然而然發生了。」她說完之後還聳肩。

我問道：「好，妳可以聯絡到他嗎？」

她搖頭，「我們在任務執行之前打了一次快砲，結束之後還加碼了一場。他得要搭早班班機，在黎明時刻就離開我的房間。」

海倫突然發出一聲驚歎，把手伸入包包一陣亂摸，「找到了，」她揚了揚她的通訊錄，翻找頁面，「麥克斯溫・查爾斯，堪薩斯市。」

她趕緊抄下來，交給了娜塔莉，小娜盯著那張紙，彷彿海倫送上來的是一片搭配路殺腐肉佐醬的餅乾。「我才不要打電話給他。」

「但為什麼呢？」瑪麗艾莉絲問道：「妳明明是最後一個與他還保持接觸的人。」要不是她對於亞希子的事掛念如此之深，她可能會因為「接觸」這個字眼而發出竊笑。不過，她很生氣，而且在情緒的匝道入口加速前進，即將進入火冒三丈的階段。

我從海倫手中搶下那張紙，「我來打電話，跟前任講話可能很彆扭。」

瑪麗艾莉絲回嗆我，「這個妳就很清楚……」這次我沒有對她豎中指，但是我記恨在心中。

我出門，去藥妝店用現金買了一個新的王八機，然後穿過狹窄巷弄，抄捷徑到達傑克遜廣場。現在天色漸暗，算命師與雜耍藝人都已經收工，將幽影地帶留給了流浪漢。我經過了一些長椅，已經有人鋪東西準備過夜，不過，他們撐不了多久。紐爾良警察局就在兩個街區之外，條子們沒多久就會過來勸離。他們會拖著腳步，移動到街道比較陰暗的那一側。躺在別人家的門口，下片鋪墊精心堆疊的紙板與發霉的睡袋，阻擋寒氣。

其中有一張長椅沒人坐，我坐下來面對河流。深呼吸之後，輸入剛剛海倫潦草抄寫在紙上的電話號碼。我等待——三聲鈴響，然後是第四聲。我正打算要放棄的時候，史威尼接了電話，聲音聽起來有點睡意。我聽見了背景傳來電視轉播籃球比賽的惱人尖叫，想必他一定是看啊看就打瞌睡，我抬頭，瞄了一下大教堂立面的時鐘。現在是六點五十分。

我報上名號，等待無可避免的那一段對話。

「比莉？嘿，好久……嘿……」他拚命拉長最後一個音節，「我還以為妳死了。」

我嗆他，「你可以叫我拉撒路啊……」

「搞什麼？我的意思是，到底是出了什麼事？」他拉高音量，籃球比賽的聲音突然消失不見。他一定是按下靜音，等著聆聽我的答案。

「很複雜，我現在沒辦法解釋，但我覺得我們應該要見面。」

「見面……」他重複我的話，正在拖延時間，我稍微進逼了一下。

「史威尼，如果不重要的話，我也不會提出這種要求。」

「如果妳還活著，那其他人呢？也都還活著嗎？小娜呢？」天吶，這像是又回到了初一的生活，接下來他要請我在上完體育課之後，幫忙把他的字條留在她的置物櫃裡面，妳喜歡我嗎？回答是或不是。

「電話裡不方便，」我告訴他，「我可以明天和你在紐奧良見面。」

「明天？不可能，」他語氣斷然，「明天是元旦。」

「靠，」我已經完全忘記了日期，「好，星期三，一月二日。」

他在碎碎念，「給我一分鐘，我得要想辦法寫下來，媽的我眼鏡在哪啊？」

我告訴他，「就在你頭上。」

「喂，妳怎麼知道，妳看得到我啊？」

「史威尼，我又不在堪薩斯市偷偷盯著你家窗戶，我亂猜的。」

「我必須要說，原來妳不在這裡，讓我還小小失望了一下……」他安靜了約一分鐘之久，我聽到他在打鍵盤的聲音。

「好，我找到了，星期三早上的第一個航班，我大約在三點鐘到達。妳想要在哪裡會面？」

「傑克遜廣場，下午四點。」

「我要怎麼找到妳？」

「我還不知道，但別擔心，我會找到你的。要是遇到狀況或是你耽誤了行程，那麼就在羅斯福酒店的薩澤拉克酒吧跟我碰頭，要是沒辦法過來，那就留言給酒保，知道了嗎？」

「為什麼我不能直接回撥給妳？」

「因為我在通話結束之後就會丟掉這手機。」

「靠，妳惹麻煩了，對吧？」

「應該是。」

他嘆了一口氣，「我會過去。」

「一路平安。」

他還沒來得及回話，我已經按下了結束通話的鮮紅色小圖示符號。我關掉手機的電源，同時走向正好位於大教堂西側的卡比爾多博物館，那裡有一條有寬敞排水溝的小巷，當我把它丟進洞口時，甚至根本不用停下腳步，可以直接讓手機滑落而下。

我抄捷徑，走大教堂與卡比爾多博物館之間的某條小巷，到處都可以看到在盈滿光亮的門戶之間被拉長的人影，幾乎都是以鋪平紙板為床的流浪漢，不過，在最後一間的門口，有個小丑坐在台階上面，高舉一片破鏡，忙著在臉上塗油彩。我掏出一張五美元的鈔票，經過他面前的時候扔入他的小費桶。桶內除了幾枚一角硬幣外，什麼也沒有。我想，對小丑來說，這個星期過得很辛苦吧。就在我準備離去時，他卻叫住了我。

「喂，小姐，」小丑揚手，舉起了某個東西。那是一張貼膜的祈禱卡，在教會禮品店可以買到的那一種，這張因為年代久遠已經變得軟爛。圖案是一個身穿紅袍的男子帶著小小孩渡河，兩人頭上都有燦爛光環。

他說道：「這是聖多福……」但我早就已經知道答案了。那幅聖像與我脖子細鏈的小墜飾一樣。

「謝謝……」我把卡片塞入口袋。

小丑說道：「靠，新年快樂。」

「你也是。」

大風揚起，我裹緊自己的圍巾，準備回家。

# 12

一九七九年一月

放在哈利戴書桌上的髒話罐一直是滿口狀態，都是來自於娜塔莉與比莉的貢獻。海倫太淑女，根本不會口出穢言，而瑪麗艾莉絲講髒話的那種模樣，簡直就像是某人在講外國話一樣。

在哈利戴小姐的指導之下，她們四人學習到如何以兩根叉子吃魚、以湯匙喝湯的時候不會發出任何聲響，還指導她們要如何以不走光的方式優雅下車，宛若維也納的社交名媛跳華爾滋，還有，要如何在二十秒鐘之內造成汽車點火裝置短路，發動引擎上路。她們製造炸彈，破解密碼，學習如何擺脫跟蹤，還有要如何下手殺人。她們精熟把人悶死與刺殺的技巧，以及毒藥與絞索的繁複操作方式。康絲坦絲．哈利戴不喜歡軍用武器，她認為它們不夠精巧花俏，不過，雖然她毫不掩飾自己比較偏好的是赤手空拳與改良式武器，但她還是確保這四人組接受了完整的軍武訓練。原子筆、跳繩、縫衣針——她們學到了將這一切當成致命武器的方法。

而且，每一個人都培養出自己的專長。娜塔莉喜歡會發出巨大聲響的一切，炸彈、手榴彈，還有她嬌小雙手所能駕馭的最大號槍枝。瑪麗艾莉絲情有獨鍾的是下毒，她會把某種無害物質悄悄混入哈利戴小姐提供的食物裡，藉以鍛鍊自己的技法，她的空閒時間全拿來調製足以癱瘓一整支軍隊行動力的毒物。海倫呢，讓人大吃一驚，她居然是天生神槍手，當她在判斷風向變化，以及預估彈道的時候，她觀察細節的好眼力成了一大利器。其實，她的精準度已經讓康絲坦絲允諾出借她最愛的武器，那是搭配擊錘墊，可以整整齊齊放在口袋裡的小巧柯爾特點三八手槍，握把上面有刻痕記號，她們懷疑是殺人統計數字，但是沒有人敢問。

不過，對於康絲坦絲・哈利戴來說，比莉・威博斯特就很令人頭痛了。她丟手榴彈的準度相當不錯，使用槍枝的熟稔程度幾乎可以跟海倫並駕齊驅，但是她並沒興趣。她容易分心，還會故意射偏目標，只是為了想知道最後會打中什麼。當她打中了康絲坦絲・哈利戴小姐深愛的花園雕塑作品——某隻面容邪惡的鐵兔的眼睛時——哈利戴小姐以拐杖狠狠敲了一下比莉的肩頭。

「威博斯特小姐，麻煩到我的書房來一趟。」

比莉悄聲碎碎念，但還是跟了過去。自從她們第一天報到之後，她就再也沒有進去過那間書房，她立刻發現這一次不是為了寒暄聊天。哈利戴小姐並沒有請她坐下，所以比莉一直站在那裡，目光緊盯康絲坦絲書桌後方的畫作——某個仙女，手中有類似星星的物品，臉上掛著後悔莫及的神情。

哈利戴小姐不發一語，沉默了足足有一分鐘之久。她只是坐下來，拿拆信刀頻頻敲打桌面，讓比莉學到了什麼是沉默的力量。

終於，康絲坦絲・哈利戴把拆信刀丟到桌上，「威博斯特小姐，」她嘆氣，「我開始喪失信心了，妳這個菜鳥明明表現不差……」

「謝謝妳……」

她繼續滔滔不絕，宛若比莉根本沒開口一樣，「不過，妳以非常快的速度即將淪落成為冗員。妳槍法精湛，但比不上藍道夫小姐；妳語言能力不錯，但不像杜特小姐那麼流利。妳對於個人安全的那種散漫程度，可能會有人想要稱之為勇氣吧，不過，妳又不像舒勒小姐不屈不撓。一句話，威博斯特小姐，我找不出妳的優點。」

她停頓了一會兒，但是比莉完全不可能插話。康絲坦絲掌握停頓的時間十分精確，然後，她繼續說下去，態度很親切，就是這種隨性、就事論事的姿態比言語更傷人。

「我們在倫敦某所頂級秘書學校找到了一個缺額，可以送妳過去。我打包票，妳應該可以不費吹灰之力就學會速記或是打字。等到妳得到證書之後，他們可以為妳找到一份體面的辦公室職務，也許妳會喜歡簿記吧？我聽說那種工作會讓人很有成就感。」

一直等到康絲坦絲．哈利戴眼中出現了一抹微光，終於才讓比莉明白對方是故意這麼做的，逼她要採取行動。

她並不知道康絲坦絲想要引發的是什麼——怒火？還是拒絕？不過，比莉已經下定決心，絕對不會讓她得逞。

比莉展開沉默戰，康絲坦絲終於讓步，露出牽強一笑，「想必對妳來說一定很困難，我明白。」

「明白什麼？」

康絲坦絲逼她開口了，但是她並沒有因此而洋洋得意，只是以同樣的平淡語氣繼續說下去，她同時拿起了某個檔案，敲打桌面，「妳從來就不曾為此好好努力，對吧？沒有接受過真正的試煉。」

比莉想到了自己的童年，壓抑不斷冒升的火氣，「我不知道妳那份小小的檔案裡寫了什麼，但是我跟其他人不一樣好嗎？我又不是在有花園尖木圍欄與黃金獵犬的家庭中長大。」

康絲坦絲聳肩以對，「威博斯特小姐，我提到的並非是幸福童年之外表，我的意思是內在所發生的一切——妳的聰明才智，以及妳運用它之後的成果。或者，應該要這麼說，妳沒有運用它之後所得到的結果。妳的資料顯示出妳有超凡智力，但是成績卻很平庸。平庸，是某種舒適地帶，永遠不會逼人挑戰極限、找出自己能夠承擔的一切；永遠不會低頭凝視自我恐懼，絕對不會進入內心深處尋索最後一絲殘留的勇氣。妳連自己的特質都搞不清楚——更重要的是，妳似乎對於找尋自我完全缺乏興趣。妳的表現只是低空掠過，老實說，我寧可要的是十幾個沒那麼有潛力，但是更具有熱忱的新人。威博斯特小姐，恐怕我弟弟是找錯人了。」

她繼續保持微笑，但這一次有憐憫的意味。

比莉來不及住嘴，「狗屁！」

康絲坦絲慢慢點頭，「看來我是戳到了妳的痛處。」她站起來，向比莉示意走到書桌的另一頭，然後，她伸手抓住女孩的雙肩，使其轉向，面對她以拐杖對準的那一幅畫，「威博斯特小姐，我知道妳並沒有接受古典教育的薰陶，妳知道這是誰嗎？」

比莉聳肩。

「阿斯特賴亞。妳聽過這名字嗎？」

比莉盯著那個身著白色紗袍的纖瘦軀體，她身穿薄紗白袍，飄浮在某個地景色上方，腳尖輕觸草地，正準備要飄浮入空。她對著一群正在嚎啕大哭的牧羊人伸出了某隻手，擺出告別姿態，而另一隻手則抱住天秤，貼住自己的胸膛，「應該不認識吧，聽起來是希臘之神。」

「很好。阿斯特賴亞是一位女神，是黃昏和黎明的結晶，眾神給予她正義的工具。她是最後一位與人類共居的天神，不過，到了最後，對於我們的邪行，她絕望至極，她離開了，帶著自己的天秤奔向星宿。現在，她坐在處女座的群星之中，而隔壁就是天秤座的天秤。大家是這麼說的，她在等待終將歸返人間的那一天。」

比莉湊前近看這位女神，面對顯然在懇求她留下的那一群人類，她的面容露出了無奈的憂傷。

康絲坦絲・哈利戴繼續說道：「所有的偉大英國詩人都曾經以她入題，莎士比亞、米爾頓，還有白朗寧。而歷史學家們將她與伊莉莎白一世與凱瑟琳大帝相提並論，還有，身為查理二世時代的劇作家與間諜阿芙拉・班恩，以『阿斯特賴亞』作為自己的代號向其致敬。她一直都在那裡，身處在幽暗之中。」

康絲坦絲・哈利戴再次以手勢示意，指向這位女神的腳，草葉之間看得到一道銀色細線，幾乎被一片盈綠所覆蓋，但還是看得見，那是被遺忘但沒有消失的某個東西。

「妳仔細看，阿斯特賴亞帶走了她的天坪，但是留下了自己的劍——眾神賜予的行使正義之劍。威博斯特小姐，妳會不會把它撿起來？」

她並沒有想要聽到答案，反而趕走了比莉。女孩回到自己的房間，整個人成大字形躺在床上，違反規定地抽菸，陷入沉思，直到太陽西下，房內陷入一片漆黑。

第二天，比莉開始努力嘗試，她為槍上油，遵從自己所學到的內容，填裝子彈，盯著準星，一共射出七發子彈，有六發射偏。比莉知道康絲坦絲．哈利戴站在她背後，但是並沒有轉身看她。她再次嘗試，比較好一點，但其實進步幅度不大。她的臉頰滾燙，發覺自己的淚水馬上要奪眶而出。要是她忍不住的話，一定會哭得很難看，涕淚縱橫，不斷抽泣。所以，她壓抑自己的失望之情，原來自己被康絲坦絲．哈利戴講中了，她缺乏紀律，隨性，而這漾的特質會讓人命喪沙場。

令她驚訝的是，康絲坦絲．哈利戴拿起拐杖，輕輕戳了她一下，「威博斯特小姐，都還好嗎？」

她閉上雙眼，感受到握槍在手的重量。那股因尷尬產生的無比沉重感，她就讓它留在自己的雙肩，感受那種向下的推力。然後，她懂了，她睜開雙眼，伸出手指撫摸發亮的槍管側面，她告訴她的導師，「我不喜歡依賴很可能會被人搶走的武器……」

康絲坦絲．哈利戴打量她，看了她許久之後，點點頭，「好，沒有人能夠奪走妳的雙手，是不是？」

比莉坐等自己被逐出這項計劃，被他們送到倫敦，過著與速記本、鉛筆裙為伍的生活。不過，到了第二天，當她走出去到訓練場的時候，卻發現康絲坦絲・哈利戴旁邊站了一個男人，肌肉發達，醜得要命，他身穿運動褲，還露出他明明有更好去處但現在只是純粹幫她忙的表情。

康絲坦絲・哈利戴露出淺笑，「妳可以叫他『瘋狗』，他說什麼，妳就乖乖照做就是了。」

不知道他到底是錯過了什麼，但都讓比莉付出了代價，因為，原來康絲坦絲把他找來，只是為了她一個人而已。當其他三人努力讓自我技能達到爐火純青之際，比莉不懂的肉搏格鬥技巧，他都傾囊相授，第一天，她慘遭他狠摔上百次，整個人癱躺在地，每一次都害她差點斷氣。

當天訓練結束時，她發現自己的腿已經撐不住上半身，必須靠雙手與膝蓋爬上階梯。臥室裡冷颼颼，所以這四個女孩都會窩在某個巨大的衣物間。為了康絲坦絲・哈利戴訂購的那一盒又一盒的雛雞，那裡的管線會維持足夠的溫度。那是狹小地方，但女孩們晚上都會擠在這個充滿雞屎與薰衣草氣味的暖烘烘房間。比莉的手臂痠痛到抬不起來，所以瑪麗艾莉絲餵她吃東西，而小娜在把玩某套開鎖工具，還有放滿各種鎖的籃子，海倫則忙著清理她指甲縫裡的泥巴。在本斯肯姆，每個人都得要負擔雜務，海倫的工作是在軍武訓練的空檔去廚房花園除草，她還是行動藥局，想辦法為比莉生出了一些處方箋止痛藥，而小娜則是從食品儲藏室裡偷出了半瓶酒。

到了第二天的時候，瘀青擴散，比莉從脖子到腳踝一片紫黑，不過，她還是拚命起床，繼續接受更多的訓練，而這一次『瘋狗』只摔了她五十次。

四個星期之後，在某個潮濕陰沉的早晨，比莉在花園之中正好攻擊到他重心部位的下方，害他整個人趴地，當他陷落在濕漉漉草地裡的時候，她順勢以膝蓋狠狠壓住他的後腰，逼得他差點斷氣。他抬起頭，這是想要吸氣的本能動作，而當他做出這個動作的那一刻，比莉以手肘扣住他的喉嚨。要把他的頭向後拉向她自己的身體，當然很容易，不過，她的動作卻很慢，小心翼翼不鬆手。他的雙腿在她的背後一陣亂踢，但這一招除了讓他自己耗盡氣力之外，完全發揮不了任何作用。他以膝蓋支撐身體，往上猛推，努力要甩開她，但是她死撐不放，並將膝蓋頂入他的腎臟部位。他的臉變色了，很漂亮的顏色——粉紅色、紅色，然後成了紫色，他的鼻孔外擴發白，嘴巴不停張張合合，拚命尋找根本不存在的吐納。

他終於無力地癱軟投降，倒下的時候拚命狂拍地面。比莉純粹為了顯示自己辦得到，多撐了一秒鐘，然後才從他身上滾下來。他拚命哮喘，吸氣入肺部，氣喘吁吁，全身顫抖。比莉擺出張腿跨姿，雙腳立定在他的身體兩側，耳內有血流在嗡嗡作響。她的雙手緊握成拳，準備要迎向他接下來的攻擊，她希望他站起來，再試一次，不過，他卻一直躺在那裡，徹底潰敗。

比莉抬頭，看到康絲坦絲．哈利戴一臉微笑望著他們，她發現自己也一樣露出微笑。

「終於，威博斯特小姐，」她柔聲說道：「妳明白了，能夠讓妳在這一行表現傑出的原因不是妳的怒氣，而是妳的喜悅。」

與「瘋狗」交戰，讓比莉學到的不是運動精神或是公平，而是下流齷齪的街頭鬥毆。他教導她要攻擊對方的睪丸與眼睛，利用手根猛敲對方的鼻子，直到軟骨像是芹菜一樣應聲斷裂，他還教她要如何把那一坨碎骨塞入腦中，終結任務。他抓了一隻小雞，向她示範要如何以快速果斷的方式猛力一扭，折斷脖子，還有，要如何用大腿或是肘彎把人勒死。

等到訓練結束之後，他出現明顯的跛腳，還有某隻耳朵永遠不可能恢復原狀。不過，康絲坦絲．哈利戴很滿意，她的這一群小小史芬克斯表現傑出，與她弟弟剛發覺她們時的那種狀態相比，根本是天壤之別。他們當初選擇海倫．藍道夫，這個決定一點都不難。她的父親是特別行動執行處的某位創始成員，而且她的祖父是具有秘密談判才幹的外交官，她具有從事秘密工作的天生基因。

娜塔莉．舒勒也是傳奇。她祖母還是小孩的時候，就在子彈與炸彈狂襲之下，與家人被趕出俄羅斯帝國。他們在荷蘭落腳，換了全新的姓氏，努力拋卻過往，但娜塔莉的祖母永遠忘不掉戰爭的聲響。當戰爭再次降臨歐洲之際，她把自己的稚子與父母送到美國，而自己則留下來，幫忙荷蘭的抵抗組織。年邁的舒勒夫婦打聽多年，但一直沒有人把她的下落告訴他們，而猜測女兒的結局就太令人心碎了。不過，理查德．哈利戴少校知道答案，當他向娜塔莉展示她祖母的檔案時，突然之間，她明白自己血液中那種逼近混亂的跳躍衝動，究竟是從何而來。

瑪麗艾莉絲．杜特的狀況更簡單明瞭。她是全家三個小孩之中的么女，父母在有了一男一女之後的額外女兒。回想過往，她的童年一直因為上漿熨燙的襯裙與金色捲髮而不勝其擾，但她一直很清楚，在自己出生之前，他們家就已經是完美家庭。不過，自從她哥哥去了越南，再也沒有回來之後，一切就此變貌，而她哥哥最要好的朋友是躺在棺材裡回國，他的未婚妻，也就是她的姊姊，一看到棺材就昏了過去。她的父母心碎不已，而她的姊姊也崩潰了，對瑪麗艾莉絲來說，這一切似乎很簡單，上前線的是那些沒有選擇權的年輕人，這樣是不對的，只要能夠阻卻這場屠殺的作為都是正義之舉。她燒掉了茱莉亞學院的入學許可，改註冊加州大學柏克萊分校。她在學生報發表了一篇充滿煽動性的評論，有一位加州眾議員甚至要求逮捕她，認為她是叛國賊。不過，正是這篇文章引起了某位「博物館」招聘者的關注。

比莉就和瑪麗艾莉絲一樣，也是因為她的理想主義，以及為了戰鬥而血染指關節也在所不惜，被找了進去。在訓練過程當中，她的進步幅度最大，讓康絲坦絲·哈利戴想起了在二戰時與比莉一樣的其他年輕女性，她的「復仇女神」。她心中湧起一股酸楚，當她們被派上戰場，為一場根本不是由她們所發動的戰爭拚搏時，也不過就是比一般孩子的年紀大一點點而已，她們英勇，不屈不撓，但也因為那股勇氣而喪命。現在這樣比較好，這些史芬克斯將會發揮狡詐與騙術；扭轉不利情勢，她在心中暗暗起誓，她們一定會活下去。

她們總共花了九個月的體能訓練，才鍛鍊出戰鬥體格。接下來是到倫敦的秘書學校學習速記與打字，以及空服員的基本訓練——佯裝秘書或是空姐是絕佳的臥底方式。她們也上了烹飪與健康照護課程，萬一得偽裝成家僕或是護士的時候就可以派上用場。駕訓班教導的是基本維修與閃避操縱，密集急救課程教會她們要怎麼在野外為自己包紮傷口。語言和文化課程的陶冶，讓她們變得優雅——法文、西班牙文、阿拉伯文、歌劇，以及紅酒，還有方法演技的課程，教導她們要如何培養臥底身分的性格，以及該假哭的時候就立刻掉淚的本領。

為了最後的畫龍點睛，她們全被送到巴黎進行改造。雖然娜塔莉抱怨她的捲髮被燙平之後，她一半的個性都消失無蹤，但也只能乖乖接受。瑪麗艾莉絲的門牙齒縫裝上了牙套，讓她笑容的記憶點不會那麼明顯。海倫本來就把自己打點得很好，顧問們除了稍微修一下她的頭髮，為她配眼鏡來強調她的嚴肅感之外，並沒有做出什麼更動。

比莉讓他們剪掉她的開叉髮尾，不過，當他們詢問整形外科醫生，準備修復她上唇疤痕的時候，她馬上掉頭走人。海倫覺得不妥，透過眼鏡的透明鏡片，憂心忡忡盯著她。

「任何引人注目的特徵，我們都應該要讓它們消失無蹤，」她提醒比莉，「那道疤痕會是明顯特徵。」

瑪麗艾莉絲情義相挺，「我很喜歡啊……」

「這不是喜不喜歡的問題，」海倫抗議，「別人可能會因此記得比莉，這樣很危險。」

比莉告訴她，「我寧可冒險……」

其實，比莉很害怕。她任由自我不斷流失，已經夠嚴重的了。演說課讓她的德州拉長腔調特色消失無蹤，書單增進了她的詞彙量，她們所吸收的藝術與歷史，讓她的世界擴大到她無法想像的境界。對於自己是誰，她已經再也沒有百分百的把握。但是，如果她用指尖稍微碰觸嘴唇上方的那一小塊隆突，就能想起自己是誰。

兩個星期之後，她們搭上了前往尼斯的班機。

# 13

我打電話給史威尼之後的第二天早上，大家都很晚才起床。我們需要補眠，必須要擬定某一場會面計劃，不過，我們也有寬裕的幾天時間可以好好籌劃。在早餐的時候，瑪麗艾莉絲拚命佯裝一切正常，與電爐奮戰，依照每個人的喜好為大家煎蛋。之後，我練瑜伽，伸展痠痛的膝蓋，當我做出更像是垃圾堆雜種狗動作的下犬式時，我在心中稍微尖叫了一下。我覺得自己宛若一百歲，外表亦然，這是我在洗完澡之後，檢視自己面容所得出的結論。我使用薔薇果精油拍打臉部，期盼能有好結果。我準備穿上喀什米爾慢跑褲，但穿到一半的時候，突然改變心意，反而拿了牛仔褲。慢跑褲輕飄飄，而且會有烤土司的那種溫熱感，不過，牛仔褲讓我覺得自己寶刀未老。當我穿過中庭的時候，聽到大門發出吱嘎聲響，似乎有人想要打開門閂。「博物館」有人能追到這裡的機率很低，但是我不會冒險。我從院子裡的那一堆建料裡拿起一條鋼筋，掂了一下它的重量，遇到緊要關頭，當成武器不成問題。

我把重心放在前腳，以踮腳方式悄悄溜到大門口，我一手握鋼筋，使出剛好可以保持平穩的力道。大多數人握住武器時都是死抓不放，直到指關節泛白的那種程度，但那樣只會讓你的手感到疲憊。這就像是彈鋼琴或是認真幫忙打手槍一樣，關鍵在於手腕。

我透過隱私遮布的某個縫隙向外看，鋼筋差點落地。

「天啊……」我趕緊拉開大門。

站在另一頭的是亞希子，她緊抱著某個寵物提籠，裡面不斷發出噹啷與碰撞聲響。她把它塞到我的手中，然後迅速從我身邊跑進去，我從人行道抓起她的包包，迅速瞄了一下街道兩側，然後又碰一聲把門關上。

我把那包包揹在肩頭，跟在她後面進入中庭。瑪麗艾莉絲從屋內飛奔而出，張開了雙臂，她們緊緊相擁，無聲啜泣，而我們其他人則是緊盯不放。

兩人再次親吻擁抱，最後終於分開，因為我懷中的提籃發出那種足以啟動地震儀的激烈搖晃。

我詢問亞希子，「這裡面到底是什麼鬼東西？吵鬧鬼嗎？」

她擦乾淚濕的雙頰，「是凱文，他不喜歡旅行。」

我彎身，透過提籠前方的格網朝裡面張望，有東西發出了類似撒旦在唸咒的嘶嘶聲響。

瑪麗艾莉絲的笑容開心得不得了，她問道：「妳把貓帶來了啊？」

「我當然要帶貓，」亞希子整理自己的頭髮，「他是家人啊。」

然後，她向我們其他人打招呼，我們進入屋內，我問道，「應該要把這小東西放出來吧？」

亞希子揮揮手，「開籠門就好，等他準備好的時候，自己就會跑出來。」

我把籠子放在地上，以手指撥彈提籠的前門時，順勢讓了路。但待在裡面的小東西依然不動如山，我的注意力轉向亞希子與瑪麗艾莉絲，她們兩人手牽著手，坐在餐桌前面。海倫與娜塔莉搬了椅子過來，一臉期盼地盯著我，而我則是一臉期盼，凝望瑪麗艾莉絲。

我說道：「要不要解釋一下？」

瑪麗艾莉絲本應會裝出十分尷尬或是極度挑釁的模樣，而她卻融合了兩者，高高抬起下巴，講話的時候，臉色超級漲紅，「當妳在伯明罕機場取車的時候，我打電話給她。別那樣看我——我是向某位在等行李出來的超友善女子開口借手機。」

我提醒她，「他們可以竊聽妳家的電話……」

瑪麗艾莉絲面向我，「比莉，少跟我講這種屁話，我採取了所有必要預防措施，而且告訴她要如何確保擺脫跟蹤的精確指示。」

「是啊！」亞希子開心說道：「我是天生的間諜。」

我客氣問道：「間諜？」然後意味深長地看了瑪麗艾莉絲一眼。

她的臉出現了紫褐色的四十道陰影，然後望著她的妻子，「我想有些事我得要好好解釋一下。」

亞希子依然面露微笑，「妳是要說妳不是間諜嗎？」

瑪麗艾莉絲回道：「我不是。」

亞希子哈哈大笑，「間諜就是會講這種話。」

「我們不是間諜，」我語氣斷然，「我們都不是。」

她的笑容第一次出現了遲疑，她面向瑪麗艾莉絲，「那妳到底是什麼？」

娜塔莉脫口而出，「殺手……」

亞希子發出一種剛開始是大笑，但出聲一半就卡住、最後變成宛若在漱口的聲音，「妳們在跟我唬爛嗎？」

「不，親愛的，」海倫開口，「我們絕對沒有在跟妳唬爛。」

可能是因為海倫以她的優雅語氣說出髒話，終於說服了亞希子。她捏了一下瑪麗艾莉絲的手，「親愛的？」

「千真萬確，我們是殺手。在一九七九年的時候被招募進去，我們服務的單位是某個超政府的小型國際組織。」

「什麼意思？」

瑪麗艾莉絲開始解釋，「意思就是我們的組織並不隸屬政府……」

「我知道『超政府』是什麼意思——別看不起我，」亞希子抽手，「我要問的是，那代表了什麼意思？妳們殺誰？」

瑪麗艾莉絲回道：「軍火商、性販運者，偶爾也會有獨裁者、邪教領袖、腐敗法官，基本上都不是什麼好人……」

海倫幫腔，「不知道這樣講是否有助於釐清狀況，這組織一開始的時候是狙殺納粹……」

「但我們已經有好一陣子沒找到納粹了，」娜塔莉繼續補充，「所以，現在主要就是瑪麗艾莉絲剛才講出的那些人，加上毒販，還有海盜——我們最近對海盜真的充滿興趣。」

「但是妳們會殺死他們？」亞希子拉高音量，同時也站了起來，「抱歉，麻煩給我一分鐘消化一下，」她關了貓咪提籠，拿起來，高度靠近她的屁股，「我的房間在哪裡？」

海倫立刻接口，「我帶妳過去……」她帶著亞希子離開，貓籠裡傳出了一陣陣的淒厲尖叫。

瑪麗艾莉絲終於開口，「好，狀況並沒有我想的那麼糟糕……」

我問道：「是嗎？」

「哦，對啊，如果她真的生氣了，早就帶著貓去住萬豪酒店了。」

# 14

預定要與史威尼見面的那一天，我在破曉之前就起來了，不過瑪麗艾莉絲卻比我更早。她待在廚房，以電爐煎蘋果夾餡法式吐司，加上靠微波爐加熱的培根。她整個人看起來在發亮，宛若皮下的血液在激動竄流，我知道她為什麼會這麼雀躍——因為有期待。無論我們與史威尼見面的結果如何，距離結束這一切、回歸我們的生活軌道，已經又往前邁進了一步。

至少，我覺得她是這麼想的。在這種時候，大家都不太說話。亞希子——對待瑪麗艾莉絲的態度依然冷冰冰——她與米恩卡前往波旁街的某家秘密吸血鬼地下酒吧，而我們其他人則忙著準備這場會面。瑪麗艾莉絲為海倫和娜塔莉準備了餐食，我們四人再次研究計劃，直到該著裝的時候才停手。時間還很早——距離我們與史威尼見面還有數個小時之久——不過，重點是要各就各位，讓自己成為傑克遜廣場氛圍之中的元素。

我們分頭溜出去，各自就定位。海倫早已在穆里爾餐廳訂位，它位於廣場東北角的斜對面，她堅持要主區的陽台桌位。她先前還親自跑了一趟，塞了五十美元給老闆娘，還編出這是她丈夫過世之後的第一個結婚紀念日的催淚故事，這當然是鬼扯，不過卻編得很高超，當海倫娓娓道來的時候，甚至還能夠擠出含淚的吸氣聲。女老闆答應給她晚午餐時段，海倫打算以兩、三道慢食主餐加上菜單上看不到的舒芙蕾，盡量拖延時間。

從她的小圓桌位置往下俯瞰，教堂前方的整個鋪面步道可以一覽無遺。我給了她一把手槍，我自己已經先檢查過了準星，希望她用不到，尤其是那樣的射程，但我們完全找不到方法可以藏步槍。在鋪面步道區域的另一頭，瑪麗艾莉絲斜靠鐵欄杆上面，這是廣場綠地與更商業化區域之間的分界線。她在某家舊貨店找到了一把二手大提琴，換弦，上抛光劑，調音，勉強過得去。她更鍾意中提琴，但很難找到。她在自己的腳邊倒放了一頂露出破爛鮮紅色真絲襯布的絲質禮帽，而且在裡面放了幾枚銅板，給往來路人一點暗示。

當初娜塔莉跟她一起去了舊貨店，她的戰利品是幾幅畫得很烏的陰鬱油畫，還有更陰鬱的肖像畫。小娜把它們從畫框中取出來，重新畫了一系列的粗糙風景畫，隱約暗示地點是紐奧良，但其實並沒有真正點明，街頭藝術家們在傑克遜廣場欄杆上掛的全都是這種作品，而娜塔莉靠著灰色鮑勃頭假髮，加上紮染腰包，完成了她的偽裝，以連接她創作天賦的嬉皮阿嬤打扮。

我為了自己的偽裝，從宗教用品專賣店買了一組塔羅牌，花了兩天的時間洗牌，讓它們變得更破爛一點，然後拿蠟筆畫了一張邪惡之眼的海報，釘在塔羅牌桌上面。放了兩張折疊椅之後，我開始做起生意。我身穿緊身褲，外罩亮紅色純棉蓬鬆長裙，搭配靴子——從河面吹來的風超冷——我還戴了一對廉價的俗麗耳環。最後，我畫上濃重眼線，戴了深紅色波浪捲長假髮，以圍巾紮好。靠著豐盈髮絲與眼線，根本不可能被人認出來。

我原本誤以為既然是一月初的上班日，遊客應該會很寥落，不過，節日過後的這些觀光客宿醉未退，依然在狂歡。我在名為「神父宅」的狹長型建築前面擺攤，它與大教堂之間有一個名叫

「安托萬神父小巷」的小型通道相隔。如果我抬頭望向右側，就能看到海倫，如果我低頭看著左方，就能看到瑪麗艾莉絲。而娜塔莉則待在轉角，在向行人叫賣自己的那些醜畫時，可以觀察從河邊過來的行人。我們事先討論過是否要使用通訊設備，但最後的決定是簡單行事，我們設計了一連串能夠提醒他人注意危險的訊號。每隔一個小時，就在大教堂在第十五分鐘報時的那一刻，我們會迅速以目光確認彼此沒問題，不過一切都很正常。

史威尼還沒看到我，我已經先看到他了，查爾斯．埃里森．麥克斯溫。我黯然心想，他看起來就是個老人，我看著他大步走入廣場，雙肩縮在外套裡抵擋寒氣，河風吹亂了他棒球帽下方的髮絲，原本的紅髮已經褪為鐵鏽色，而且還有一層白霜色。我刻意讓他從我面前走過之後才叫住他，滿口算命師的行話。他半側身，我以誇張手勢請他在我對面的空位入座。

當他走過來的時候，我開口問道：「難道你不想要知道這些牌給你什麼預示嗎？」

他瞇眼看著我，「天吶……」他坐下來的時候一直在嘀咕，還試了一下椅子是否能夠承受他的重量。

我一邊微笑一邊洗牌，「閉嘴，我正在與靈界溝通……」

他大笑回應，「天吶，見到妳真是太好了，」不過，那股笑意幾乎是瞬間消失，「比莉，到底出了什麼事？」

我慢條斯理洗牌，「不要講我的名字，而且，你應該要偽裝才是。」

他撫摸自己的洋基棒球帽帽緣，「這已經是我的偽裝了，大家都知道我是紅雀隊的球迷。」

他瞇眼盯著我手中的那一疊紙牌，「這什麼鬼東西啊？」

「這是傳統的萊德偉特塔羅牌，全世界的算命師和憂煩青少女都知道的東西。」我抽出最上面的那一張牌，拿給他看。是「星星牌」，裸女拿著水瓶在小溪前彎身，有星星懸浮在她的頭頂上方。

「哦，我喜歡她，」他從口袋裡取出一條口香糖，「她超辣。」

「她象徵了希望和機會，也許你日後會選擇她，」我一邊解釋，一邊把那張牌插入那一疊牌之中，「一共有七十八張牌，分為大阿爾克納與小阿爾克納。」

「妳在說什麼啊？」他打開口香糖包裝紙，把它塞入嘴裡。

「大阿爾克納——它們代表了重大的人生課題。小阿爾克納則是數字牌和類似皇后與國王的宮廷牌。一共有四大牌組，權杖、聖杯、錢幣，以及五芒星。」

「五芒星？像是撒旦的那種東西？」

「不是，跟撒旦的東西不一樣，那是五角星。」我把牌以扇狀展開，「用你的左手挑三張，牌面朝下。」

「為什麼是三張牌？」他一邊嚼口香糖，同時在思索這些牌。

「第一張是你的過去，第二張象徵的是現在，而第三張是未來。」

他問道：「那為什麼要用左手？」

我一臉肅穆地回他，「那是命運之手……」

他哈哈大笑，從那堆扇狀牌之中抽了三張。我把剩下的收好。此時，瑪麗艾莉絲的琴聲從廣場飄送過來，她正在演奏佛利伍麥克樂團的作品——莉安儂——史威尼伸出手指敲桌面，跟著打拍子。

我翻開了第一張牌。

「喂！我記得妳剛剛說這不是撒旦的東西，」他抗議，「這是『惡魔牌』，有角和羊腿，還有一對誇張的蝙蝠翅膀。」

「這並非是你想的那種意義，」我向他解釋，「這個『惡魔』坐在高高的王座之上，俯視一對被鎖鏈纏在一起的裸體男女，」我指向那一對男女，「他們代表了本來一開始對你來說是愉悅的事，但後來成了綑綁你的東西——就像是某種癮頭一樣。不過，那已經是過往的事了。」

他指向自己嘴裡的那一坨口香糖，「尼古丁口香糖。我上個月開始戒菸，現在一天只嚼兩塊。」

「好，那就對了，」我的手移向第二張牌，「史威尼，你聽說了什麼？」

「有一些謠言……」他坐立難安，顯然是渾身不自在。

「什麼樣的謠言？」

「妳們私底下接案子。」聽到這句話，我挑眉以對。「博物館」的鐵律就是絕對不能私下接案，這是我們與合約殺手之間的區別之一。我們完全是依照指示殺人，對象都經過審慎調查與挑選，因為他們之死將會造福全人類。我們開玩笑說，這是有任務聲明的謀殺行為，不過，我們深信，憑藉這一點，就能夠讓我們在業力總帳本上面永遠站在正義的那一方。

「我們不能兼差，就算有人違規，也不會是我，你很清楚這一點。」

他聳肩以對，我翻開第二張牌。正中央是印有象徵符號的橙色圓盤。長了翅膀翼的生物在角落裡盤旋，而圓盤頂上坐著一個獅身人面像。

我告訴他，「這是『命運之輪』……」

「我沒看到萬娜❹啊，」他打趣說道：「但這聽起來挺不錯的。」

「這表示局勢生變，好壞都有可能，」我問道：「你還聽到了些什麼？」

他停頓了一會兒，然後才繼續說話，而且速度超快——彷彿是想要在改變心意之前一股腦全說出來，「沒什麼，就是妳們四個開始獨來獨往，為了賺錢而殺人。」

「你覺得這是真的嗎？」

他舉高雙手，作勢要擋我一樣，「我只是把我聽說的告訴妳而已。」

我端詳他好一會兒，小心翼翼觀察他發紅的耳尖，還有他原本看著我又迅速迴避的目光，

「狗屁，你明明就信了。」

我沒有隱藏聲音裡的怒氣，我根本連試都懶得試。

我翻開最後一張牌，某個男人趴在地上，臉偏向另一側。他身穿紅色披肩，有其中一部分——或者可能是一灘血——覆蓋了大半張的卡面，一共有十把刀深插在他的背部。

他問道：「這什麼鬼東西啊？」

「『寶劍十』，」我告訴他，「就跟圖示一樣慘，背叛，背刺，徹底毀敗。」

他脫去棒球帽，雙手撫摸越來越稀疏的髮絲，「天吶，比莉，妳是不是故意安排這一張牌？」

我的答案很簡單，「我？塔羅牌不會說謊。」

「也許它們不會……」他的聲音沒有任何變化，因為他是專業殺手。不過，他控制自我的方式發生了轉變，還有他雙臂之間出現了某些幾乎難以察覺的變化，我看不到他的手，但我知道。他過來的目的不是聊天，而是殺人。

他一派輕鬆問道：「那麼其他人在哪裡？」然後，我明白了。當然，如果「博物館」的官方說法是我們已經獨來獨往，那麼除掉我們就會有獎金。而史威尼不會只想要殺一個就住手。殺了四個就能支付一堆棒球賽門票與「飢餓男」牌的冷凍食品晚餐。

也不知道為什麼，在一般的群眾喧鬧聲響之外，我聽到了瑪麗艾莉絲大提琴的樂音，旋律變了，她切換為「冬之朦朧幽影」的開場。她的演奏方式強烈又節奏急快——是手鐲樂團的版本，而不是賽門與葛芬柯二重唱。她看到了不該出現在那裡的某個人。要不是史威尼早就帶來幫手，不然就是他出現了競爭者。無論如何，我們都有危險。

史威尼似乎不知道自己已經行跡敗露，只是依然用那眼睛睜得超大的無辜目光盯著我，這一招總是幫助他在打撲克牌時贏光所有人的錢。我把牌收拾整齊，敲了兩下，然後整齊放在桌面的

❹ 美國《命運之輪》節目主持人。

左邊，這是通知海倫下手的暗號。

我很想抬頭看一下海倫拿槍對準史威尼的那個位置，但還是忍住了。我只盼望她不要射頭，結局一定會慘不忍睹，這手法根本稱不上細緻。射殺頸部就跟爆頭一樣有效，而且也稍微低調一點。

不過，子彈並沒有出現，我想海倫一定是有麻煩而無法開槍，我必須拖延時間。我抓住史威尼的左手，把它翻過來，「讓我來幫你看手相。然後我就會帶你去找其他人，他們看到你一定很開心。」

他微笑，眼神後方的某種情緒變得緩和。要是有機會可以幹掉我們四個人，他已經準備好繼續玩下去。我的手指沿著他的掌紋在滑動，編出了他的生命和感情之事的一堆鬼話，我等待，一直等待海倫扣下板機。等到我摸到「維納斯之丘」的時候——聽起來很淫穢，但其實只是大拇指指根下方的那個區塊——我變得焦躁不安。我目光偷偷往上飄，朝海倫的陽台位置看了一下，她雙手緊緊抓住欄杆。她並沒有擺出射擊姿態；連槍都沒有拿出來。她呆了，嚇得動彈不得，而我知道我得要靠自己的雙手處理狀況。

我不再鬼扯，而且死盯著他的雙眼，「給我說實話。我們成了懸賞的對象，是不是？殺死我們當中的任何一個人，都會有獎金。」

他聳聳肩，「比莉，很遺憾，這是真心話，不過，的確被妳說中了。」

「多少錢？」

他把數字告訴了我，當我在講話的時候，仍然緊握史威尼的左手，這一招讓他沒注意到我的右手伸入裙子口袋。我的手指碰到了板機，然後，用力按壓。

# 15

關於槍聲的真相是，其實它們跟電影裡的音效不一樣。它是一種爆裂聲，宛若爆竹，比你想像的更尖銳，更快速。廣場上有些人東張西望，很好奇，但是過了一會兒之後，什麼事都沒發生，他們又繼續喝颶風雞尾酒，大啖他們的果仁糖。我手裡握著槍，透過桌子下方盲射了一槍，只能盡量樂觀以待。不過，我很幸運。這一顆小口徑子彈射入他的胸前，留在體內，在他鎖骨下方留了一個洞，一大塊濕黑污痕正在他的海軍藍外套不斷擴散。「史威尼？」我依然緊抓著他的手，不過，早在他的雙眼顫動閉上之前，他的脈搏早就沒了。他整個人坐在那裡癱倒，宛若在看他自己的塔羅牌時睡著了。我抬頭，望向陽台，海倫睜大雙眼，盯著我們。突然之間，她似乎回神了，站起來，把錢丟在餐桌，立刻消失在餐廳室內。小娜一定聽到了瑪麗艾莉絲的訊號，丟下了自己的畫作，現在她和海倫沿著我們事先規劃的曲折路線，準備回到屋內。瑪麗艾莉絲可以繼續演奏，就像是街頭藝人一樣，完全是隱形人。我拉起裙子，開始狂奔，鑽入「安托萬神父小巷」。我還是不知道瑪麗艾莉絲為什麼發出訊號，但可以確定的是她一定發現了某個不該出現在那裡的人——那是本來跟蹤史威尼，現在一定在尾隨我的人。我脫掉長裙與假髮，丟在某個睡在別人家門口的女流浪漢的身邊。我的口袋裡早已準備了太陽眼鏡，戴上之後，就離開了廣場。

史威尼的屍身在我的背後逐漸變得冰冷，我則沿著皇家路上行，左轉，刻意遠離住家方向。

我本來打算要繞一大圈之後回家，不過，當我穿過土魯斯街的時候，我看到他了。他一身觀光客打扮，T恤塞在繫有腰帶的牛仔褲裡面，看起來像是個社會邊緣人。他只穿了一件單薄的防風衣，黑金雙色搭配，上面有一個俗豔的聖徒百合花飾紋章，而他的臉龐佈滿了一層薄汗。他有一頭濃密的白金色頭髮，通常小時候有這種髮色的其他人，長大之後就消失了，不過，挪威人終生髮色不變。他從我的左側逐步靠過來，我不假思索，從聖路易斯街切到了查特斯街，步伐是一種剛剛好的輕快節奏，看起來有事要忙，但速度也不至於快到像是陷入恐慌一樣。我沒有回頭顧盼，我聽不見後頭的腳步聲，不過，我知道他穿的一定是橡膠鞋底的鞋子。我在畢安維爾街右轉，穿越馬路，走向蒙特里昂飯店的停車場入口。我沒有進去，不過，車道上方懸掛一面巨形凸面鏡，我經過的時候瞄了一下，看到了他，在我後方四十步的距離，態度從容。我發覺這個小混蛋玩得很開心。他並不知道我已經發現了他，而且顯然他決定要放手好好玩我，等到出現對他有利時機的時候再收拾我。

我突然左轉進入皇家街，步伐轉為小跑，拚命朝街尾奔去。這條街道兩側都是古董店，昂貴的那一種，櫥窗裡有水晶吊燈在閃閃發亮。等到我進入蒙特里昂飯店主入口時，便大膽往後瞄了一下，看到他才剛剛轉過街角，我看到他一發現我並沒有出現在他的預期方位時，立刻露出了驚訝表情。現在是開放登記入住的時間，飯店門口擠滿了門房、司機、行李員，以及客人。我從這一群人旁邊繞過去，進入主廳，隨即右轉，爬了一小段鋪設地毯的樓梯，進入「旋轉木馬酒吧」。這地方的正中央是一座巨大的旋轉木馬遊樂設施，正在緩緩轉動，而酒客們則窩在吧台椅上喝酒。時間還早，但這個地方已經很熱鬧，不會有誰對於混在人群之中，已經有一點年紀的女人多看一眼。我穿越酒吧，從餐廳後門出去，站在電梯等候區。我按了「往上」的按鍵，屏氣。

我稍微伸長脖子，大膽望向餐廳，透過窗戶往外看。他在那裡，背對著飯店，掃視街道兩側。他在一分鐘之內就會想到要搜查酒吧與大廳，不過，要是我能夠先一步到達屋頂，就很有機會可以甩掉他。電梯門開了，我走進去，強逼自己要放慢呼吸。

「哦哦，千萬不要關電梯！」某個身穿名牌貂皮大衣的女子叫住我，她搖搖晃晃地朝電梯方向奔來，她抱了一隻小狗，緊貼在她的乳溝之間，我連等待的假動作都直接跳過，趕緊以大拇指按下「關門」按鍵，我聽到她憤怒大吼，電梯門正好在她面前關上。我死按「關門」鍵與屋頂的按鍵，一路跳過停靠其他樓層。等我到了頂樓時，就隨便按下四個樓層按鍵，然後趕緊跳出電梯。要是有誰盯著大廳裡的電梯顯示面板，就會看到有好幾個樓層數字在發亮。

我的眼前出現一長排玻璃牆，我瞄了一下外頭的泳池平台區。左側有隱身在房簷之下的酒吧與用餐區，前方是游泳池，周邊放了躺椅與大型灌木盆栽。現在天氣太冷，不適合游泳，但是酒保依然待在那裡，擦拭玻璃杯，以有禮但心不在焉的微笑聆聽某個老頭在講話，顯然對方在發表長篇大論。在幾個月之前，我曾經為了預防這種狀況，特地來到這家飯店偵查路線，我知道只有靠房卡才能夠進入泳池平台區。

不過，我也很清楚，要是有人誤以為妳是這裡的住客，尤其是當你比他們年長的時候，他們都非常樂意幫忙。有個配戴飯店徽章的女孩從水療中心出來，我擺出焦慮萬分的表情，趕緊走到她面前。

「抱歉，親愛的，我似乎忘記我的房卡了，而我先生一直在煩酒保，根本沒注意到我……」我翻白眼，目光飄向坐在吧台高腳椅的那個噁男。

「女士，沒問題……」她面露微笑，幫我刷卡，我向她道謝，大搖大擺走進去，宛若自己是這裡的客人一樣，然後，我在吧台付現金買酒。

游泳池末段的最後一盆灌木盆栽後面，有一個可以阻擋閒人窺視的隱密小地方，是從游泳池平台區的其他區域絕對看不見的好用秘密角落。我挑了灌木叢後方的某張躺椅，緩緩啜飲自己的酒，當太陽在血色燦光中沉落之際，我仔細端詳下方街道的狀況。追殺者正小心翼翼地以方形模式移動，清查最靠近蒙特里昂飯店周邊的街道，一條接著一條，進行格狀搜索。在我抵達這裡的幾分鐘之後，我聽到了警笛尖嘯，我猜他們已經發現坐在傑克遜廣場的史威尼癱軟不起。等到他們處理完屍體之後，將會檢查監視器畫面，最後就會推敲出我到底去了哪裡。

不過，在紐奧良這樣的城市裡，有許多方式可以搞人間蒸發。忍受了足以把耳朵凍僵的寒冷河風十五分鐘之後，我聽到了第二條遊行隊伍出現在街道的聲響，我以兩步併作一步的姿態跑下樓，祈禱自己的膝蓋還撐得下去。我在禮品店找到了超大的嘉年華太陽眼鏡，還有一大把珠珠項鏈，我把它們套在綴有亮片小龍蝦，以法文昭告天下要「享受美好時光」的運動衫外頭，整個人看起來就像是來自奧馬哈的，造訪這座有「超放鬆」美名城市的隨性俗氣中年觀光客。

我從飯店大門溜出去時，正好還來得及加入遊行隊伍的尾端。在最前面有兩個身穿湯姆・福特牌無尾禮服的新郎正高舉著酒杯，展示他們閃亮的新婚戒。樂團正在演奏〈微風吹送〉，大家跟著樂聲一起唱和，揮舞手帕，高舉香檳杯，

有個喝醉的伴娘直接拿起一瓶凱歌香檳對嘴暢飲，然後，在我面前將它高高舉起。

「喂，陌生人，妳要跟我們一起狂歡！」她把香檳瓶交給我，我喝了一大口，微溫，幾乎沒氣泡了，但是我不在乎。我把它還回去，當我們進入皇家街，隱沒在夜色之中時，我也扯開嗓子歌唱。

# 16

我在大教堂的後方離開遊行隊伍，後牆有一盞照射耶穌像的巨大弧光燈。耶穌的長影張開雙臂，宛若在索討一個擁抱。不過，我直接離開，繞了一段長路，終於回到俄西蘭街的那道大門，我按了密碼進去。其他人都待在廚房，窩在餐桌邊，捧著已經變得冰涼的咖啡杯，還看得到上層的浮垢。

米恩卡撲向我，以烏克蘭語發出驚呼，最後還是靠瑪麗艾莉絲把她拉走。海倫也抱了我一下，但小娜最實際，把一杯熱茶塞入我的冰冷雙手之中，對我下令，「趕快喝啊！」我挑眉看她。

「怎樣？」她問我，「我也可以照顧人吧。」

「對，妳沒問題……」我也同意，同時把僵麻手指扣住杯身。

海倫問道：「我們在這裡安全嗎？」她扭住雙手又放開，宛若需要抓住什麼一樣。

「暫時沒問題。有人跟蹤我，但被我甩掉了，是尼爾森。」

門口堆放了應急包，還有貓籠。凱文窩在亞希子的懷中，舔弄她的咖啡杯，而她自己則是直視前方，表情一片空白。我望向瑪麗艾莉絲，朝她太太的方向撇頭。

「她還好嗎？」

「我正在消化中，」亞希子的語氣很不穩定，「妳剛剛殺了人，她們說妳殺了人。」

「他打算殺了我，其實，是我們四個人，」我提出澄清，「我的意思是，希望這樣的解釋有幫助。」

她緩緩點頭，「應該吧。」

我面向其他人，娜塔莉伸手指向我的運動衫與珠珠項鏈。

「我喜歡這種新造型。不是每個人都能夠穿出邋遢觀光客的感覺，不過妳真的發揮得淋漓盡致。」

「謝謝，我明天幫妳買一套。」

海倫已經為我準備餐食——我根本懶得去看到底是什麼，直接塞入口中，而且小娜繼續幫忙添茶。

當我在吃東西的時候，瑪麗艾莉絲四處張望，「現在該進行驗屍了吧？」

娜塔莉嗆她，「低級……」

瑪麗艾莉絲露出困惑表情，「我們一直都是這麼說的啊。」

「有個朋友死了，」海倫提醒她，「也許我們應該把它稱為討論。」

瑪麗艾莉絲聳肩以對，但並沒有打算要爭辯。

我修正海倫的說法，「有個曾經是朋友的人，打算殺了我……」然後把史威尼告訴我的內容講給她們聽，而她們的反應果然不出我所料，覺得被羞辱了——海倫；暴怒——娜塔莉；展現實際態度——瑪麗艾莉絲。

我只有一段沒有講出口，當我向海倫示意開槍時，她整個人僵住了。

娜塔莉的雙臂交疊在她的平胸前面，「妳確定需要由妳自己動手嗎？我的意思是，應該要由海倫開槍才是。」

我瞄了一下海倫，但她不發一語，「我當下做出了選擇。」

娜塔莉嗤之以鼻，「好，反正這也不是妳第一次要搶功。」

「對，娜塔莉，這不是第一次。我偶爾會在非責任區下手殺人，是因為……」我盯著海倫的雙眼，看到她赤裸裸的崩潰之痛，我立刻把本來要說的話吞回去，「因為我根據自我判斷做出了決定，他打算要除掉我們四個人。而他拖延的唯一理由就是想要靠我講出妳們其他人在哪裡……」

瑪麗艾莉絲語氣堅決，「妳別無選擇。」

娜塔莉低聲說道：「可憐的白痴史威尼……」

海倫低頭望向地面，依然不發一語。

等我講完時，亞希子突然振作起來，「講重點給我聽，」她說道：「拜託，我想要了解。」

我拿起餐巾紙抹嘴，然後把它放到一旁，「當我們發現我們服務的組織……」

亞希子插嘴，「『博物館』……」

「就是『博物館』……」我點頭示意，「當我們發現我們服務的組織把我們列為狙殺目標時，我們聯絡了某位前同事，想要知道原因。」

她問道：「就是這個叫做史威尼的人嗎？」

「沒錯。我們與他的這一場面會，本來是要讓他提供狀況資訊，我們很小心，安排在某個普通地點見面，但事實證明我們根本不應該信任他。亞希子，他來這裡是為了殺害我們。」

「那現在怎麼辦？」她問道：「他們想要殺害妳們，失敗了。我的意思是，他們不會只說一聲『就這樣吧，是我們自己不行』，然後就直接放妳們回家，對嗎？」

我聽出她的語氣裡有一絲盼望，瑪麗艾莉絲也是，她開口的時候，面容微微抽搐，「我們不能回家。」

娜塔莉說道：「再也沒辦法回去了……」

亞希子面向她的妻子，「瑪麗艾莉絲，妳是不是在跟我唬爛？」

瑪麗艾莉絲搓揉雙手，指關節一開始泛白，然後變得紅腫。她是我認識的最優異殺手之一，不過，坐在妻子身邊的她，看起來卻好卑微，一直背負的秘密，以及它現在對她們所造成的傷害，把她壓得不成人形。

亞希子很堅持，「瑪麗艾莉絲，看著我，現在呢？」

瑪麗艾莉絲深呼吸，「我們需要更多資訊。」

「妳們已經有資訊了，」亞希子反駁，「妳們說，他們想取妳們的性命，是因為妳們違反了某種規定——妳們為錢殺人，而不是奉令殺人。」

「但我們並沒有，」海倫耐心解釋，「這就表示他們得到了關於我們的錯誤情報，有人要陷害我們。」

「所以就告訴他們實話啊，」亞希子回嗆，「就直接跟他們說，他們會聽的，一定得要聽妳們的說法。」

娜塔莉在座位裡身體前傾，流露充滿憐憫的表情，「我知道妳因為這件事有點小困擾，但是他們聽不進去，真的。」

亞希子面向她，「因為這件事有點小困擾？媽的我大崩潰，我在這世界上最愛的女人——結婚五年之後——終於決定讓我知道她職業的真相，長達五年的謊言，媽的一堆謊言。」

瑪麗艾莉絲怯生生說道：「我想要保護妳……」

「我覺得……」亞希子的語氣酸溜溜，「既然發生了，也無法改變什麼。我冒著生命危險，帶著一隻討厭旅行的貓在逃亡，不知道什麼時候才能回家。所以，瑪麗艾莉絲，妳給我好好解決這問題。」她起身，凱文掙扎離開她的懷抱，斜靠在瑪麗艾莉絲的身邊，「我說認真的，給我解決這問題。」

她離開之後，瑪麗艾莉絲長吁一口氣。

我開口說道：「她之後會想通的……」

瑪麗艾莉絲一臉懷疑地看著我，海倫在這時候清清喉嚨，「好，我們得要擬定計劃。」

「也許亞希子的想法很不錯，」海倫繼續說道：「也許我們應該要想辦法跟他們對話。」

這句話讓我們爭論了半個小時之久，到底要如何接觸一個正在拚命要追殺我們的組織。我們花了許多時間討論每一位董事會成員，最後才發現完全沒有任何意義。

「那些館長呢？」瑪麗艾莉絲提出建議，「我知道我們之前討論過了，但也許現在應該可以回頭檢視一下。」

「不要找納歐蜜，」娜塔莉說道：「如果他們獲知有關我們的錯誤情報，一定是透過納歐蜜的研究資料。她負責向董事會進行簡報，捏造我們貪圖私利的人很可能就是她。」

「不要找納歐蜜，」瑪麗艾莉絲也同意，「但馬丁呢？」她朗聲問道，充滿了盼望。

「馬丁……」我同意，其他人也點頭，海倫拿出她的通訊錄，裡面以鉛筆整齊寫下了他的電話號碼。我們抽籤決定由誰打電話，我輸了。我拆開新的王八機，撥打他的私人手機號碼，本來覺得可能會轉到語音信箱，但他卻在第二聲鈴響的時候就接了電話，語氣聽起來有點提防。

「馬丁，」我開口，「我是比莉．威博斯特。」

對方猛吸氣，簡直像是倒抽一口氣，「哦，我的天吶！」他說道：「等我一下，我旁邊有人。」

接下來是一陣模糊聲響，想必他以手捂住了自己的手機，終於，我聽到了噹啷碰撞聲響，遠處有人在交談，餐廳的噪音，然後轉為汽車喇叭聲，還有微弱的警笛。

「現在我站在街上，」他終於說道：「靠，比莉，妳還好嗎？」

「不是很好，」我告訴他，「我想你知道我為什麼會打這通電話。」

「對，而且我也很清楚不要問任何問題。只要回答我一件事就好，其他人也都平安嗎？」

「對。」

電話裡傳出他的長嘆，「很好。聽我說，我沒辦法講太久。我不覺得他們有監控我的通聯紀錄，但要是他們真的這麼做……」

「我別無所求，只是要跟你打聽一點消息，」我向他保證，「有個小傢伙告訴我，董事會接獲情報說我們接案牟利。你知道什麼內幕嗎？」

「我什麼都不知道，」他告訴我，「董事會的口風很緊，妳也知道他們對於保密有多麼偏執，完全封鎖消息。」

「馬丁，」我放軟語氣，像是在溫暖哄慰，「我知道你的功力高超。要是你完全不知情，董事會就算想要多訂購一根迴紋針也辦不到。我萬萬不想害你沾惹麻煩……」

他深吸一口氣，「我只知道『博物館』有人整理了一份有關妳們四人的檔案，直接交給了董事會，並非從正常管道遞送。」

「不是出自『來源處』？」

「就算是『來源處』整理了那份資料，也一定是透過非正常程序送出，不然我一定會知道。」

「而你完全不知道那是從哪裡來的嗎？」

「不知道，」他語氣堅決，「相信我，我已經查過了。理論上不可能有人做出這種事，卻可以繞過納歐蜜或者是我，但看來就是如此。比莉，我能說的就這麼多了……」

他打算要收尾，所以我立刻切入這個問題，「有沒有可能撤回這條命令？」

「比莉……」

我回他，「馬丁，我們沒有那麼下流，你也很清楚這一點。」

「我當然知道，」他語氣憤慨，「但妳也明白董事會是什麼風格。要是他們撤銷某道命令，就等於承認自己犯錯。而且，妳也知道他們有多麼厭惡犯錯，還有……」他的語氣陡然一沉，聽起來充滿遺憾，「他們想要的是妳們四人清白的證據。」

我告訴他，「我可以開口保證……」

「比莉，這樣還不夠。」

我回道：「換作是四十年前，這樣就夠了……」他沒有回應，但不需要。時間改變了一切，我可以把手放在《聖經》上面發誓，但這舉動也不會造成任何改變，「所以現在呢？」

他陷入猶豫，「其實我不該告訴妳，但他們已經知道妳在紐奧良。如果他們發現我對妳提出警告，那麼就不會是丟飯碗那麼簡單的事了，不過，他們派出了尼爾森。如果可以的話，妳一定要離開那裡。」

「我們已經交手過了，」我說道：「而且史威尼也決定來找我們，我想他一定以為自己可以領到賞金。」我並沒有提到是我們自己打電話給史威尼，在這種節骨眼講出這種事，對馬丁的信心也沒什麼好處。

他深吸一口氣，緊張不安，「靠，靠，我靠，妳確定妳安全嗎？」

「現在是如此。」

「那史威尼和尼爾森呢？」

「史威尼的鮮血漫流傑克遜廣場，而尼爾森就算有谷歌地圖幫忙，也還是根本摸不著頭緒，我們很好。」

他哈哈大笑，但卻是勉強的小聲乾笑，「所以，我想妳剛剛說的小傢伙是史威尼？」他沒有等我說出答案，「妳也知道，他們不會就此善罷甘休，會一直派出殺手，直到有人成功為止。比莉，除非殺光妳們四個人，否則他們不會停手，妳一定要搞清楚這一點。」

「所以你的意思是，我們與他們之間，只能有一方活下去。」

「不，」他語氣沉重，「我的意思是，能夠撐下去的是他們。我知道『博物館』已經大不如前，但依然是一個精英組織。比莉，他們知道自己在做什麼，而妳們只有四個人，完全沒有任何資源。」

我說道：「哦，聽你這麼一說，狀況不太妙啊……」

他猛吸鼻子，「比莉……」

「小朋友，沒關係，」我說道：「現在已經到了我該說出很榮幸認識你、你說出不能再冒險跟我講話因為他們也會追查你的階段。」我翻找出某個電話號碼，「這是我遇到緊急狀況時使用的留言服務。」其實這不像是麥克斯那種公司提供的留言服務，這只是收取一點額外費用，樂意讓我偶爾使用其中一條專線的某個斯科茨代爾的電話性愛接線員的電話，「如果你需要找我，就打那個號碼留言。我會每個星期打一次電話，這樣可以嗎？」

我聽到電話另一頭傳來類似嘆氣的聲響，我不知道他是否抄寫了那一支號碼。「再見，馬丁。感謝你所做的一切。」他還沒來得及回答，我已經按下這台王八機的通話結束鍵。我告訴其他人他所說的話——更重要的是，他沒有說出口的內容。

娜塔莉說道：「所以我們不知道是誰收集了我們『活動』的資料……」她還伸出食指與中指，在空中做出引號手勢。

「不知道，」我回道：「而且我們也不知道董事會的決定為什麼這麼強硬又快速。」

「這話是什麼意思？」海倫一直坐在那裡不講話，雙手夾在膝蓋中間，但她現在終於回神過來發問。

「我的意思是，格殺令是極端手段。為什麼不把我們抓過去審問？或者是派別人來暗殺我們？」

「『博物館』是國際暗殺組織，」瑪麗艾莉絲的口氣平鋪直敘，「他們不會給人辯解空間，大家都知道。」

「他們當然會給啊！」娜塔莉說道：「除非經過『來源處』團隊的詳盡研究，否則不會有人成為狙擊目標。每一次的暗殺行動都要經過好幾個月，有時候甚至是好幾年的監控與情蒐。不過，有人給了他們一張字條，然後說『哦，這些老賤貨手腳不乾淨……』突然之間，就要把我們放在槍口的十字準星裡面？這太瘋狂了。」

「這的確稍嫌草率，」海倫也同意，「應該像比莉說的一樣，好歹至少要問我們一聲。」

瑪麗艾莉絲很懷疑，「要是我們真的謀取私利，難道被問的時候就會吐實嗎？」她面向我，「打電話給納歐蜜。」

「她是『來源處』的人，」娜塔莉抗議，「就我們所知，她就是寫報告的人。」

「馬丁不這麼認為，」我開口，伸手拿海倫的通訊錄，按下號碼，靜靜等待。

「我是尼迪雅。」接電話的人語氣俐落，聽起來不是很友善。我表明身分，等待，背景聽得到電視聲響，我聽出了主題曲。

「是不是《駭人命案事件簿》？」我客氣問道：「是舊版還是新版的巴納比探長？」

「新版，」她的回答簡單扼要，「妳會看英國謀殺案影集？」

我回道：「哦，有時候必須要為工作尋找靈感。」

「他們居然搶先一步想出可以利用巨型輪狀乳酪殺人，讓我很不高興。」她沒有笑，我想要靠著與她討論田園謀殺案拉攏關係的期盼，全部落空。

「為什麼要打電話給我？」

我說道：「因為我需要一些情報，我能問的人也就只有妳而已……」

她回我，「我不會討論這件事……」不過，我還是可以聽到背景播放的影集聲響，她還沒有掛電話，所以這就表示她有在聽我說話。

「納歐蜜，我知道有一份關於我們的檔案，我依稀知道上面寫了些什麼。我只是想要知道董事會為什麼值得為此發出格殺令，而不是活捉我們回去審問？」

她足足讓我等了好一會兒之後才開口回答，「妳知道嗎？我正在請病假中，不應該承受任何壓力。」

「哦，要是有四個女人因為自己明明沒有做的事而被追殺，這種事會讓妳感受到壓力的話，很好，那麼妳可以幫忙解決問題……」我聽到湯匙與碗的碰撞聲響，「妳在吃東西嗎？」

「越南河粉，寶寶只想吃這個。」湯匙再次發出噹啷聲，「好，挑一個。」

「挑一個什麼？」

「妳可以挑一個問題。詢問檔案、格殺令、派出誰追殺妳們，但只能有一個，我的時間就這麼多，因為我會在十五秒鐘之內掛電話。」

我迅速思考。我們很清楚會派誰過來——基本上就是每一個想要領取賞金的人，而我們需要知道的是，是否有辦法可以取消這道命令。

她說道：「十秒鐘……」聲音不太清楚——可能是因為河粉的關係。

我問道：「能否撤銷命令？」

「不行。」她又拿湯匙吞了一口河粉。

「就這樣？就一句『不行』？就得判我們無期徒刑？」

「差不多就是這樣了，」她停頓了一會兒，「妳們能不能躲起來？」

「下半輩子都這樣？不，謝了，我寧可好好處理。為什麼他們堅決要除掉我們？而不願意還我們一個清白？」

她停頓了一會兒才開口，「妳知道什麼是絞架嗎？」

「抱歉？」

「絞架嗎？有點像是某根竿子上面架了個牢籠吧？執法者把它們設立在十字路口，將殺人犯、海盜，還有偷羊賊高吊在上面，然後就把他們扔在那裡，五花大綁，腐爛，當每一個人有事經過那裡的時候都看得到。妳知道為什麼要這麼做嗎？」

我講出結論，「讓其他打算犯下類似罪行的人打消念頭。」

「沒錯。」

「所以他們想要利用我們殺雞儆猴？」

「更重要的是，他們想要其他人怕得要死，不敢提問。他們做事不想受到打擾，而妳們四個人可能會惹麻煩。」

我緊抓手機，「做什麼事不想受到打擾？」

她說道：「十五秒已經過很久了……」我沒有回答，她嘆了一口氣，「我聽說有這樣的謠言，有人謀取私利，安排收錢殺人的案件。我不知道是誰，但他們下定決心要掩蓋真相。萬一消息走漏的話，整個組織就會陷入危機。」

「鬼扯。我們被他們追殺之前根本什麼都不知道。」

「比莉，」她的語氣充滿耐心，「妳好好想一想。」

「會追殺我們的唯一理由——」我停頓下來，「我靠，他們想要栽贓在我們頭上，然後讓真正的罪魁禍首消遙法外。」

「好，妳花了一分鐘之久，但總算是想出來了，」她說道：「對於董事會來說，隨時都可以拋棄妳們，而安排接案殺人的那些角色並不是，所以董事會決定要保護他們。」

「為什麼？」

「他們可能位高權重，沒有失去的本錢；也可能是在勒索董事會；也許是把行凶賺來的私利讓董事會分一杯羹。這都只是我一開始隨便想出的原因，還有十幾種可能。」

「這一切都不重要，因為我們是這個格殺令的目標，」我做出結論，「是誰？到底是誰在安排收錢接案的事？」

「我已經告訴過妳了，我不知道，搞不好就是董事會的成員。」

「也有可能是『來源處』的某人……」我的語氣充滿了濃濃的暗示。

我聽到湯匙掉入空碗裡的聲響，「如果妳想要指控我，請便，我已經講完了，妳的時間已經到了。」

我把她告訴我的一切轉述給其他人。瑪麗艾莉絲雙手抱頭，海倫搗嘴，而娜塔莉則罵了一長串髒話。

「這些吃大便的畜牲，」她說道：「萬一我們執行的某些任務就是這種接案殺人的狗屎工作呢？很可能一直有人利用我們執行他們的下流勾當，把我們當成了一般的殺手。」

不難想像這一切是怎麼辦到的——金錢往來、準備好檔案。董事會聽取可能狙殺對象的簡報內容，然後指定外勤幹員出任務。只要到達我們的手中，我們就完全不可能知道這份任務是否清白。我們一直深信「來源處」與董事會能夠抓出合適目標。每一項情報、每一個決定、每一次的行動，都是我們共同打造之鎖鏈的其中一個環節，而在那樣的鎖鏈之中，居然會出現腐敗行為，著實令人無法想像。

瑪麗艾莉絲說道：「跟我們當初簽約的內容完全不一樣……」

海倫終於開口，「我老是告訴我自己，我們讓這個世界變得更好，更安全……」

我告訴她，「我們的確做的是這樣的事……」我望著她們頹喪的臉龐，「好，我知道這感覺像是背叛……」

娜塔莉拉高音量，「感覺？」

「這就是背叛，」我糾正自己的用詞，「不過，無論我們可能做出什麼舉動，都是無心之過。我們信任組織，我們信任他們。如果我們對於自己殺害的對象犯了錯，我們可以之後再處理。現在的問題是董事會。他們為了拯救這一切的藏鏡人，已經決定把我們當成代罪羔羊，問題來了，我們接下來該怎麼辦？」

我們面面相覷，我們都知道這個決定牽涉的不只是我們四個人而已。

我們把亞希子與米恩卡找過來，告知她們最新狀況。我在吃肉桂貝果，而娜塔莉則把她自己的撕成碎片，做成包裹內餡的貝果小丸子，彈得到處都是。

瑪麗艾莉絲問道：「妳可不可以住手啊？」她甩掉自己頭髮上的貝果小丸子，把它彈了回去。

「我只是有點煩躁，」娜塔莉回她，「我不喜歡被逼到這種絕境的感覺。」

我環顧餐桌上的每個人，「除非我們得到控制權，不然我們一輩子都得要面臨這種絕境，」我說道：「我們之前從來不曾成為被狙殺的目標，但我們之前也從來不需要決定要挑誰下手，一直是由別人為我們進行定奪。反正，我們一直是別人手中的樂器，不是音樂家，我們無法選擇曲目，而妳們兩個，」我望向米恩卡與亞希子，「妳們兩個一定不知道幹髒活是什麼感覺。」

米恩卡冷冷看了我一眼，「我了解的程度可能已經超過了妳的想像。」

「也許妳很清楚，但並不會改變這對我們大家來說是陌生領域的事實。我們有兩個選擇，一，現在就一走了之，我們可以請米恩卡為我們每個人假造新的身分文件，這世界很大，靠著適當的身分證明，我們可以人間蒸發。」

「接下來要做什麼？」娜塔莉問道：「我破產了，真是感謝董事會，我的養老金在加勒比海就全沒了。」

「我也一樣，」海倫說道：「肯尼斯生病之後，沒有留下多少財產。」

瑪麗艾莉絲和亞希子沒吭氣，不過，從她們交換眼神的那種表情看來，她們也好不到哪裡去。

我提醒大家，「我們可以去找工作……」

「做什麼？」娜塔莉問我，「比莉，我們這四十年來都在殺人，我們只懂得這種事，光靠這一點，絕對沒辦法在領英找到客戶。」

海倫插嘴，「我覺得在Craigslist[5]應該比較容易找到客戶……」

我揚手，「我只是要說，我們可以試試看金盆洗手。」

「好，那會是什麼樣的情景？」娜塔莉問道：「我們的下半輩子必須要頻頻往後張望，擔心自己是不是被追殺，今天是否就是我的大限之日，有人帶著我們的皮毛回去領大筆賞金。」

「我跟妳一樣厭惡，」我說道：「如果由我做決定，那我們早就開始擬定計劃要消滅董事會，終結一切。不過，我想這種事不該操之過急，我們可以花一天想清楚，等到明天……」

瑪麗艾莉絲態度堅決，「算我一份。」

讓我驚訝的是亞希子，她也朗聲說道：「我也是。」

「真的嗎？」瑪麗艾莉絲問道，她的語氣充滿希望，亞希子並沒有對她回以笑容，但至少是個開端。

「好，」我開始計算人數，「瑪麗艾莉絲與亞希子加入了……」我看著大家，

米恩卡點頭，娜塔莉大笑，坐直身軀，「現在小朋友是怎麼說的啊？『哦耶』嗎？好，哦耶。我不知道自己還有多少年可活，我絕對不容許我下半輩子都在忙著回頭顧盼，擔心董事會不知道接下來會派哪一個小嘍囉上場，而且，我們還得把這筆帳算清楚。」

我盯著海倫，她張開嘴巴，卻又再次閉上，點點頭。她的表現也許不如以往，但依然是個厲

[5] 美國分類廣告網站。

害角色。

我閉上雙眼，憋氣，屏息，從一數到六，然後我緩緩吐氣，睜眼，「那就是一致通過，這個『董事會』死定了。」

# 17

我們結束談話之後，我回到自己的房間，把一些東西扔進包包裡。我們遲早得要離開紐奧良，我覺得趁還有機會的時候好好打包，會比較輕鬆自在一點。正當我把衣服塞入小帆布袋的時候，海倫悄悄溜入我的房間，關上門。

她說道：「妳用這種方式對待真絲衣物，是一種犯罪行為……」她抽出帆布袋裡的某件上衣，將它的正面朝下、放在床面，仔細撫平，然後雙手迅速做出兩、三個動作，變出了一個整整齊齊的小包。

我告訴她，「這很像是芭比娃娃的華麗降落傘……」

她把它塞入帆布袋，「這樣拿出來的時候應該沒問題，萬一有皺紋，在洗澡的時候掛在浴室就可以了，它們會馬上消失。」

「天吶，要是這一招也能對付我的臉就好了。」我把牛仔褲丟到那件真絲衣物的上方，把某件T恤捲起來，然後，我看到了她的表情。她伸手跟我要那件T恤，重新摺好，緩緩撫整布料，「比莉，我一直在想米恩卡的事，我覺得她不該加入我們。」

我開口，「妳打從第一天就不喜歡她，到現在還是一樣……」

「比莉，不是那樣。妳信任她一點都沒錯，她是個很棒的女孩，但她畢竟只是個女孩。」

「我們簽約加入『博物館』的時候，也是她這個年紀……」我搶回T恤，把它塞入帆布袋。

「我媽媽在二十歲的時候生小孩啊，妳想說的是什麼？」她的語氣柔和，「時代在改變，她應該要有機會見識世界，而不是跟我們一樣。」

我準備要離開要去拿一疊內衣，但她卻抓了我的手，「比莉……」我定住不動。我對她說道：「她見過的世面超過妳的想像。」

「我知道，我們聊了一些話題，很有意思，」她依然抓住我的手，「我知道妳在哪裡找到她，還有妳是如何把她救出烏克蘭，妳根本不需要這麼做。」

我的答案簡單明瞭，「不，我應該的……」

海倫微笑，「其實，妳誤會了，恰恰相反，我喜歡她，非常喜歡，而我不希望看到她最後淪落到跟我們一樣的下場。」

「海倫，妳想說什麼？我們多多少少錯過了什麼？浪費了一生，只不過是失敗的警世寓言？」

「不是，」她回答我，「不過，難道妳沒有希望能夠重來，做出不同抉擇，好整以暇完成的事物嗎？有沒有什麼是但願自己當初不曾放手的人？」

我把自己的手狠狠抽出來，「米恩卡是團隊的一份子，她會跟我們一起去英國，就這樣。」

我緊閉雙唇，以免會講出我後悔的話——很可能是關於她在傑克遜廣場呆住、失去勇氣的事件。

我開始把其他衣物塞入帆布袋，把一雙靴子放在我根本不記得買過的襯衫式洋裝上面。海倫盯著我足足有一分鐘，然後，她站起來。

「好，那我就不打擾妳了……」她悄聲說完之後，關上了門。

她沒有說出他的名字，但我很清楚她想到了誰，那一晚，我沒脫衣服就上床，失眠了好幾個小時，因為我想到了他，塔佛納。

# 18

一九八一年十一月

比莉有個理論，每個人的生命都有一首電影主題曲，有些人是大型樂團或是輕柔爵士，還有的人是純粹巴洛克歌劇的戲劇性，而她自己的主題曲並不是那麼動人。當她母親在她十二歲時拋棄她——留她一個人坐在購物中心披薩店，再也不曾回來的那個時候，點唱機播放的歌曲是〈三角洲黎明〉。

當她在芝加哥的某家飯店酒吧打發時間、等待尚吉巴任務潰敗之後第一次任務的搭檔，裡面的抒情搖滾小型樂團演奏的歌曲是〈如果你能懂我的心〉。尚吉巴那一次任務的領導人是凡斯・吉爾克里斯特，他寫出了洋洋灑灑的報告，她知道上級一定會監視她，確認她是不是已經養出冒險行動的慣性。這是一次可以讓她彌補的機會，她下定決心要好好發揮一下。

她坐在吧台前，啜飲微溫的夏布利白酒，歌手召喚出鬼魂與許願井的意象，她在忙著複習建立聯繫的暗號交換，因為滿心期待而覺得有點反胃。

「這裡有人坐嗎？」

她抬頭張望，墜落而下——至少感覺是如此。她花了一秒鐘，也許是兩秒鐘才開口回應，不過，當妳的人生瞬間裂開的時候，兩秒都會變得很漫長。

他不帥，不是娜塔莉偏愛的那種光鮮帥哥。這個人需要再看一眼，而多看的那一眼就迷死人了。他應該比她高了有十三公分左右，具有冷靜自持的某種從容放鬆態度，是只有那種知道自己沒有任何畏懼、散發內在深度自信的人才會擁有的特質。他身穿已經褪色的無領衫與牛仔褲，破爛的皮夾克，還有一雙穿了十幾年的弗萊靴，某隻手腕戴有銀色細鐲，另一隻手配戴的是棉線編織的腕帶。

他擁有那種在陽光下會變成金色的淺棕色頭髮，狂放捲曲的程度可以讓人在與他熱吻的時候把拳頭埋進去。他的鬍鬚應該有兩天沒刮了，這一點可能會讓人介意，但是比莉並不在乎。

他一直盯著吧台，準備向酒保示意，不過，他轉身面向她的時候，出現了幾乎無法察覺的驚愕反應，在那一瞬間深邃的棕眼瞪得好大，而且雙唇微啟。

「哦。」那不是輕聲細語，而是驚歎，某種宣言。他盯了她好久，彷彿在說，是妳，終於啊。

她回道：「對……」他又回身面向酒保，當他入座她身邊高腳椅的時候，他揚手，過了一分鐘之後，酒保把底部發出滋滋微聲的啤酒放在他面前。他一口氣把它湊到嘴邊，灌了一大口，死盯著她，然後又喝了一口。

他終於開口，「我覺得我沒辦法裝得這麼酷……」又喝了一大口酒。

「我也跟你一樣。或者，我只是看了太多芭芭拉．史翠珊的電影，我的意思是，當她盯著勞勃．瑞福，還有他回望她的那種態度……」她講話越來越小聲。對於正在發生的一切，她的判斷並沒有錯，而且，他覺得，這似乎是某種小小的奇蹟。不過，她不相信奇蹟。她提醒自己，他們是陌生人。天雷勾動地火的完美陌生人。

「靠，」他小心翼翼把啤酒放在吧台上面，「我真想現在就忘了任務，但我們不可能……」

她告訴他，「我知道……」

「這是我第一次當任務領導人，而且還有禁止交往的規定，」這段話其實比較是自言自語，而不是在對她講話，「我千萬不能搞砸。」雖然他身穿破爛美國服飾，但是他的口音聽得出一點點的英國腔。

「你不會有問題的。」

他又喝了一口啤酒，放下喝了一半的酒杯的時候，輪到她在狂喝微溫的夏布利白酒。他面向她，「我已經出錯了，我們忘記了工作規矩。妳喜歡棒球嗎？」

她想了一下，才弄懂這個天外飛來一筆的問題，然後，她想起了代號。

「對，不過，我是小熊隊的球迷，今年不可能打世界大賽了。」

他結束對話，「他們把雷布里斯換出去，當然不可能。」

接下來的那幾分鐘，他們默默喝酒，「我是克里斯多福．塔佛納，」他終於開口，「可以叫我小克。」

「我是比莉．威博斯特。」

「我知道。」他挑眉，她的雙頰立刻紅了。他當然知道，身為任務領導人，他當然早就拿到了她附有照片的檔案，他看穿了她的心思，「對了，他們把妳的照片拍得很隨便。」

她說道：「嗯，沒有展現我最美的一面。」

他哈哈大笑，突如其來的朗笑，而且那聲音帶有某種讓她想要陷溺其中的狂濤巨浪。

她問道：「好，英國佬，現在呢？」

他的眉毛歸位了。之後，她會很熟悉那一道眉，每當他遇到有趣的事物，那眉毛總是會與嘴唇一樣出現相同的歪斜角度。

「英國佬？」

「口音，我的觀察力不錯。」

「看得出來。好，在一般狀況下，我們會轉移到更隱私的話題，比方說，我的房間，」他柔聲說道，還揚頭朝上方點了一下，「不過，遇到這種情景，我覺得不太好。」

她也同意，「沒錯……」

他露出微笑，某種斜嘴笑容，它流露的那種悲傷力道已足以瓦解她心中的最後防線。他的目光落在她的嘴唇，唇上的那道小小傷疤。

「那是怎麼一回事？」

「以前和浣熊打過架。」他笑了，但目光轉趨嚴肅。

「我是不是得去扁人？」他挺胸，角度之大，造成某個項鍊吊飾從領口滑脫而出，看起來是某個小圖像，但是她看不清楚。她開口回答，不再盯著他的金色胸毛。

「我已經自己動手了。」

「很好，在我們的關係之中，妳可以當主外的那一方。」

「關係？」

「嗯，對啊。我想一開始的幾個星期，我們會佯裝期一切都沒發生，然後，突然放棄一切，遠走高飛，一起過下半輩子，瘋狂做愛生小孩。」

她哈哈大笑，「你真是太誇張了。」

「妳不可以用這種口吻對自己小孩的未來爸爸說話。」

她說道：「我不會放棄我的工作……」

「天吶，希望妳萬萬不要，總是得有人去賺錢，我可以待在家裡煮菜，我穿圍裙的模樣很帥。」

「英國佬，我想也是。」

他們露出密謀造反者的微笑，喝光了他們的酒。

他深吸一口氣，「威博斯特，這很有趣。但我們都知道，最多就只能玩到這樣，我不能冒險。」

她翻白眼，「你不能冒險？你覺得要是我們犯規的話，你覺得他們會把誰一腳踢出去？我還沒有證明自己的能力，我是隨時可以被拋棄的角色，我很清楚這一點。」她停頓了一會兒，「你以前出任務的時候，從來沒遇到過這種問題嗎？」

「我上次的任務搭檔是一個身高接近兩公尺的愛爾蘭人，有口臭，很愛喝奶昔，對他的消化系統造成了大災難。」

「聽起來是白馬王子。」

「等到任務結束之後，我會把他的電話號碼給妳。」

他在自己的空酒杯旁邊丟了幾張鈔票，整個人往後一退，把皮夾塞入自己的後口袋。「我把檔案從底下門縫遞過去的時候，我會敲門。無論妳在做什麼，千萬不要應門。看完之後，立刻銷毀檔案，我們明天早上碰頭。」

他遲疑了一會兒，然後伸手準備道別。她握住他的手，感覺就和她預期的一樣，溫暖又厚實，那是救命的手，當全世界其他的一切都在迅速旋動的時候，可以讓人依賴的手，而唯一讓她出乎意料的是他指尖的厚繭。

她悄聲問道：「是因為絞殺鋼線？」

「吉他，」他回道：「我稍有涉獵。」

「想也知道，現在你要是說你有機車，就會害我後悔得要命。」

他握住她的手，明明應該要放開了，卻拖了足足有一分鐘之久，還對她露出了讓她心臟在胸膛裡狂做健美體操的那個斜嘴笑容，「明天早上九點整，在對街的咖啡店碰頭，晚安，威博斯特。」

「晚安，英國佬。」

他繞到她背後，稍微停留了一下，在她附近彎身，嘴唇掃過她耳朵的彎廓，「還有，我騎的是諾頓牌八五〇突擊隊。」

她發出大聲哀嚎，他一路大笑離開，混蛋。

第二天，他們開始執行任務，為了要與某個貪腐法官與他的書記官相約，偽裝成新婚夫婦。等到屍體終於被發現的時候，早已是他們離城兩個小時之後的事了，又過了四個小時之後，他們終於停下來，入住某家高速公路汽車旅館，兩人各有一間房。

比莉一直睜眼躺在那裡，凝望高速公路的車流燈光，思索法國人稱為虛無之召喚的那一種詭異現象，也就是當你站在高處，盯著深淵，會產生一股縱身躍下的強烈慾望。這也可能會化為其他形式，可能是在開車的時候，突然想要狂扭方向盤，讓自己的車子衝向對面車道。或者，可能是在健行的時候，想像自己跳下懸崖。這並不是什麼自殺衝動，其實，恰恰相反。根據心理學家的說法，與其真正相關的是想要活下去的強烈慾望，他們察覺附近出現了威脅，心中會一直惦記著那樣的威脅，因為他們好想活下去。

比莉立刻掀開被子，走到外面，以免改變跳入深淵的念頭。她舉起手正打算要敲門，但是他卻先一步打開房門，他打赤膊，身穿低腰牛仔褲。

他聲音嘶啞，「我不希望妳待在這裡……」

「很好，」她把他推回到室內，「因為我不想待在這裡。」在接下來的漫漫時光之中，兩人都再也沒有說出任何一句話。

她跳上去，雙腿扣住他的腰，他伸出雙臂接住她。他踢門，關上之後，把她壓在門板上。過了一個小時之後，他們才躺在床上。

第二天早上，兩人分道揚鑣。比莉得要趕搭飛機，而塔佛納還有刺殺任務。在她離開之前，他把自己的項鏈扣在她的脖子——是聖多福的聖像，依然還有他皮膚的餘熱。

# 19

離開紐奧良，根本是無庸置疑的決定。「博物館」知道我們在那裡，而且我們要是一直擔心有人跟蹤，那就永遠沒辦法擬定計劃來保障自己的安全。而且，三名董事會成員當中，有兩個住在歐洲，我們對於卡拉帕茲與帕爾的下落掌握得很清楚，決定先對付他們。而凡斯．吉爾克里斯特比較難捉模，但我們知道時機一到就會好好處理他。首要任務是要在卡拉帕茲與帕爾發覺我們在追殺他們之前先發制人。這就表示我們要橫越大西洋，找到避難所，可以在那裡計劃與執行三大任務。我們需要的是雖然偏僻但交通便利的地方，足以容納我們六人——加上凱文——而且要有充分隱私，讓我們能夠策劃多起謀殺案，卻不至於引發不必要的關注。如果要符合其中一項要件並不難，但是要完全相符？而且預算有限？這似乎是不可能的任務，但在海倫開口之後就此改觀。

她主動說道：「我們可以去本斯肯姆……」

亞希子問道：「本斯肯姆？」

「英格蘭南部的某棟鄉村別墅，」瑪麗艾莉絲告訴她，「那是我們的訓練基地，但這恐怕不是什麼好建議，因為它與『博物館』有關。」

娜塔莉也同意，「這有點像是從油鍋跳入火坑……」

「不過，它現在與『博物館』沒有關聯，早就沒有了，」海倫說道：「那棟房子的所有權，從來不曾隸屬於那個組織，它一直是哈利戴家族的財產。康絲坦絲過世之後，由某個遠房表親繼承，然後又出售，屋主換了好幾次。」

我問道：「那我們要怎麼進去？」

海倫說道：「這個嘛，我就是屋主……」我們一臉吃驚地盯著她，她趕緊匆忙解釋，「肯尼斯和我為了慶祝結婚三十週年、前往英國旅行，當時我覺得帶他去看看那地方應該很好玩。所以我們開車過去，一抵達就看到了外頭的求售招牌。肯尼斯立刻寫下了仲介的資料，但當時我並不知道，等到我們回到美國之後，他就開始詢問。他動用退休金，把它買下來送給我，給了我一個驚喜。顯然他當初買下來的價格很划算，因為從來沒有人清理過那間屋子，我猜它一直保留著康絲坦絲過世時的原貌。」

我問道：「妳猜的？」

她聳肩以對，「我一直沒有進去。後來一直有狀況，等到我們準備動身，要好好整理它的時候，肯尼斯生了病，而且我們也沒錢了。不過，重點是我們在英國有一處空置的房屋。」

瑪麗艾莉絲說道：「如果是在妳的名下，我們還是不能用……」

海倫搖頭，「肯尼斯當初因為稅務的關係，以某家控股公司的名義買下了那棟房產，文件上面完全看不到我的名字，他也一樣。要是真有人能夠發現我們的話，恐怕得花苦功研究，而且還得要有相當好的運氣。」

我望向大家，「那我們就去英國。米恩卡，亞希子需要護照，還有，最好也要處理凱文的相關文件。我來處理航班，各位小姐，收拾行李，明天將會是漫長的一日。」

就在我們分頭打包的時候，我發到娜塔莉偷偷摸摸溜出大門。我決定跟過去，進入了法國街區，我戴著棒球帽，壓得低低的，圍巾遮蓋了下巴。我步伐急快，就在小娜過馬路，進入俄西蘭修道院博物館入口之前，及時追上去。我等了一分鐘之久，然後也跟著進去了，我買了門票，穿過中庭的那一排灌木，進入修道院的主院。這裡散發出木板上光劑與微弱焚香的氣味，右側是改建為博物館的小房間，左邊是前往教堂的通道。她到底去了哪裡，沒有人知道，但我在心中丟銅板一賭，向左方走去。果然，她坐在暗黃與藍色系、有美麗洛可可式聖像的小教堂裡，這裡散發出更濃郁的焚香氣息，還混有教徒點燃的蜂蠟祈願蠟燭氣味，我悄悄進入那一排靠背長椅，坐到她旁邊。

我們沉默許久，只是一直盯著繪有閃爍星光的天花板。我們旁邊有一尊身穿白色與紫色服飾的女子雕像，一頭深色髮絲，戴有玫瑰花圈，她手執書本，上面放了個骷髏頭，另一手似乎做出了召喚手勢。

「小娜，妳在這裡做什麼？」

「我在和我的瑪利亞女孩對話，」她的下巴朝那座雕像點了一下，「兩個小女孩手牽手一起玩耍，我喜歡她的那個骷髏。」

「對啦，我看得出來，」我說道：「只不過那是巴勒莫之聖羅莎莉亞，我非常確定她是天主教徒。」

「哦靠，」娜塔莉整個人癱在教堂長椅上面，「我連這都搞錯了。」

「妳是怎麼了？」

她似乎陷入某種天人交戰，不知道是否要向我告解。我想，她最後決定信任我，因為她把雙手夾在大腿之間，然後深呼吸，「我想要跟我自己的族群在一起，但是最靠近的猶太教堂得走一個小時，所以我來到這裡，妳知道嗎？天主教教徒了解我們的社群，而他們也很懂得內疚。」

我半開玩笑，「妳六十歲了，然後妳終於對某些事產生了內疚感？」

「我六十歲了，我一直深感愧疚，從來不曾停歇，」她告訴我，「我是女人，罪惡感是我們的胎記。如果我們想當媽媽，我們會內疚；如果我們吃避孕藥或是選擇墮胎，我們會內疚；如果我們在家照顧小孩會內疚，而去工作也會內疚；如果我們和男人睡覺會內疚；要是拒絕也會內疚。如果我們因為沒什麼正當理由幸運苟活，我們會內疚。媽的我覺得超煩。我從來不曾對人生中的任何事物感到如此厭煩。我只想……我只想要長眠不起。」

「那也不會讓妳擺脫罪惡感，」我說道：「我非常確定在來世的某處，有個女人覺得自慚形穢，因為她自己的雲朵不像隔壁天使的那麼銀白。」

這句話差點把她逗笑了，但她還是沒辦法笑出來，「我想這就是我一直討厭你的部分原因，妳似乎從來不會因為這種事而困擾不已。」

「妳一直討厭我？娜塔莉，這真是大發現，我一直不知道，我們認識都四十年了，我是真的信任妳，把我的命都託付給妳了。」

「妳還是可以信任我，這是工作。我飛撲到妳面前為妳擋子彈，妳自己也知道。而且，我的心中只有一小部分很恨妳，非常、非常微小。」

「怎樣，像是芥菜籽那麼大嗎？」

「請說奇亞籽，我對妳的恨跟奇亞籽一樣大，麻煩妳要跟上時代……」她總算稍微笑了一下。

「妳對我有某種跟奇亞籽一樣大的恨意，要不要跟我講清楚？」

她開始摳指甲，「我一直很好奇妳是怎麼從容面對這一切，完全不受到任何影響。」

「被什麼影響？」

「工作，我們的職責，我們的自我。應該要留下傷疤，難道妳不這麼覺得嗎？我有一些，海倫和瑪麗艾莉絲都有，但是妳似乎沒有因此產生任何煩憂。」

「小娜，妳講的是該隱的印記，我才不相信那種鬼話。我們的任務並不會奪走我們的靈魂，也不會讓我們變成可怕之人，我們是消滅害蟲的人。」

「妳真心這麼覺得？對嗎？」

「是，沒錯。」

「妳晚上睡得好嗎？」

我思索了一下，「大部分的時候吧。好，要是在我七歲時玩著從跳蚤市場買到的芭比娃娃仿冒品的時候，妳問我長大之後想做什麼，我敢打包票告訴妳，前十名之內絕對不會有殺手這個職業。不過，這就是我的工作，而且我表現得很好。每當我完成任務的時候，這個世界的保障就多了那麼一點……」我舉起自己拇指和食指，比出約零點六公分的距離，「也許在某次任務結束之後，我阻止了某個人口販運惡徒染指某個十一歲的孩子，讓她可以在當晚躺在自己的床上入睡；也許我阻止了某一場本來會滅村的軍火交易，讓這些農民除了擔憂自己種在土地裡的作物之外，不需要操煩其他事物；或者，我可能已經瓦解了某個恐嚇人民離開家鄉，讓他們可以恣意種植那些狗屁東西的販毒集團。在我入睡之前，我會想起我們拯救的那些人。」

她陷入沉默，盯著她的新朋友聖羅莎莉亞，過了一會兒之後才轉頭看我，「我應該要打電話給他的，我說的是史威尼。也許請他出去吃晚餐，我應該請他過夜並一起吃早餐。靠，至少應該再和他上床一次。」

「真的嗎？他有那麼厲害？」

她聳聳肩，「大老二尺寸普通，但是運用技術高超。只是我一直在躲他，讓我覺得自己很糟糕，現在我已經沒機會讓他知道自己床上功夫一流。」

我整個人往後一靠，盯著天花板，「妳知道嗎？」我說道：「這裡大部分的裝飾都是錯視畫，所有的線板與星星都不是由木材或石膏打造而成。它們只是油漆。它們並不存在，卻宛若真的出現在那裡一樣，而這對大家來說，就已經足夠了。」

她面向我，「真的嗎？妳在講的是隱喻？」

「我想到的就是這些。」

「史威尼死了，」她說道：「而且死得超慘。」

「他自己做了選擇，挑錯邊了，除非妳覺得當他用槍指著妳的時候，妳會做出不一樣的選擇，那就另當別論。」

她逼自己深呼吸，擺脫低迷心情，「我會赤手空拳殺死那混蛋，妳殺了他是對的。」

我舉起手放在耳側，「關於我是對的那句話，給我再說一遍。」

她用肩膀推了一下我的肩頭，「賤貨。」

「滿滿愛意的髒話？」

「一直是這樣。」她深呼吸，某種緩慢又疲倦的呼吸方式，「妳知道嗎？其實我暗中希望我們可以留在這裡。請米恩卡幫我們弄一些新的身分文件，搞不好找個工作。翻到人生的下一頁，寫出全新的故事，直接拋下這一切。」

「好，暫且讓我們把它稱為一號門，」我語氣平和，「但我們已經同意了要打開二號門。我應該沒記錯，當時的妳熱情洋溢。」

我望向聖羅莎莉亞的甜美笑容與不自然的長腳趾，然後，我的目光又移到了教堂前的米迦勒雕像。這是一個非常隨性的米迦勒，高舉著某隻手臂，彷彿正在招計程車一樣，頭髮被隱形之風吹得亂糟糟。不過，他的長矛卻直接刺穿腳旁那條龍的心臟。雕塑者捕捉到它的垂死掙扎，仰頭吐舌，喘吸最後一口殘氣。它看起來很粗糙；我確定我可以從托斯卡諾網站買到更好的產品。不過，那並不是重點。

「他知道任務是什麼，」我指向米迦勒，「進去，殺死那個畜生，活著走出來。」

她點點頭，「二號門。」她翹起小指，我跟她打勾勾。

「二號門。」

# 20

法國區的天光剛剛破曉，我們六個人準備要分開行動。我們站在餐桌旁，帶著自己已經打包好的行李，檢視計劃的下一階段。

「好，」我開口說道：「今天我們要邁出真正實踐一切的第一步，如果有任何人想要退出，現在就是時候，而等到我們走出了大門之後，」我隨意朝馬路大手一揮，「大家都要上陣了。」

我環顧餐桌旁每一個人的臉孔，海倫的面孔冷酷又疏離，娜塔莉興奮得在發抖，而瑪麗艾莉絲的下巴緊繃，亞希子與米恩卡都點點頭，就連凱文看起來也相當投入——但這可能只是因為亞希子硬把貓咪鎮靜劑塞入牠的喉嚨裡。

我對米恩卡比出手勢，「由於我們是分開旅行，所以米恩卡為大家準備了手機，已經預先載入了聯絡人資料，讓我們可以聯繫彼此。」

第一個打開手機電源的是瑪麗艾莉絲，她點開聯絡人名單，皺眉，「一片空白。」

「不在那裡……」米恩卡往下拉應用程式，最後找到了一身華麗的粉紅色卡通貓咪，綁了一個大大的蝴蝶結，而且還在頻頻揮動貓掌。

海倫盯著螢幕，「這就是那種日本幸運貓嗎？」

娜塔莉大呼：「招財貓！」她也在自己的手機裡找到了相同的圖示，她望着那個名稱，愣了一下，「妳在開玩笑吧……」

在那隻揮手貓咪的下方，出現了看起來像是手寫字體的「絕經爪❻！」娜塔莉點了一下那隻貓，它喵喵叫，還扭動耳朵。

瑪麗艾莉絲凶巴巴問道：「媽的這名字是在搞什麼鬼啊？」她打開應用程式，往下滑動檢查功能，「熱潮紅追蹤表？最後一次月經日期？陰道乾澀日誌？」

海倫發出了微弱的抗議呻吟，米恩卡往後退，彷彿被人打了一巴掌一樣，「我花了好多時間才搞定！」

海倫努力擠出微笑說道：「看得出來……」

娜塔莉開口，「這裡有性愛統計圖……」她點了一下按鈕，打開頁面，貓咪仰頭鬼叫，凱文嚇死了，鑽到桌子下方。過沒多久之後，每個人的手機都發出喵喵、呼嚕呼嚕、嘶嘶的聲響，基本上，就是比一群吼叫猴子更嚇人。

「這太可怕了……」海倫緊緊摀住雙耳，我拿了她的手機，關掉應用程式，貓咪鬼叫到一半就沒了。

「這很完美，」瑪麗艾莉絲展示直接通訊功能，「看一下這裡，我們不靠簡訊或是電郵聯絡彼此。米恩卡為我們設置好了個人檔案，我們互相聯繫已經不成問題。」

❻與更年期 menopause 發音近似。

她把自己的螢幕轉給大家看，粉紅色的小貓咪正慢慢走向藍色郵筒，一直在搖尾巴，指向郵筒內的信件。

「哦，妳們看，這很棒，」娜塔莉說道：「我讓自己的小貓改成條紋圖案，現在看起來像一頭小豹貓。」

「我增加了個性化功能，」米恩卡的臉很臭，「每隻小貓都可以有不一樣的面貌。」

亞希子說道：「米恩卡，妳好厲害……」她把自己的貓咪改為白色，而且還加了一副眼鏡。

瑪麗艾莉絲說道：「完全符合了我們的需要。」她在螢幕上關掉了自己那隻戴著小禮帽的斑紋貓。

海倫為自己的暹羅貓加了項鍊，她問我，「那妳呢？」

我嘆氣，按了某個按鈕，我的小貓變成了有一雙綠眼的深黑色貓咪。「好，純黑的貓。現在，這就是我們交流的方式，也是我們唯一的交流方式，」我特別看了一下亞希子與瑪麗艾莉絲，「如果要講話，就買個王八機，透過這個軟體的直接私訊功能發送號碼——而且，只有緊急狀況的時候才能使用，知道了嗎？」

大家發出同意的悶哼聲，熱烈程度不一。

瑪麗艾莉絲問道：「妳怎麼能在兩天之內研發出這種複雜的東西？」

「米恩卡的專長是開發手機應用程式，」我告訴她，「她研究這個已經有好幾個月之久，我請她讓我們使用原型，再加上一些微調。」

海倫的雙眉之間出現了焦慮的深紋，她問道：「但沒問題吧？」

「哦，別擔心，」米恩卡向她保證，「不過性病警告的功能有問題，會讓一切都當掉，所以千萬不要打開。」

亞希子問她，「為什麼是更年期應用程式？」

米恩卡冷冷回道：「因為安檢人員全都是男的……」

「幾乎都是，」我同意她的說法，「而且大多數的男人都很怕月經。」我們把武器藏在夜用衛生棉、陰道灌洗器，或是陰道止癢乳膏裡的次數，我已經算都算不清了，「我們旅行時都是靠假證件旅行，我們當中哪一個人被攔下來也絕對是有可能的事。要是遇到這種狀況，要確認打開了這個應用程式，而且最好是顯示妳的流量，或是上一次月經到來日期之類的資料。」

米恩卡又幫忙補充，「只要一天沒月經，那隻貓咪就會越來越大隻。」

娜塔莉瞄了一下米恩卡淨透無皺紋的皮膚，還有漂亮的乳房，「沒有人會相信妳需要更年期追蹤器應用程式。」

米恩卡微笑，打開了自己的手機，「我的是『月經貴賓犬』。」有一隻戴著貝雷帽、活蹦亂跳的法國貴賓犬在螢幕上快跑，「日安！今天是第十四天，歡迎來到排卵期！」

海倫發出低呼，「哦，我的天哪……」

「等到完成之後，我就會放入蘋果商店，」米恩卡告訴她，「一定會很紅，妳等著看吧。」

我們在屋內道別之後，以兩人一組的方式分頭離開。根據我們的過往經驗，只要是超過兩個女人的團隊旅行，一定會引人側目，而且，拆隊行動似乎是比想出什麼六人組的團體偽裝容易多了。最先離開的是亞希子與米恩卡，她們帶凱文搭計程車去機場，搭機前往多倫多，然後轉機飛往倫敦的蓋威克機場，到了那裡之後，她們會租車，並且按照海倫的指示前往本斯肯姆。接下來動身的是海倫和娜塔莉，她們飛往紐約的紐華克機場，然後飛到倫敦的希斯洛機場。而瑪麗艾莉絲與我刻意在候機室分坐兩側，搭乘前往波士頓的航班準備轉機，前往倫敦希斯洛機場。在早上七點鐘的時候，我們搖搖晃晃下了飛機，佯裝是獨行客，等到瑪麗艾莉絲拿到了租車，我才在路邊與她會合。海倫與小娜搭乘火車繞到貝辛斯托克，我們走M3高速公路，開了好久之後才接到她們。由於搭乘經濟艙座位，我們都雙眼矇矓，而且，一月的英國天氣想也知道很淒慘——寒冷，一片灰濛濛，雨勢連綿不斷。

不過，雖然我們疲憊，天氣又不佳，但是我們依然因為興奮感而暈陶陶。瑪麗艾莉絲查看了她的追蹤器應用程式訊息，亞希子已經到達了蓋威克機場。她回覆訊息之後，打開了衛星收音機，一直在按鈕找頻道，終於發現某個播放一九七〇年代歌曲的頻道，裡面有阿巴合唱團的歌曲。我們聲嘶力竭地高唱副歌，她也跟隨〈滑鐵盧〉的鋼琴伴奏在方向盤上頻頻敲打。雖然我們以前去過那裡，但海倫還是繪製了我們的路線。我驀然驚覺那已經是上輩子的事了，幾乎人事已非——變得最多的是我們自己，已經不再是在一九七九年時被人開車送來的那幾個女孩。

我們的前進路線並沒有高速公路的服務休息站，但我們還是找到地方上了兩次廁所，喝茶，還有塗滿棕色醬汁的厚培根三明治。我們的車繼續朝西南方前進，終於繞過南安普頓，從大型高速公路轉入小型公路，然後切進鄉道。我們深入多塞特郡，沿著通往斯旺納奇，最後是通往珀貝克海岸的路標一路前進。最後，我們在靠近沃思馬特拉佛思的某處轉彎，這村莊的名字簡直就像是珍．瑪波找到遇害牧師的完美地點。

「在這裡轉彎！」娜塔莉突然大喊，瑪麗艾莉絲猛踩煞車，使勁地把方向盤扭向左側。大門敞開，兩側是有石材尖頂飾的高聳磚柱，大門的柵欄柱條纏滿了濃密的常春藤，讓柵欄紋風不動，其中一個磚柱依然掛有低調鐫刻「本斯肯姆宅邸」的青銅匾額。戶外車道上面的礫石幾乎都已經被沖刷得乾乾淨淨，只剩下長條狀的爛泥與水窪，害瑪麗艾莉絲得要小心翼翼把車開到屋前。

根據我們當初聽到的說法，這是晚期維多利亞式建築，效仿的是湯瑪士．哈代的麥克斯大門宅邸。曾經充滿親切溫馨感的紅磚，如今卻顯得陰暗猙獰，屋頂看來有點淒涼，而一看到煙囪就會讓人覺得多了那麼一點不祥感。

瑪麗艾莉絲把車子停在屋子前面，我們下車，伸展痠痛的背脊，搓揉正在沉眠的雙腿，發出了各式各樣的哀嚎。

瑪麗艾莉絲問道：「難道不需要鑰匙嗎？」

海倫站在門口，一臉無助地四處張望，「我忘了這件事。」

以前的海倫對於處理細節的能力及其優秀，我現在只能盡量不要去回想。想當年，對於我們要如何進入屋內的這種小事，她絕對不會忘記。不過，老化與悲傷都是鈍器，把她折磨得很慘。

我面向娜塔莉，「就由妳來搞定門鎖吧？」

「沒問題。」她從戶外車道撿起一顆石頭，砸向窗戶。

我對她說道：「我的意思是撬開門鎖，但這也可以啦……」她哈哈大笑，以袖身緊緊裹住手，伸進破碎窗框，找尋窗鎖的位置，撥弄了一下，推開窗戶，她告訴我們，「我先進去，等一下幫妳們開門。」然後，她整個人消失在黑漆漆的屋內。

她打開前門的那一刻，鉸鏈發出了淒厲聲響，原本待在前門台階旁邊的雜亂月桂樹樹叢裡的鳥兒，全都被嚇得飛出來。海倫深呼吸，跟著娜塔莉進去了，但瑪麗艾莉絲卻一直畏縮不前，緊抓我的袖子不放。她指向陰暗的窗戶，邊框油漆都已經剝落成長指狀。透過髒兮兮的玻璃，我只能隱約看到白色防塵布之下的傢俱形狀。

她問我，「難道妳不覺得這裡有鬧鬼嗎？」

我深呼吸，聞到了屋內潮腐與長期無人照顧的那種臭味，不過，還有別的，味道沒那麼重，但依然存在——蜜蠟與薰衣草的熟悉氣味。

我聳聳肩，「好，如果真是這樣的話，至少我們知道鬼是誰。」

# 21

一九八〇年四月

陽光普照的羅馬早晨，位於特拉斯特佛列區的那間公寓，窗戶大敞，讓來自台伯河的微風徐徐而入。小小的廚房裡涼颼颼，不過，我們需要新鮮空氣，戴著手套的瑪麗艾莉絲在檢視她的手工成品。

她詢問比莉，「妳覺得怎麼樣？」

比莉盯著那一盤盤水果蛋糕，小心翼翼不敢碰觸，「我覺得它們看起來就像是水果蛋糕。」

瑪麗艾莉絲剛才以四個小烤盤烘焙了這些迷你茶點蛋糕，然後把它們放在冷卻架上面。它們因為加了糖蜜而成了深黑色，綴有乾櫻桃與杏果，最上方堆疊杏仁薄片。當比莉在觀看的時候，瑪麗艾莉絲打開一瓶密封的田納西威士忌，把大量的酒倒入碗中。她的手肘附近有一個白色粉末小罐，在打開之前，她早已戴上防毒面具來保護口鼻，而且她向比莉示意也必須跟著照做。通往公寓其他房間的門已經關上，而其他人知道最好不要打擾她們。

那個白色粉末看起來有點像是細砂糖，她們之前把它藏入貼有「淑女私密保潔粉」商標的印花罐，然後放入比莉的盥洗包夾帶闖關。在機場的時候，她早已準備好要與準備檢查她的海關調情，但他一直沒有打開她的旅行箱拉鍊。她們四人組應該偽裝成空服員旅行，是康絲坦絲・哈利戴的構想，而比莉身穿泛美航空制服，剪裁有點太過貼身了。正當海關打算要在她逗留期間邀她約會的時候，身穿勁帥飛行員制服的翬瑟・帕爾正好過來，隨意摟住了她的腰。海關做出了哀傷表情，揮揮手放走了她與她隨身攜帶的毒品。

她們直接前往自己租賃的公寓，小套房給翬瑟・比較大的那一間留給她們四個。在頭兩天，她們假扮觀光客，恪守本分一路從競技場辛苦走到了古羅馬廣場，在特雷維噴泉丟銅板，以及在納沃納廣場的某家喧鬧餐館、因為吃了義大利麵被海削一頓。她們拍的是休閒觀光客一定會拍的那種照片，把手塞入真理之口，或是依照身高站在有鮮花妝點的西班牙階梯，她們買了明信片和印有風景圖案的茶巾，喝的是稻草編籃包裝的便宜紅酒。

不過，到了第三天早上，瑪麗艾莉絲走入廚房，開始著手進行她們的計劃。她按照之前自己收到的食譜烘烤蛋糕，她為了這一刻而練習了十多次的食譜。這間公寓的食品儲藏室裡備有她需要的一切——甚至還包括了讓蛋糕變得獨一無二的美國食材。戴著防毒面具，她聞不到它們的味道，不過，香料與柳橙的氣息卻從窗戶往外飄向城市的遠方。

瑪麗艾莉絲從比莉那裡接下罐子，小心翼翼把粉末倒入裝了威士忌的碗內。等到顆粒完全溶解之後，她把它填滿注射器，再將摻有毒藥的威士忌注入蛋糕之中。

加入鉈是瑪麗艾莉絲想出的妙計，它完全在蛋糕裡消融無蹤，讓她十分開心，它是某種重金屬，無臭無味，但要是吸入或是經過皮膚吸收，就會喪命。

等到把四個蛋糕都加工注射之後，她小心翼翼以蠟紙包好，再放入一個印有哥德風格修道院金標的紙盒裡。比莉打開電風扇開關，將所有的殘留氣味吹向廚房窗戶外面，然後，她們丟棄手套，再加上空罐、注射器、烤盤，以及防毒面具，剩餘的威士忌則全部倒入水槽，再把這酒瓶與其他垃圾放在一起，最後，所有物品整整齊齊裝入某個垃圾袋之中，在這個小小的羅馬廚房裡，不會留下任何美國食材的痕跡。

她們把蛋糕包裝得整整齊齊，然後，把其他人叫了過來。這四人組一身完全相同的簡樸打扮，來自於某個根本不存在的修女會。她們的裙裝是保守深灰色，包覆的範圍從脖子一路延伸到小腿肚，袖口和衣領為純白色。她們素顏上陣，頭髮包在淺灰色的修女頭巾裡面。她們穿的是深色厚長襪，搭配實穿的鞋子；摘掉了所有的珠寶，但是把細薄婚戒以及有昂貴機芯的手錶藏在便宜的天美時錶盒裡，她們看起來完全不像是三天前抵達羅馬的豔麗空姐四人組。不過，這種改變並不是只有服裝與化妝的膚淺層次而已。她們都接受過嚴格訓練，知道該如何讓自己扮演現代青春版的「基督新娘」。她們步履徐緩，夾緊屁股，目光低垂，因為她們已經深諳了雙眸的自持之道。當一身黑西裝，配戴羅馬衫領，掛著樸素十字架項鍊的羣瑟到來的時候，她們早已在靜候，不苟言笑，而且姿態嫻靜。

她們帶著蛋糕盒跟隨他出門，他對她們說道：「妳們四個嚇壞我了……」

他精神亢奮，主要是因為他這次任務根本無事可幹，功能就只是門面裝飾而已，她們之所以需要他，是因為一群修女在羅馬並不顯眼，不過，由神父領軍的一群修女就可以完全成為隱形人。在她們的法國任務圓滿完成之後，上級允許她們計劃並執行這一次需要運用大量長才的任務，每一個步驟都經過「董事會」的審視與核准。他們唯一介入的就是加入了鞏瑟，這對四人組帶來了一點小小的困擾，她們本來希望在沒有任何外援的狀況下，從頭到尾獨立完成任務。不過，他的笑容很有感染力，在前往梵蒂岡的短暫步行路程當中，他告訴她們，自己要怎麼運用達成任務之後將會收到的那筆可觀獎金。

「我要在庫爾唐皮埃爾做水療，」他一邊走路，一邊以雙手比劃出瑞士地圖，「我會在聖誕節假期後去那裡，讓自己接受一次完整排毒，迎接新的一年。而且，每次任務結束之後，我也都會過去。我是瑞士德語區的人，所以妳們一定會以為我會去伯恩，不過，並沒有，我只去庫爾唐皮埃爾，那裡有可以排除憂煩與修復肝臟的熱浴池……」他還逐一列舉他打算要好好享受的其他水療項目，「按摩、桑拿、療癒身體裹敷。我們的任務都很艱難，必須要好好修復身體。」

他這個人很客氣，而且長得算好看，不過，他有輕微的慮病症，而最愛的聊天主題是他的消化系統狀態。

「鞏瑟，你最喜歡的是什麼療法？」娜塔莉雙眼瞪得好大，「多跟我們講一下灌腸的事。」

海倫以手肘狠狠戳了一下她的肋骨，不過，在娜塔莉的鼓勵之下，鞏瑟開始滔滔不絕講述自己的腸胃，等到他們抵達聖伯多祿廣場入口時才終於停下來，這個由貝尼尼設計的露天式接待空間令人驚豔，長型列柱側廊以圓狀延展，包圍遊客，照理說應該會讓人產生溫暖相迎的感覺，但也不知道為什麼，完全沒有，它過於龐大雄偉，刻意要引發眾人之敬畏。入口處有金屬探測器，但警衛幾乎沒在管，直接揮手讓他們通過。這個五人小團體穿過了橢圓形的寬闊地帶，經過了方尖碑，走向宛若結婚蛋糕的大教堂立面。

他們進入教堂的幽暗大理石懷抱之中，花了一點時間適應昏暗的光線。透過從穹頂窗戶灑落的一道道陽光，可以看到塵埃懸粒在游動，還有一個疲倦的清潔工光腳站在祭壇上，百無聊賴地拿著拖把在擦地板。在祭壇大理石台面的下方，是一具裝有某個教宗遺體的玻璃棺材，他的臉與雙手閃動著綠光。他們暫停腳步，觀看清潔工擦拭玻璃，抹淨信徒的指紋。然後，他們繼續以順時針方向參觀教堂，梵蒂岡警察與瑞士近衛隊盯著他們，但是並沒有放在心上，他們與其他團體——學童、觀光客、尋求神蹟者——無縫交融為一體。在大教堂的巴洛克式宏偉氣勢之中，他們只是無名小卒罷了。

當他們參觀完畢時，是上午十一點四十五分。每逢星期二中午十二點整，來自波士頓教區的主教提莫西．蘇利文，將會經過聖伯多祿廣場西側的遊客服務中心辦公室。這四位端莊修女和她們的神父聚集在不遠處，與最靠近他們的那一名瑞士近衛隊之間，隔著一排印有特藝七彩風格的微笑教宗明信片與販售的木頭念珠。

當時鐘發出十二點的報時鐘響時，主教現身，當他邁開大步前行時，拿來遮凸的稀疏髮絲和黑長袍也跟著在飄動。他身材高大又瘦削，微微駝背，要是沒看到他的表情，很可能會被別人誤以為是來自常春藤名校的學者。他掛著淡然微笑，完全是為了要掩飾心中的長期憤怒。不過，他的眼中完全看不出笑意，當瑪麗艾莉絲叫他的名字時，他差點藏不住自己的不耐。

「有事嗎？」他的態度簡慢，幾乎已經瀕臨不友善的程度。不過，有時候他遇到修女時還是會軟化，而且當他朝她們走去時，才發現到這些修女不但年輕且姿色相當出眾。他的血液中突然有一股情緒翻湧，雙唇掛出微笑。他停下腳步，等待，溫柔挑眉表露探問之意。

「蘇利文主教！哦，可敬的主教，抱歉打擾您。我們來自『和平修女』修會，位於田納西州諾克斯維爾郊外的分會，也許您聽過吧？」他是懶得假裝自己聽過，不過，聽到她拉長母音的柔和南方腔調，他的臉色變得更加放鬆，他和悅回道：「抱歉，沒有……」

「我們來這裡是為了朝聖之旅，」她告訴他，「我們的院長和您的姊姊是同學，」她的語氣很急，「她嚴格交代我們要找到您，而且必須送上這份禮物。」

主教懶得問是哪一個姊姊。他一共有六個姊姊，每一個都是虔誠天主教徒，分散各地，範圍從波士頓到丹佛。瑪麗艾莉絲遞出蛋糕盒，他收下了，笑容更加燦爛。

他說道：「妳們真好心……」

「可敬的主教，它們是水果蛋糕，」娜塔莉熱情洋溢地插話，「我們烘焙的目的是為了要資助修會，而且每一個都有田納西威士忌增味。」

「水果蛋糕？」他的臉為之一亮，「夠濕潤嗎？我喜歡濕潤的水果蛋糕，義大利人就是做不好。」

「我向您保證，」瑪麗艾莉絲一臉真誠，「它們充滿了香氣與濕潤感，完全符合您的期待。」

現在的他幾乎是雀躍萬分，他從這群小修女腦袋瓜上方望過去，「神父，你怎麼會跟這些修女一起旅行？」

翬瑟露出淡然笑容，「可敬的主教，院長擔心這些修女獨自旅行，她們之前從來沒有離開過美國，所以我自願擔任她們的牧羊人。」

主教對他說道：「你真是善良……」他瞄了一下那些修女，看得出她們滿心期盼，似乎相當生氣勃勃又青春洋溢。她們的態度超級熱切，不過，他喜歡的是她們謙卑至極的姿態。對於在早晨財務會議當中自尊嚴重受傷的他而言，的確是一種慰藉。她們的長袍難看死了，醜陋，厚重，不過他有老道眼力，看得出方才呼喊他名字的那位修女，被裹住的那一身肉體相當豐滿。他衝動開口，「要不要來看一下花園？我可以帶妳們看一下我最愛的那個噴泉，不需要參加什麼那種無聊旅行團。」

他們五個人安靜了好一會兒，主教覺得這是一種敬畏姿態。其實，他們萬萬不想，因為他們除了必要的共處時間之外，不希望與他有其他瓜葛。等到他死後，會有人提出問題，調閱查看監視器，詢問證人，他們不希望有任何線索將他們與他的死扣連在一起。

海倫插嘴，「哦，我們不能打擾您啊！」她的表情實在是太畏怯了，主教根本無法發脾氣。

「不過，」比莉的態度猶移不決，展現幾乎完全聽不見聲音的那種謙卑，「可敬的主教，如果您能嚐一下蛋糕，將您的想法告訴我們，那我們一定會開心得不得了，院長一定會很想要知道答案。」

主教露出嘲弄大笑，「好，如果說我真的怕誰的話，那就是非修道院院長莫屬……」他打開盒子，一臉喜悅藏不住，打量裡面的東西，「看起來真是可口啊。」他取出一塊小蛋糕，拆開蠟紙，用力嗅聞了一下，「我聞到了肉桂的味道——還有丁香，對嗎？」

瑪麗艾莉絲點點頭，「是的，可敬的主教，您的嗅覺非常靈敏。」

他洋洋得意，咬了一大塊蛋糕，若有所思大嚼特嚼，然後又吃了一口，全部吃完後才開口講話，「妳們可以轉告妳們的院長，這是我吃過的最好吃的水果蛋糕。修女們，妳們真是厲害。」

她們交換眼神，充滿了歡喜，他開始吃第二個，「我知道自己全部吃光很貪心，」他嘴裡含著蛋糕在講話，「不過，我會等到告解的時候再煩惱這種事。」

娜塔莉對他露出驚愕表情，「哦，不，可敬的主教！這些是特地為您烘焙的蛋糕，要是院長知道您送給了別人，她一定會很傷心。」

他吃了第二塊，闔上蓋子，「妳們可以告訴妳們的院長，這是不可能發生的事，這些全是我的，我打算藏起來，不要讓任何人發現。其實，我今天沒時間吃午餐，所以我非常確定一個小時之內就會全沒了。」

她們再次交換欣喜眼神，翆瑟四周張望，「修女們，準備好了沒？我覺得我們應該已經佔用可敬的主教太多時間了。」

「是……」瑪麗艾莉絲說完之後，目光低垂。大家輪流向主教輕聲致謝，就在他們離開的時候，他揚手，對他們隨便做出賜福手勢。

他打開盒子，咬下第三個蛋糕。在三個小時之後，他的胃會開始出現難以忍受的痙攣，也會開始發生嘔吐與腹瀉。等到他完全脫水、意識不清之際，將會被送入羅馬某家醫院治療，負責照護的醫生永遠不會想到要檢測鉈。要是他真的進行了檢測，就會開出活性炭和醫學普魯士藍顏料的解方，來處理痙攣與脫髮問題。不過，由於他並沒有進行任何檢測，主教的病情在三個星期內就會逐漸惡化，最後因為心臟衰竭而死。根據致電非梵蒂岡消息來源的新聞稿，他們將他的死因判定為胰腺癌。他的主治醫生很清楚自己銀行帳戶裡出現神秘存款代表了什麼意涵，他只是簽署死亡證明，沒有提出任何異議，也從來沒有糾正那一份新聞稿，梵蒂岡也沒有這麼做。又過了兩年之後，某家義大利銀行倒閉，披露出梵蒂岡財政腐敗之嚴重程度，在接下來的那幾十年當中，一直出現梵蒂岡洗錢的流言蜚語。不過，某位特定主教以教會用品作為掩護，向某一殘暴東南亞政權出售武器的計劃終於告終，等到一場火爆叛亂結束之後，那個國家將成功創建一個尚未成熟的民主政府。

# 22

我們在第一天幾乎花了一整天的時間，才終於讓本斯肯姆變得能夠住人。看到這地方如此破敗，真是令人傷心。花園一片蔓雜，屋內潮濕到壁紙都脫落了，而至於管線系統，還是不說為妙。我們把自己的裝備放入屋內，開始分配樓上的小臥室，完全沒有人建議要睡康絲坦絲・哈利戴的那一個房間。她臨終前那一次生病的藥瓶還放在床頭櫃上面，旁邊還放有《安潔拉・卡特的童話教事》。我們兩兩一組，進入小房間，清除最厚的蜘蛛網，然後打開窗戶，讓冷冽的冬日空氣進入屋內。

在米恩卡與亞希子抵達之後，我們前往普爾，到了瑪莎百貨、博姿藥妝，還有其他好幾家商店，購買讓這屋子能夠住人的生活用品，食物、柴火、葡萄酒、辦公室用具、備用的毛衣和襪子——拚命把後車廂空間完全塞滿。我們把廚房裡死掉的甲蟲和發硬的鼠屍全部扔到外頭，把地板拖乾淨，那種地板黏腳的感覺終於完全消失。海倫在某家一英鎊廉價商店的後頭挖出了一些打折促銷的聖誕包裝紙，我們利用圖釘，以長幅包裝紙蓋住了破爛壁紙，給了我們乾淨的書寫空間。娜塔莉加熱我們剛剛購買的雞肉和韭蔥餡餅，瑪麗艾莉絲則做了沙拉，我們六個人吃了東西，主要功能是為了補充體力，並非是出於真心享受。

等到米恩卡去打電玩，亞希子帶著依然因為鎮靜劑而昏昏欲睡的凱文上樓之後，海倫打開了也是購自於同一家廉價商店的麥克筆，全部都是芭比娃娃仿冒商品，鮮豔奪目，散發七彩炫光。她在我們每個人的名字下面，整齊列出必須負責研究或是確認的項目，她一邊寫，一邊大聲朗誦。

「亞希子和米恩卡，負責維護基地和通訊……」她說完之後，又槓掉了基地和通訊那幾個字。小娜和瑪麗艾莉絲挖了冰淇淋，當成我們的甜點。

我開口問她，「妳寫下來只是為了把它們劃掉嗎？」

她聳聳肩，「首先，我們不能把任何一個環節交付給運氣。而且，劃掉東西讓我產生了成就感。在肯尼斯過世之後，我有時候會在自己的日程計劃表寫下『起床』，只是為了要讓自己感覺自己做了些什麼。」

她退後一步，大家開始檢視她的成果，瑪麗艾莉絲和小娜放下冰淇淋，湊了過來，全都是以閃亮粉紅色墨水筆寫出的計劃內容。

「看起來像是《彩虹小馬》謀殺案故事，」瑪麗艾莉絲問道：「天吶，那是亮粉嗎？」

娜塔莉情義相挺，「我倒是很喜歡……」

「當我們的計劃看起來像是幼兒園手繪作品的時候，我覺得我們很難把自己當作復仇者。」

海倫蓋上麥克筆的筆蓋，把筆遞給她，「瑪麗艾莉絲，如果妳要接手，千萬別客氣。」

「我們大家都很累了，而且還有時差，」我從海倫手中接下麥克筆，「我們就坐下來吃冰淇淋、喝紅酒，看看是否能夠找出什麼漏洞。」我指向葦瑟・帕爾名字下方的註記，鉅細彌遺，而提耶利・卡拉帕茲的就沒那麼完整，至於凡斯・吉爾克里斯特的那個區塊則是一大片空白。

瑪麗艾莉絲盯著那一塊地方，「這是怎樣？」

「空白表示的是我們未知的部分，我們一定會搞定。」

冰淇淋的確有助於舒緩了每個人的心情，但是真正的大功臣卻是紅酒。等到我們喝光了兩瓶難喝到不行的里奧哈紅酒之後，大家的感覺變得更親暱了。

「天吶，這酒超難喝，」海倫倒出最後一滴酒，而且還把酒瓶倒過來，想要找尋是否還有任何殘留的酒液。

我告訴她，「它有發揮自己的基本功能……」

娜塔莉接下瓶子，研究酒標，「Monos Muertos。這是什麼意思？」

「死猴，」我推開自己的酒杯，「我們剛剛喝的是死猴紅酒。」

娜塔莉尖叫，立刻丟掉瓶子。

「原料不是死猴子，」瑪麗艾莉絲說道：「就是個行銷花招。」

娜塔莉回她，「好噁心……」

「再噁也比不上樓上的那間廁所，」我說道：「我們得要把那裡好好整理一下，至少可以在洗澡的時候不需要擔心感染破傷風、萊姆病或是狂犬病。」

「妳講的這些病，大不列顛群島都沒有……」海倫回話之後，嘆了一口氣，「我知道房子破爛不堪，冷得要命，而且我有九成的把握，我樓上那間臥房床底下一定有死老鼠，不過，我還是很高興我們回來了，我很想念這個地方。」

我們在廚房裡東張西望。娜塔莉剛剛在找盤子的時候，發現了一堆果醬罐頭，在十多個罐內插入蠟燭。她把它們全部放在壁爐架上面，旁邊有一個超醜的咕咕鐘、某個手指幾乎全斷掉的牧羊女瓷娃娃（所以她豎著中指），還有裝滿髒兮兮毛線球的籃子，上面插有一對狀似邪惡的棒針。不過，燭光讓龜裂牆壁與充滿污垢的窗戶變得不再那麼刺眼，而且瑪麗艾莉絲已經在壁爐裡生了火，讓整個空間變得暖和，幾乎可以算是舒服的地方了。

海倫喝光了最後一口酒，從麥克筆包裝盒裡又拿了另一支筆——它的墨水是一種聞起來有西瓜味的飽滿綠色汁液——然後，她又回到牆邊，寫下整齊的字體，問題。

我們熬夜工作，反覆檢查計劃。感謝老天，翟瑟是一種慣性動物，總是在假期過後待在他最愛的健康水療中心做排毒。在他們的網站上點了那麼幾下之後，我們已經得到了需要的所有資料，包括該中心的地圖，以及某名水療中心工作人員的微笑照片，她一身簡單黑色工作服——素樸又實用。

等到灰撲撲的黎明光線穿透廚房窗戶的時候，我們已經大功告成。被娜塔莉一直稱為「謀殺牆」的那一方空間，已經填滿了計劃細節。

我們往後退，仔細檢查，修補各式各樣的漏洞，來回演練，最後，終於讓它變得跟德州夏日底下的奶油一樣滑溜無比。

「我靠，」瑪麗艾莉絲的目光掃視那一整面牆壁，「我覺得一定沒問題。」

我對她露出燦爛笑容，「當然的啊。」

娜塔莉說道：「我們現在只需要決定由誰來負責……」

瑪麗艾莉絲舉手，「我來。」

她的表情十分堅持，我知道為什麼。要是她能夠挺身而出，為我們身處之困境提供一點貢獻，那麼對於她覺得自己的生活逐漸歸位，一定很有幫助。

我們都點頭同意，她繼續說道：「海倫，我們還需要二號幫手……」

我立刻打斷瑪麗艾莉絲，「我來。」

娜塔莉開口，「我認為這應該由海倫自己定奪。」

我回嗆她，「我覺得不需要，我已經說由我處理。」

娜塔莉發火了，「天吶，妳早餐是吃了什麼？炸藥嗎？」

海倫伸手，放在娜塔莉的臂膀上面，「沒關係，如果比莉有意願，那就讓她去吧。」

「我想去。」沒有人要跟我爭辯了。我不會講出海倫在傑克遜廣場臨陣怯場的事，但我也不願意把這次任務的成功目標當成賭注。她可以退居幕後，等到自己準備好之後再說。

我們擬定了這個計劃，表示我們又有得忙了，必須花一番工夫好好準備。我從自己在花園棚屋裡找到的罐子開始——某個老舊的大玻璃瓶，想必之前被人拿來釀蘋果酒或是貯藏紅酒。我以長柄刷子把它清洗乾淨之後，戴上一雙塑膠手套，以屋外水龍頭將大玻璃瓶裝滿了水，拆開一包新香菸，折斷濾嘴。我拿刀子割開每一根香菸，小心翼翼挖出菸草並放入瓶內，盯著棕色在水中旋動。把每一根香菸開腸剖肚再放入水瓶裡，這種感覺令人出奇放鬆。有一些性格比較堅強的鳥兒們正在歌唱，而冬陽呈現出淡黃檸檬的色澤。當我用力搖晃罐內的濁物並旋緊蓋子的時候，甚至可能哼了幾句〈美國派〉。我把它放在台階的明亮處，宛若在泡日光茶一樣。等到夕陽西下時，我會把它放在爐子後方保暖，以對待頂級伯爵茶葉的方式好好浸泡它。

我回到廚房，一直在跳腳，對著手指吹氣，發現海倫一直在打電話。

我輕聲細語問道：「妳在做什麼？」

她咕噥回我，「我們想要線上預訂，但是水療中心已經全滿了。」

我張嘴準備講話，但她卻對我做出安靜手勢，因為顯然另一頭有人接起了電話，「是，請問是庫爾唐皮埃爾水療中心嗎？」海倫使用的是做作英國腔，刻意講出只有英國貴族才會唸出的那種錯誤發音的法文，「我是亨利耶塔．雷德利女士，我之所以打這通電話，是想要知道我為什麼沒有收到我的預訂確認電子郵件。雷德利，雷德～～～利。」她刻意拉長那個音節，表達明顯不悅。「什麼？我當然確定。我的助理卡珊卓拉上個星期完成了預訂。就我所知，你正好就是和她說話的人。現在，麻煩確認一下我的預訂。」

電話另一頭傳來微弱的抗議，海倫厲聲打斷對方，「這位先生，千萬不要找任何藉口。我們的預訂是四位女士，我自己，加上三位同伴。我們想要做水療，也許加一點輕鬆的按摩，但就只是這樣而已。我們過去是為了要好好休息。我想你們可以妥善安排吧？」對方又冒出了更多抗議，「我知道現在是一年之中的旺季，但明明是你們搞丟預訂，這很難說是我的錯吧。當然，可以。讓我等一下。一定要，沒錯，我等你……」她結尾的語氣酸溜溜。

我低聲問道：「到底拿到房間沒有？」她盯著我，皺眉，聳肩。整起計劃的關鍵就是要能夠進入水療中心。米恩卡坐在我們對面，盯著我們在普爾為她買的筆記型電腦，我請她找出這個水療中心在社群媒體的貼文。最新的一張是在湛藍天空之下蒸氣氤氳的水池。

我迅速瀏覽各種評論——愛心、拍手按讚、頭上裹有毛巾的小小表情符號——我終於找到我需要的東西了。迫不及待要在週末相見，我的準新娘派對！打下這段興高采烈評語的人是黛比·威廉斯，後面還加了小雞圖與心型的眼睛。我找到她的個人資料，發現她列出自己的居住城市是卡地夫。再點個幾下，我看到了訂婚照，黛比在她的帥哥未婚夫懷中裡美得發亮，對著相機鏡頭炫示閃亮小鑽。再過了幾篇貼文之後，就出現黛比與另外五名女孩的合影，標題是我最要好的閨蜜和伴娘！總共有六個女孩，換言之至少有兩個房間，搞不好是三個。這就夠了。

我回到水療中心的主頁，按下他們在社群媒體簡介中的官網連結。就在這個時候，海倫繼續開口，「對，我還在，除非你找到我的預訂資料，否則我絕對不會善罷甘休。」

我向她做出誇張手勢，請她繼續拖下去，她開始叨叨不休，態度客氣有禮，而我一直在狂按網頁，終於找到了電話號碼的連結，立刻撥打過去。

我向她示意有鈴響，她暫停責難，「你先去接另外一支電話吧，這麼吵讓我很難好好思考。對，我會等你。」

櫃檯人員接了我的電話，一開始他講的是法語和德語，但隨即轉為英語，那聲音聽起來充滿苦惱。

「好，我是來自卡地夫的黛比．威廉斯，這週末我本來預定了幾個房間要辦準新娘派對，但恐怕得取消了。沒有，我手邊沒有確認編號，但我可以找一下，可能需要幾分鐘……」我的聲音越來越小，而櫃檯人員在這時候插嘴了。

他開口，「我們有規定，必須使用確認編號才能取消預訂，」瑞士人和他們的規矩……我對海倫翻白眼。

「他取消婚禮又不是我的錯，」我讓自己的聲音轉為啜泣，「我必須通知我們所有的朋友，好丟臉，因為他把我們所有的結婚基金都帶走了，我已經付不起這次的預訂，你還硬要逼我付錢……」

這名櫃檯人員可能是瑞士人，但他也是男人，我還從沒見過有哪個男人能夠成功對付哭泣的女人——尤其是他還得應付另外一支電話中的惱怒女子時，我卻自己送上了取消訂房的大禮。為了確保起見，我又發出了好幾次的假哭抽泣。

「你知道嗎？他背叛了我，和我妹妹搞在一起……」我吸了一下鼻子，這個可憐的櫃檯人員完全不可能有招架之力。

他慌忙說道：「威廉斯小姐，我想這次我可以通融一下……」

我才剛開始要稀哩嘩啦地表示感謝，卻被他打斷，「我們已經取消了您的預訂。感謝您，希望未來有機會歡迎您光臨庫爾唐皮埃爾水療中心。」他掛斷電話，直接回頭找海倫。雖然聽不太清楚，但可以發現他如釋重負，海倫發出了跟小貓咪一樣的呼嚕聲。「好，很高興我們終於解決了，那就週末見，兩個房間。外加免費的頭皮按摩作為這次出錯的補償？真不錯。」

她掛了電話之後，轉頭問我，「黛比．威廉斯到底是誰啊？」

# 23

兩天之後，我的菸草茶大功告成。我濾除固體物質，把它們埋在花園裡。剩下的液體是純粹毒藥。我們圍坐在餐桌旁，戴上手套，把凱文關在食物儲藏間裡，以免害牠因而自戕。我們六個人的工作速度很悠閒，以廚房漏斗把濁水倒入各種不透明的盥洗瓶內，洗面乳、化妝水、收斂水、漱口水——全部裝滿之後，旋緊蓋子，以融蠟封口避免外漏。貼有愛爾蘭威士忌的迷你瓶，我們也以相同手法處理。我們要乘坐火車，而不是搭飛機，但我們絕對不會冒險引發海關的注意。總之，為了完成這項工作，我們準備的份量是綽綽有餘。

等到完成之後，我們清理廚房，將剩下的毒液倒入水槽中。娜塔莉以滾燙熱水沖洗水槽和大玻璃瓶，我們的所有行事痕跡已經被清除得一乾二淨。打包就緒，有了全新身分證明、偽裝，以及我們所需要的其他一切，全部都整理妥當，放入每個人的隨身行李箱裡面。當瑪麗艾莉絲與亞希子尷尬道別的時候，我們其他人全都裝作沒看見。

自從我們到了英國之後，亞希子幾乎都沒對她講話，不過，我希望短暫分離能夠幫助她領悟事實，這將會成為她的新常態——至少目前是如此。

米恩卡開車送我們前往火車站，我們進入不同車廂前往倫敦。至於前往蘇黎世的路線，我們每個人都稍有不同，最後，我們在火車站會合，擠入一輛租賃車——亨利耶塔．雷德利女士絕對不會使用優步。海倫走在最前面，刻意邁開步伐，而我們其他人則在她背後匆匆追趕。我們逛遍了當地二手店，找到了花呢英格蘭服飾、為碧昂絲提供假髮的公司所生產的一組假髮，娜塔莉找到了超大尺碼胸罩，以塞在襪中的水球當成了襯墊，而我則塞了假屁股，看起來像是老化的贅肉。我們宛若有女王帶頭的女孩幫派，全都身著低跟鞋，頂著實用的捲髮造型。瑪麗艾莉絲甚至還在包包裡準備了奶油糖，充當小費分給行李工。

我們在水療中心順利入住，沒有任何狀況。我們並沒有看到當初被海倫以「亨利耶塔・雷德利女士」之名微微恐嚇的櫃檯人員。我們簽名，名牌顯示為「智友」的年輕苗條女子給了我們房卡，還送上免費的鹼性水水杯，娜塔莉刻意裝摔，把她的水全灑在智友的整齊黑色西裝上面。

娜塔莉拉長聲音說道：「哎呦，真是對不起啊……」

智友對她勉強一笑，「小姐，沒關係，我離開一下去換衣服。」

我們對她揮揮手，告訴她我們自己可以想辦法上樓。當她一鑽進櫃檯後面的那道門，娜塔莉立刻繞過去，跪在電腦前面，而我們其他人則忙著研究水療宣傳小冊，一直緊盯著電梯、大門入口，以及辦公室房門的動靜。

瑪麗艾莉絲低聲催促，「動作快一點啊……」娜塔莉站起來，膝蓋發出了抗議的吱嘎聲響，我抓了幾張智友的名片。

「找到了，」小娜說道：「他在二一七號房。」

我們拿了自己的鑰匙和文宣品，前往我們位於三樓的房間。瑪麗艾莉絲和我是上下舖室友，海倫與小娜則使用另一間，中間有一道方便的連通門，我們一直保持打開的狀態，只花了幾分鐘的時間，我們已經準備就緒。每個房間都有書桌，上面擺放了一個厚實的真皮文件夾，裡面裝滿了免費的水療中心的信封和信紙，上面印有飯店的官方信頭字樣。我草草寫了一張給鞏瑟的解釋便條，由於第二天會短暫關水，我安排他今天下午五點在自己的房內享用免費泥漿浴，作為造成不便的補償。我簽下智友的名字，把這張便條紙與她的名片塞入信封。我在信封的地址欄寫下七這個阿拉伯數字的時候，還像個真正的可愛歐洲人一樣在數字直線部位的中間加了一槓。我把它交給娜塔莉，她立刻溜出去，塞在他的房門底下，匆匆趕回來。

當她進來的時候，我們坐在海倫的床鋪尾端靜靜等待。

我問道：「他在房間裡嗎？」

小娜說道：「哦，是啊，我聽到他跟貨運列車一樣的鼾聲。」

海倫問道：「萬一他太晚醒來，沒看到便條怎麼辦？」她的語氣像是個煩躁的小朋友，小娜拍拍她，請她寬心。

「我也想到了這一點。我敲門叫醒他，我躲在樓梯間，聽到他打開了門。」她面向我，「比莉，輪到妳了。」

我拿起電話，按了他的房間號碼。當他一拿起電話，我講話速度急快，活力十足，我刻意加了一點腔調，含糊的程度從南非腔到拉脫維亞腔都有可能。「帕爾先生？我是水療服務中心的艾爾莎。我是要確認您今天下午五點與安妮可預約的泥漿浴。對，免費的，由櫃檯的智友所提供的招待。泥漿浴是我們的優質服務之一，價值兩百七十五歐元。不，安妮可會準備一切帶過去，先生，謝謝您，您的預約已經確認無誤。」

我面向瑪麗艾莉絲，「登場了。」

# 24

時鐘顯示的時間是四點五十五分，瑪麗艾莉絲和我出發了。我們兩個都身著水療中心的樸素黑色工作服，瑪麗艾莉絲的假髮是嚴肅又線條分明的的冰白色鮑伯頭，而且她的臉也已經仔細化妝調整輪廓，讓她的顴骨變得更高、更加有稜有角。

她束胸，戴著金屬框眼鏡，產生了北歐時尚風格的冷調效果。我選擇的是低綁的棕色髮髻，夾雜了銀白色髮絲，我使用了面頰墊，讓我的臉部看起來更加豐滿，撲了一點蒼白粉底之後，讓我的面容顯得疲憊無力。我拖著一張摺疊式按摩床，讓人覺得我就是個一心等待下班的疲倦老女人。瑪麗艾莉絲帶了裝有我們用品的托特包，我們在犟瑟的房門前停下來，輕輕敲門。

他立刻開門，我趕緊低頭掩藏自己的驚訝之情。要是他在路上走過來打了我一耳光，我也認不出他是誰。我們不相往來已經超過十五年之久，雖然他努力保持健康，但這模樣還是慘不忍睹。發福了，對於個性活潑的人來說可能會比較適合，但是他看起來就是浮腫。他的皮膚長了一堆斑，而且眼袋很明顯。他身穿水療浴袍，沒有綁緊，露出了佈滿白毛的胸膛。他赤腳，腳指甲又厚又黃，當他微笑的時候，我發現他的牙齒也是一樣的顏色。

「午安，我是安妮可，」瑪麗艾莉絲語氣俐落，「準備要進行療程了嗎？」

「對，是啊，」他往後退，示意請我們進去，「這免費的，對吧？」

我開口道：「不過小費另計……」要是瑪麗艾莉絲與我的距離更近一點，她一定會狠狠踹我一腳，但她只是向我示意擺放按摩床，「我的助手接下來會幫我安排一切，您要全裸嗎？」她指了一下他的腰部。

他回話，「對……」抓住了他自己浴袍的腰帶。

「等到按摩床準備好之後，就請您面部朝下，躺在布巾下面……」她告訴他，「我們會在浴室裡準備泥漿。」

他點點頭，我趕緊把按摩床的支腳鎖好，在上面鋪開折疊的毯子與布巾，然後，我又加了幾層保鮮膜，就是外燴業者拿來包菜盤的那一種。我跟著瑪麗艾莉絲鑽進浴室，從托特包裡拿出一個桶子。裡面裝滿了深綠色的療泥，已經事先磨成了泥粉，隨時可以混製。我打開水龍頭，這樣一來就能讓他聽到流水聲，我們戴上手套與游泳運動員使用的小鼻夾。它們的效果不如防毒面具那麼好，但可以防止我們吸入最毒的尼古丁成分。我緩慢倒入毒藥，讓瑪麗艾莉絲以木勺攪拌，終於讓它變得濃稠又黏糊。我還倒了半瓶薰衣草精油，掩蓋可能會產生的各種異味，我們一切就緒。

我們摘掉鼻夾，把桶子搬出去移到臥室，而犟瑟已經舒舒服服躺在床巾下面。我們看得到他的後腦勺，當瑪麗艾莉絲拉開床巾的時候，凹凸不平、長滿斑痕的一整片皮膚盡顯無遺。有些男人不顯老，但犟瑟並不是。我們開始舀泥漿，在他的背部胡亂塗抹，宛若在拿肉汁為費工的火腿上色一樣，把他的全身抹好抹滿。

「這味道很不一樣……」他在講話，但因為趴在按摩床上，聲音變得模模糊糊。

瑪麗艾莉絲接話接得很順，「新配方。」

我又跟著補充，「這是貴賓專屬品，也許我們會放在水療中心的服務項目，但也可能不會。」

我們速度很快，為他抹了一層又一層的泥巴，從脖子到腳全都塗滿了。瑪麗艾莉絲下達指示，「轉身……」他想要奮力翻身，但最後還是靠瑪麗艾莉絲幫了他一把。她小心翼翼用床巾裹住他的下體部位，我們忙著為他的大腿與軀幹上泥，最後是他的手臂。等到把最後一坨泥抹上身之後，我們開始裹保鮮膜，然後把他腳邊的床巾拉起來，緊緊蓋住全身，並且將床巾兩側塞在他身體底下，做出了類似人體墨西哥捲餅的東西。

他睜開雙眼，「這療程需要多久？」

瑪麗艾莉絲看了一下自己的手錶，「三十分鐘，到時候我們會回來。」

但是我們並沒有要離開的意思，他轉頭，眨眼，充滿困惑，「等等，我覺得不舒服，」他說道：「我的心臟跳得好快。」

瑪麗艾莉絲以自己的聲音說道：「那是尼古丁……」

他又眨眼眨了好幾次，「什……什麼？」他的聲音濃重模糊，流露一抹認出我們的眼神，他發出哀嚎，終於知道出了什麼事。

「尼古丁，」我告訴他，「已經混在泥裡，我們把它全部塗抹在你的身上，你也知道，它是一種經皮毒藥，我要說的是，投藥的最佳途徑是口腔黏膜或直腸，不過，要是普通成年人有二十一平方公尺的皮膚，每一個毛孔都乖乖在那裡等著被利用的時候，我們為什麼還需要費神呢？你可能已經覺得想吐了，別擔心，這只是表示它正在發揮作用。」

他張大嘴巴——我猜，是想要對我們大吼大叫——但是他只能發出咕嚕尖叫。我走到書桌前，那裡擺放了一籃蘋果，我脫掉手套，挑了一個，在制服上擦了幾下，咬一口，宛若初雪一樣新鮮爽脆，我一直啃，盯著聾瑟拚命呼吸，最後手裡只剩下了蘋果核。

他好不容易喘了一口氣，「為什麼？」

「你也知道為什麼，」瑪麗艾莉絲告訴他，「是你下了格殺令。」

「一定得如此，」他上氣不接下氣，「凡斯……」

「不需要煩惱，」我語氣輕快，「我們也會處理他。」

瑪麗艾莉絲再次盯著自己的手錶，皺眉問道：「他拖太久了，妳確定藥效強度夠嗎？」

「瑪麗艾莉絲，是啊，至少我是這麼覺得。我又沒有實驗室，對吧，我們都是靠老派方法行事，妳還記得吧？下流又骯髒。我已經靠著我手邊能拿到的東西卯足全力。」我並沒有提起她平常是我們的毒物專家，但是她因為自己的婚姻問題分神乏術，根本幫不上什麼忙。

「好，也許我們得要加快速度，」她說道：「我們得要趕火車，還得要把他處理乾淨。」

他發出了低泣聲，然後，接下來是一陣咯咯作響，不過，他還是沒斷氣，我把蘋果核塞入自己的口袋，「好，來抽籤，我選單數。」

她嘆氣，我們都握緊拳頭，「一，二，三，出！」

我們張手，瑪麗艾莉絲大笑，「是偶數。妳輸了，趕快解決他。」

他稍微掙扎了一會兒，但我覺得他現在已經什麼都聽不見了。我又撕了一段保鮮膜，緊緊貼住他的臉，不需要拖太久。等到一切結束之後，我剝開塑膠膜，把它放入已經裝了蘋果核的口袋。我們兩人一起摘掉他的床巾與保鮮膜，把他拖入浴室，以沐浴刷清除泥漿。然後他的臉上出現了一些紅點——典型的窒息症狀。

瑪麗艾莉絲的語氣很酸，「計劃裡沒有這個部分……」

我向她打包票，「我來處理……」我們擦乾他的身體之後，把他移到床上，然後刷洗浴室，清乾淨所有的泥痕。所有的一切——床巾、手套、泥巴、毒藥容器、湯匙——全都裝進了垃圾袋。我找到了智友的字條，也把它放進去，然後把垃圾袋綁緊收口。

為了最後的華麗收場，我又抓了一顆蘋果。我把它放入他的手中，狠狠壓了一下，確保有清晰指紋印在上面。然後我把它移到他的嘴邊，操弄他的下巴，讓他自己咬了一大口，留下他的齒印。將咬過的那一塊蘋果塞入他的喉嚨之中，這得要花一點工夫，但這是精采潤飾。乍看之下，隨便哪個人都會以為他死於心臟病或是中風，但只要細看，一定會認定他是窒息而亡——這與屍身出現的少數瘀點完全相符。

我告訴瑪麗艾莉絲，「搞定了……」她翻白眼，最後一次清理房間。

「收工。」她比出手勢叫我出去，我看了一下時間。

「現在是六點〇四分，對於兩個老女人來說，表現還不錯。」我哈哈大笑。我們把按摩床留在樓梯井——可能會有某個倒楣的水療中心員工會因此受到責罵，但總比拖著它到處跑來得好。回到我們的房間之後，我們更換衣服，把黑色工作服與假髮塞入進袋子裡，換回了我們旅行時穿的衣服，四個人帶著行李下樓了。

某個有濃密瀏海的女孩正哭哭啼啼地與智友在吵架，「但是我並沒有取消——妳說已經沒有房間了是什麼意思？」

智友緊繃下巴，努力想要安撫那女孩，她周邊圍了一群臉色超臭的伴娘。

海倫邁開大步，從她們中間穿過去，把我們的房卡丟在櫃檯上，「我們不太滿意房間……」她姿態高傲，「麻煩幫我們叫計程車，我們要走了。」

智友對著某名行李工捻手指，示意他去叫車，然後又面向嚎啕大哭的新娘，「威廉斯小姐，好消息，剛剛多了兩間空房。」

伴娘們發出歡呼，我們步履蹣跚，隱入夜色之中。娜塔莉的手提箱裡一直裝著那包垃圾，當我們到達火車站，一看到垃圾桶就立刻將它丟棄。我們隨即搭乘前往日內瓦的列車，入住某家樸素小旅館，而且還預訂了塔瓦雷餐館的最後時段，享用桌邊燒烤與紅酒。到了隔天早晨七點鐘，我們搭上火車，從阿姆斯特丹回到英國。

解決了一個，還有兩個。

# 25

一九八一年七月

「尚吉巴？」瑪麗艾莉絲開口，吐出的氣停留在最後一個音節徘徊不去，「妳能想像嗎？我這輩子從來沒有聽過這麼浪漫的事。」

「浪漫？我們得要殺死某個老太太……」比莉提醒她，不過自己在微笑。十五個月之前，她們在羅馬暗殺了那名主教，這是她們事後的第一次合體，雖然她們被分派的只是支援角色，但是能夠重聚的感覺真棒。這一次，她們是凡斯．吉爾克里斯特與提耶利．卡拉帕茲的後援，她們與卡拉帕茲這個法國人在倫敦機場碰頭，他攜帶了她們的身分文件，證明她們是在尚吉巴某處古老丁香農園遺址進行挖掘的考古學研究所學生。那一處農園就位於他們目標住處的隔壁；目標是伊莉莎白．馮．瓦登海姆女爵，下落不明已經足足超過四十多之久的納粹要角。

不過，「來源處」的表現相當稱職，他們靠著每個星期過來一次為她做頭髮的美髮師，真的找出了這位隱居的女爵。屋內除了她自己的藝術藏品之外，還有從她穩坐希特勒核心圈之後，一直為她服務的一對僕人。這些藝術品——在赫爾曼．戈林協助之下掠奪的作品——他們會保留，但是他們不會留下那對僕人。「來源處」準備的檔案鉅細彌遺，沃克馬爾夫婦的罪行毋庸置疑，他們與女爵的罪狀，臚列得洋洋灑灑。在這份檔案之中，也包括了那一棟屋宅與基地的地圖，還有狙殺對象與藝術藏品的照片。

其中有一張照片特別吸引比莉的注意力，畫質不佳的模糊黑白照片——顯然是翻拍第四手或第五手的複製照——邊緣有「〈示巴女王晨起〉——作者為索福尼斯巴．安圭索拉」的墨跡。註記標示這張照片是拍攝於一九三一年，這幅畫作最後一次的公開影像。在文藝復興和巴洛克藝術之中，這是相當常見的主題，克勞德．洛蘭、丁托列托，以及拉維尼亞．豐塔納——都曾經畫出身穿他們時代精緻華服的示巴女王，當她第一次在所羅門國王宮廷現身的時候，奢華錦緞與厚重絲絨是她的傳奇財富之明證。

不過，安圭索拉卻選擇了截然不同的方式。比莉一開始注意到的是她畫了一個深色皮膚的女子，其他畫家選擇以文藝復興時代典範的時髦金色捲髮畫出了這位女王，而安圭索拉則忠實繪製她的原本面貌——某位非洲皇后。還有，其他人畫的都是她抵達所羅門王宮廷的場景，得到盛大豪奢典禮相迎，而安圭索拉選擇的卻是示巴與國王度過翻雲覆雨夜晚之後的晨起模樣。她緊抓著與她的膚色成鮮明對比的白色床單，雙手與手腕掛滿了華美珠寶，雖然從黑白翻拍圖無法看出到底是什麼，但比莉猜測應該是紅寶石和祖母綠。穿過一頭捲髮的細鏈之中，有一顆巨大的珍珠懸垂而下，落在她的眉間，充滿性感之姿。她的眼眸中有種瞭然之感，她懂得一切，知道觀者也相當清楚。她的後方是一張豪奢大床，鍍金品，披掛絲絨布幔。在纏結的被褥之中，可以看到某個熟睡男子的裸露大腿，匆忙丟棄的華美長袍與盔甲散落一地，女王的沉重眼瞼說明了一切。她並沒有入睡，因為她一直忙著要征服君王。這幅作品充滿肉慾，但又有居家感，描繪的是偉大人物私密時光之一瞬，比莉很慶幸自己的職責是要將這幅畫作物歸原主。

當他們在預作準備的時候，她並沒有把女爵或是沃克馬爾夫婦放在心上。他們在丁香農園的廢墟工頭屋裡紮營，打算使用底下的懲罰牢房，進入從主屋通往過往奴農區的隧道。凡斯曾經向她們解釋，一開始的主人不希望自己的花園被來來往往的工人破壞，所以下令挖掘隧道，這樣一來就眼不見為淨。這條隧道已經有數十年不曾使用，不過，他們將會有一整個星期的時間穩固隧道，監視女爵。卡拉帕茲負責處理沃克馬爾夫婦，而凡斯則為自己保留了女爵。她是博物館在這十多年來鎖定的第一名納粹分子，除掉她之後絕對會升官。金錢與地位——對凡斯來說固然重要，不過，萬萬比不上以納粹殺手的身分在「博物館」名留青史。這是「博物館」存在的原因，也證明董事會信任他，指派他擔任領導人，他的確不負使命。而這些女子的任務，純粹就是要以學生考古隊的身分增添臥底情節的可信度，還有保護那些畫作。

他們的帆布袋與背包裡裝滿了慈善救濟品商店的樸素衣物、大學出版社裡的無聊參考書——本來是全新品，但刻意弄得老舊——還有各種挖掘工具。沒有武器，沒有酒，沒有避孕藥。就連娜塔莉的小說《顧忌》也被沒收了，畢竟尚吉巴是伊斯蘭國家，他們完全不想引發當局關注。

他們以克難方式旅行，就像是所有資金有限的學術團體一樣。他們在黑市商店買機票，經過了那不勒斯，轉機到開羅，抵達蒙巴薩，然後乘巴士前往三蘭港，最後搭乘渡輪前往尚吉巴。等到他們終於到達的時候，看起來就跟大學生一樣，衣服皺巴巴又髒兮兮，全身散發難聞氣味。不過，海風清爽，他們在石頭鎮的青年旅館預訂了一晚住宿，然後才去露營。凡斯身兼任務領導人與考古挖掘負責人的雙重身分，給了她們幾個小時的時間扮演遊客。她們逛了尚吉巴的市場，欣賞遍佈市中心的古吉拉特門，它們全都是柚木製品，而且還有精美黃銅雕飾品。他們拍下了奇蹟之屋的照片，以不是很成功的殺價價格買了一些紀念品，包括了皮拖鞋和紗籠。瑪麗艾莉絲買了幾個彩珠手鐲，每個人都有一個，還幫凡斯挑了他的新娘禮物——綴有小星星藍寶石的細鏈。

第二天早上，在第一次回教宣禮之前，他們已經起床，全都打包好了。驅車前往他們準備要紮營的前丁香農園，需要兩個小時，最後一半的路程顛簸不已，全是遠離海岸進入島嶼內陸，朝北部和東部蜿蜒而行的凹凸不平道路。他們展現熟練手法，輕鬆紮營，架起了三頂帳篷——男生的、女生的，還有炊事帳篷。為了擔心有任何人正好經過，他們還擺放了測量設備，挖了幾個探勘試孔，而且利用繩網小心翼翼標註。

漫長的酷熱日子一天天過去。他們厭倦了等待、反覆無常的作息，以及害蟲。卡拉帕茲閱讀了所有的資料，開心細述黃囊蜘蛛與紅爪蠍的各種能耐。

到了第三天吃晚餐的時候，娜塔莉問他，「難道你就不能閉嘴嗎？」

「少來了，」他用手肘戳了一下她的肋骨，「難道妳不想聽聽狒蜘蛛的事嗎？蛛蜂呢？妳知道牠幾乎擁有所有昆蟲當中最可怕的蜇刺？只是比不上子彈螞蟻？」

娜塔莉把自己剩下的食物全部倒入火中，怒氣衝衝地離開。他們互看彼此越來越不順眼，野戰廁所與夜晚睡眠頻頻被打斷，讓他們心生厭倦。最可怕的是漫漫無盡的等待，在自己挖的壕溝裡百無聊賴地東戳西戳，宛若真的在進行挖掘一樣。他們假裝隨性觀察沃克馬爾夫婦的活動，老頭無精打采地修剪野薑花，他老婆則忙著把洗好的衣服掛在鬆垮垮的晾衣繩上面，以衣夾固定。

某一天的傍晚，比莉走出炊事帳篷，深吸一口氣。與其他地方相比，尚吉巴的空氣散發出獨一無二的氣味，未成熟香料的強烈鮮嫩香氣，還有海鹹味。上方還有一些其他的氣息，微淡的香菸臭氣。她跟著那股味道到達了一片香蕉樹林，她撥開了葉片。她距離女爵的遊廊並不遠，也許還不到二十公尺，她可以看到那個老女人身處在幽暗地帶，整個人蜷縮在輪椅裡面。可能之前有人把她推到外頭看日落，或者，可能是為了不要讓她的菸臭留在屋內。

正當她在緊盯觀察的時候，管家的妻子走出來。沃克馬爾太太揮揮手，以德語講了一些話，並不是比莉熟知的的德國北部腔調，而是奧地利方言，語氣聽起來很急躁。她把老婦人往前推開，挪動了某個薄枕，然後把它塞回原位，又丟了幾句話之後，一臉不爽地離去。

女爵沒有任何回應。她只是坐在那裡，抽菸，如灰色蠕蟲的灰燼掉落在睡衣上。她曾經是個美女，檔案裡有一張她的棚拍人像，一頭金髮後梳，以某個類似納粹帝國鷹形狀的鑽石髮夾固定，露出了滿意至極的表情。她很清楚自己是誰，想要的是什麼。這是她在權力巔峰時期的照片，不過，當時的她並不知這已經是她的人生高點。

將那名女子與蜷在輪椅的這個瘦弱身影聯想在一起，實在很難。她有時候會忘了要從嘴裡取出香菸來撣煙灰，而當她記得做出這動作的時候，嘴邊就會垂掛一條細長的銀色唾液，比莉差點對她產生了憐憫之情。

就差了那麼一點。她看到了老衰的侮辱，生命和其渺小，到了最後，獨立、權力、美麗，以及自由都完全消逝，只剩下得要仰賴他人才能夠殘存下去的某具軀殼。目睹這一切，讓人覺得好悲慘，不過，比莉的反思是，這是她咎由自取。無論是怎樣的苟延殘喘，她的這一生早就結束了，這是女爵當初有機會從別人身上得到的教訓。

女爵慢慢抬起宛若老蜥蜴的雙眼，凝望比莉，在無垠的柔軟草地之上，四目相接。她可能會大喊大叫或是變得情緒激動，比莉緊張得無法呼吸。

不過，女爵什麼也沒做。她只是坐在那裡，任由煙灰掉落到大腿上面，凝視著香蕉樹林，盯著她誤以為是鬼的那個身影。現在有好多幽魂，不斷來來往往，讓她想起了明明應該要忘卻的那些過往。她甚至認不出這個鬼魂，是集中營裡的某個女孩嗎？還是某個坐著貨車離開，再也不曾復返的人？

女爵不知道答案，她也毫不在乎。對她而言，過往與現在都一樣。她憎恨六十年前就死去的人，但忘記替她剪髮的女孩長什麼樣子。也許就是站在香蕉樹林裡的這個女孩，每個月都會帶著自己鋒利閃亮的剪刀，修剪她頭皮上稀疏殘髮的女孩。她覺得剪頭髮的時候還沒到，但她可能弄錯了。她轉身，抽菸，當到她再次回望的時候，女孩已經走了。

比莉退回到香蕉樹的掩葉後面，轉身離開，心中一陣期待湧現。

女爵今晚就要死了。

過了半夜十二點之後，已經離開一下午的提耶利·卡拉帕茲開著貨車回來了。車體到處都是鏽斑與補痕，印有某家坦尚尼亞咖啡品牌的褪色商標。他以包含三種不同貨幣的一小疊舊鈔租下了這輛車。他冒出了濃密的深色鬍鬚，很容易被誤認為是當地人。尚吉巴有個傳說，某位波斯王子曾與斯瓦希里公主成婚，生下了設拉子人，是居住在印度洋島嶼上的商人，海灘是奶白沙，腳底的觸感宛若滑石，而水面是燦亮的藍綠色。過了幾個月後，當他等一下要動手的事消息爆發，已經逐漸褪淡為一段記憶的時候，他將會回到這裡的東岸浮潛，而且與年輕觀光客女孩共度良宵。當地女人長得更美，不過，他已經觸怒了太多火冒三丈的父親和兄弟。他會轉移陣地，努力勾搭那些來海灘拍攝型錄的模特兒，看看自己運氣如何。她們會解開比基尼的綁帶，為他打開她們的古柯鹼小玻璃瓶，他會過著極樂生活，一直到他們再次找他去工作的時候才畫下句點。他和凡斯．吉爾克里斯特與其他四位女孩不一樣。他之所以殺人，並不是因為他擅長殺人；他殺人是因為報酬豐厚，而且他有一個計劃，一個能讓他在組織內晉升，過著他父母只能夢想的那種奢華生活。

他在香蕉樹林附近把貨車停下來，確認它可以擋住女爵房子的視線，以免有人向外頭張望。而那棟房子籠罩在一片黑暗之中，他覺得自己似乎可以聽到屋內老人們時醒時睡的不安睡眠狀態。

當比莉走過去的時候，他站在貨卡外面，手持未點燃的香菸。他示意要點火，但比莉只是聳肩以對，他只好把香菸放入口袋，她斜靠在貨車旁，雙手插在口袋裡。

「如果妳是想要來一炮，那得等到任務結束之後再說。」他輕聲細語，香蕉樹林之外的地方根本聽不見，而她回應的那種笑聲可能會被人以為是從夢中驚醒的鳥兒。

「天吶，你少臭美了。」

他也斜靠在貨車上，就在她的旁邊。她並沒有完全放鬆，因為她早就學到永遠不能完全放下警戒，不過，他並沒有做出要碰她的舉動。

他告訴她，「我可是戰功彪炳……」

「我想也是，凡斯派我來看看是不是出了什麼狀況。」

「告訴凡斯，他不是我的保姆。要是有什麼狀況，我會搞定。」

「如果你想要和凡斯比誰的大老二厲害，那麼你自己去跟他下戰書，我不會跟他討論這種事。」

現在輪到他哈哈大笑，「比莉，妳這女人真強悍。」

「大家太抬舉溫柔了。」

「在我的家鄉並非如此。」

她停頓了一會兒，兩人稍微傾聽了一下夜裡的各種聲音——鳥鳴、穿越香蕉樹的風動，還有遠方洋面依稀傳出的引擎聲響，漁人正準備要進行深夜捕撈。

「你的家鄉是？」

他聳聳肩，「我處處為家。」

她沒有回應，這股沉默的重量終於壓得他無法招架，「法國勃根地，我媽媽是阿爾及利亞人，我爸爸是西班牙人，來自巴利亞利群島，所以我喜歡島嶼，」他說道：「這是我的天生基因。」

「你用的是過去式？你父母過世了嗎？」

「對，在我加入『博物館』之前的事。」

「所以你在勃根地長大？」

他做出不耐煩的手勢，「妳問太多了。」

「我對人一向很好奇。」

「對，我在勃根地長大，某家釀酒莊園，別想太多——不是我們家的事業。我父母為莊園主人工作。媽媽刷洗地板、洗衣服，我爸爸在葡萄園工作，噴灑某種最後害他喪命的毒藥，過程緩慢又痛苦，而媽媽的癌症來得很快。」他停頓了一會兒，仔細觀察她，「妳似乎不覺得我可憐，通常當我講出自己悲慘身世的時候，女生聽到這裡就已經開始解自己的上衣鈕扣了。」

她回道：「我也有自己的悲慘身世……」

「那就講給我聽吧，搞不好我會解開自己的上衣鈕扣。」

她微笑，「雖然我不想，但我對你的好感多了那麼一點，但並沒有你想像的那麼多。」

「也好。」他側頭，在微淡星光之下端詳她的臉孔，「所以妳想要從這份工作裡得到什麼？美國妹？」

「嗯，我喜歡旅行，薪水也不錯。」

他點頭，她順勢回問：「法國男，那你又想要從這份工作裡得到什麼？」

「錢，女孩，真正的好車。還有一間房子──在巴黎的聯排別墅，我連哪一棟都選好了。」

比莉挑眉，他繼續說下去，「勃根地的那一家人，也就是我父母的老闆，他們擁有那一棟聯排別墅。同一群混蛋住在那裡差不多三百年之久，對大家作威作福。現在，它們已經成了廢棄屋。不過，遲早有那麼一天，我會攢夠錢買下它。」他停頓了一會兒，側頭問道：「好，他們是怎麼找到妳的？」

她把自己因為襲警被捕的事直接講出來，他又再次大笑，「我也一樣，只不過我當時是十八歲，犯下的是縱火罪，所以『博物館』才認定我應該要專攻縱火。」

「你燒了哪裡？」

「我爸爸工作的葡萄園。」

「天吶。」

「還有那間房子，以及住在裡面的那一家人，這就是為什麼那間巴黎聯排別墅會變成廢棄屋。」

「他們死了嗎？」

「全都掛了，包括他們家養的狗。」

他看了一下手錶，不再斜倚貨車，挺直身軀。

「走吧，時間到了。」

# 26

「好，我們運氣不錯，找到了鞏瑟，對於找出卡拉帕茲，有沒有任何建議？」海倫把問題拋給大家，亞希子拚命研究本斯肯姆的爐子，努力煮晚餐，而米恩卡則坐在高腳椅上面，假裝在幫忙。我們其他人集思廣益，不過，截至目前為止，完全沒有任何頭緒。卡拉帕茲喜歡女人與美酒，但這一點沒辦法幫上大忙，「博物館」委員會的成員又不會把他們自己的住址公布在黃頁電話簿。

「我們先從自己已知的部分著手，」瑪麗艾莉絲態度理性，「他住在巴黎。」

娜塔莉開口，「四萬平方英里裡的三百萬人，範圍真的是縮小了不少……」

瑪麗艾莉絲擠出牽強笑容，「妳可以表現出更有建設性的態度，不然我就拿釘書機把妳的嘴巴封死，妳要選哪一條路，我不在乎。」

娜塔莉吐舌，不過，我趕緊開口，以免她把事情搞得更僵。

「他一直想在巴黎買房──我的意思是，某間特定的房子，屬於他父母生前雇主的那一間。」

海倫精神大振，「這裡面可能有玄機？叫什麼名字？」

我聳肩，環顧大家，其他人都不知道，所以我指向筆記型電腦，「他父母都在勃根地過世，我覺得卡拉帕茲這姓氏在那裡並不多見，應該是來自西班牙。」

瑪麗艾莉絲嘆氣，拿起筆記型電腦，敲了幾個字之後，米恩卡看不下去了。接下來是一陣急促的敲打鍵盤聲響，突然之間，角落的廉價印表機開始頻頻吐紙，字跡有點模糊，而且是法語方言，但我能輕易地直接翻譯。

「這是他父親的死亡通知。上面的地址是勃根地的阿爾上博城堡。」我指給米恩卡看，「幫我們找出同一家族在巴黎的房產，從第七區開始。」

她單手工作，另一手忙著吃牧羊人派。等到我們吃光最後的蘋果酥，她已經找到了答案。沒有得意洋洋的姿態，只是把它印出來，加上一份巴黎地圖，丟在我的空盤裡。

她微笑說道：「其實是十五區……」她指向第十五區的某個凸狀地帶，分別被第七區、第六區，以及第十四區所包夾，「靠近蒙帕納斯公墓，持有人是阿爾上博家族，然後，在二〇〇八年的時候，賣給了某家在巴拿馬註冊的私人控股公司。」

瑪麗艾莉絲猜想，「應該就是卡拉帕茲……」

「很有可能，」娜塔莉同意，「他在那一年晉升處長，得到可觀紅利，以那時候的財力要購屋不成問題。」

「而且不會有任何一個董事直接買屋，」海倫補充，「以控股公司的名義買下合情合理。」

我面向米恩卡，「看看妳能否在什麼資料庫挖出那個地址的其他資訊，我們正在尋找與卡拉帕茲這個姓氏有關的所有線索。」

她點點頭，又回到筆記型電腦前面，而我們其他人則清理乾淨，各忙各的事。我知道她工作的時候最好不要給她任何壓力。她又繼續埋首苦幹了三個小時，而正當我們準備就寢之際，她找到了。

米恩卡交給我一份列印資料，我迅速瀏覽密密麻麻的文字，小娜也在我背後盯著看，「這是什麼？看起來像是聊天室內容。」

我指向米恩卡提供的那份已用紅字標示阿爾上博豪宅的地圖，「這是當地住戶的留言板，但似乎是專為外籍人士所設置，他們都在抱怨自己的法國鄰居。」我繼續瀏覽，終於看到相關的那一行字。「就在這裡，其中有人抱怨隔壁的鄰居，某位名叫卡拉帕茲的先生，一直餵食流浪貓，造成牠們不斷進入她的花園，她把這怪罪在卡拉帕茲頭上。」娜塔莉指著那女子的署名欄位，「她住在二十號，阿爾上博的那一棟是幾號？」

我大笑，「二十二號，我們逮到他了。」

# 27

我們一整個晚上都在互相傳閱各式各樣的列印資料。我們找到了該區的詳盡地圖，靠著某本絕版的巴黎建築書籍，下載這棟豪宅的簡史，而且靠著谷歌地圖在阿爾上博路漫步，這是一條隱身在緬因大道的死巷，一開始發現問題的是瑪麗艾莉絲。

她說道：「死巷的入口就在火車站旁邊。」

海倫挑眉，「所以呢？」

「所以，那是法國高鐵車站——先進的高速列車，想必到處都是監視攝影機。」

海倫很懷疑，「妳真心覺得卡拉帕茲會派人駭入公共監視攝影機嗎？」

瑪麗艾莉絲回她，「他不必這麼做……」她重新檢視谷歌地圖的導覽過程，然後停在他家大門上方的某個小黑點，「他有自己的攝影機。」

她帶領我們迅速掃視他的房子，從每一個角度檢查，然後又滑到對街，盯著鄰居的屋舍，「一共有十七台攝影機，就我看到的至少就有十七台。好，某些可能是假的，放在那裡只是裝樣子而已，不過，至少有好幾具攝影機是隨時監控，尤其在翟瑟死後更是如此。」

娜塔莉一直很安靜，一直盯著從康絲坦絲．哈利戴書房裡挖出來的老舊巴黎地圖。「妳拿那個做什麼？」我問道：「又不是最新版本，根本找不到任何一家星巴克。」

她哈哈大笑，「的確沒有，但裡面正好有我需要的東西，我想要知道怎麼進去。」

瑪麗艾莉絲瞪了她一眼，「是要長翅膀飛進去嗎？」

娜塔莉露出賊笑，「恰恰相反，我們要鑽地道。」

大家興趣缺缺。

海倫問道：「妳說我們要鑽地道是什麼意思？」

娜塔莉把她的地圖推到大家面前，以食指一路滑過某條路徑，「房子在這裡，就位於緬因大道旁的阿爾上博街，而緬因大道與佛萊德魯街相交，妳們自己看看佛萊德魯街的尾端在哪裡。」

她洋洋得意，敲了一下地圖。而瑪麗艾莉絲扭著脖子倒看地圖，「巴黎地下墓穴。我靠，千萬不行。」

瑪麗艾莉絲將雙臂抱疊胸前，不過，娜塔莉卻完全沒有退卻之意，「這個構想超棒。」

「這令人毛骨悚然。妳有進去過那地方嗎？」瑪麗艾莉絲問她，「裡面只是一條堆滿骨頭、延綿數公里的隧道。骨頭，堆疊在骨頭之上的骨頭，知道它們堆在什麼東西上面嗎？——更多的骨頭。」

「有用的字詞是『延綿數公里的隧道』，」娜塔莉回道：「而且，骨頭怎麼可能會讓妳覺得噁心呢？」

「我就是不喜歡。」瑪麗艾莉絲語氣固執，「那些骷髏頭骨把我嚇死了，彷彿一直盯著我，但是沒有眼睛，不正常。」

「很正常，」娜塔莉繼續與她爭辯，「這就是貨真價實的正常定義，我們死掉之後就是這樣。」

「我不是，」瑪麗艾莉絲回她，「我會選擇火葬，讓亞希子把我的骨灰放入一個漂亮的骨灰罈，也許是買『陶瓷倉庫』牌的東西。我可以坐在壁爐架上面，每逢過節的時候她就會仔細為我妝點。」

我仔細端詳地圖，緩緩說道：「這主意還不壞啊……」

娜塔莉洋洋得意，「謝謝妳。」

我問道：「妳的靈感是怎麼來的？」

「我上次來巴黎的時候，約會的對象是某個墓穴迷（cataphile）。」

「一個什麼？」瑪麗艾莉絲問她，「妳講的是某種山獅吧？」

娜塔莉翻白眼，「墓穴迷指的是巴黎市區的探險家。」

瑪麗艾莉絲眨眼，「那我是想到哪裡去了？」

海倫自信說道：「妳一定是想到了山貓（catamount）……」

「妳千萬不要把那個字跟孌童（catamite）弄混了……」她又面向地圖，「這座城市的隧道超過了一百公里。有的人會跟團，但跟我約會的那傢伙是那種非法探險者，自行鑽入地底隧道探險，他在瑪黑區找到了一個非常理想的人孔洞入口。」

我說道：「聽起來很浪漫。」

她點點頭，突然之間表情變得很夢幻，「的確。我們爬山爬了好幾個小時，然後吃了一頓美妙的野餐晚宴，還全裸斯混了一陣子，之後就再也沒下文了。全部情節一刀未剪……」她裝出悲傷表情，還作勢把整個袖子拉下來。

瑪麗艾莉絲正色嗆她，「妳講太多廢話了……」

「我們繼續討論計劃，」我說道：「現在，小娜，妳對於這個區域的隧道知道多少？它們會通往什麼地方？會進入民宅嗎？」

「哦，是啊，很多都直通地下室。許多人利用它們搬運酒桶、柴火、煤炭——這類搬運過程會弄髒的物品。有些人還利用它們當成了二戰時的逃逸路線或是藏身之地，也有許多人把它們當成了保險箱。那些探險家之所以充滿興趣，也有一半是因為這個因素——有可能會找出藏匿在地下的寶物。」

海倫問道：「很多人都知道這件事嗎？」

「一大堆，」娜塔莉斬釘截鐵，「甚至還會在那裡辦派對。不是合法的，但罰金根本沒什麼，所以大家很樂意冒險。」

海倫搖了搖頭。「這似乎很危險。」

「哦，這當然的啊，」娜塔莉回她，「地底有各種公用設備，某些路徑已經淹水或坍塌。還有，別逼我講老鼠的事。」

海倫的臉色變得蒼白。「我真的很討厭老鼠。」

娜塔莉拍了拍她的手，「沒事，親愛的。反正妳也不能下去。」

「為什麼不行？」

「妳去年得了嚴重肺炎，」小娜提醒她，「那裡至少有五種全世界獨一無二的黴菌，除非妳有健康的肺，不然那裡的空氣真的太差了。」

「哦，好可惜啊……」她雖然這麼說，看起來卻如釋重負。

「好，」我將雙手交疊胸前，盯著娜塔莉，「那就我們兩個出動吧。首先，要先去探勘，確認是否能夠透過隧道進入他的房子，然後要知道能不能進得去。」

娜塔莉聳聳肩，「妳要是準備好了，我隨時奉陪，我們就準備開派對吧。」

# 28

兩天之後，真的開派對了。我們為了做好準備並打包，花了一些時間。對於我們要再次離開，亞希子一點也不開心，而米恩卡則是嘴巴翹得高高的。

「妳們為什麼不讓我跟？我很強壯。」

「妳很強壯沒錯，」我把最後的物品丟入包包，「所以妳最好留在這裡保護亞希子，她不像妳那麼強悍，」雖然是謊話，但其實與事實相距不遠，「而我們已經採取了所有的預防措施，確保這裡安全無虞，不過，萬一遇到狀況，她可能需要有人照顧。妳辦得到吧？是不是？」

米恩卡還是臉色很臭，但對於我交付她的任務，似乎竊喜不已。

「我會教她二重唱，」米恩卡打開了自己筆記型電腦裡的〈冰雪奇緣〉，「她來當安娜，我是艾莎。」

亞希子似乎依然有點茫然，所以也許讓她坐在那裡跟著迪士尼電影唱和，不算是什麼糟糕透頂的提議。此外，必須要有人照顧凱文。

我們使用全新的身分文件，登上從英國多佛前往法國加萊的渡輪，然後搭乘巴士前往巴黎，到達的時候是凍雨狂瀉的寒夜。巴黎是一個如果她想要展現美麗姿態、就會令人驚豔的城市，而那天傍晚她卻面目可憎。我們全都身穿慢跑服裝，搭配厚重的白色慢跑鞋與霹靂腰包，看起來像是一群想要搶冬季打折商品的德國女觀光客。我們在靠近十四區的邊界找到了一家價格合理的飯店，距離地下墓穴僅相隔了幾條街區而已。我們到達的第二天早晨，娜塔莉和我戴上灰色大捲假髮、掛著霹靂腰包，到達了位於丹費爾．羅什洛廣場的主入口。眾人排隊在等候安檢，有名身穿黑外套的警衛正在逐一檢查蜿蜒長龍的旅客。

娜塔莉咬牙切齒，「那男子長得像是湯姆．哈迪，而我這身打扮像是潔西卡．坦迪[7]……」我提醒她，「妳也在工作哦……」我輕輕推了她一下，讓她在隊伍裡繼續前進。

「聽說湯姆要當下一任的詹姆士．龐德，要是他想要搖我的馬丁尼，隨時不成問題。」她說完之後還挑眉毛，雖然她把眉毛塗成了白色，但仍然張力十足。

「妳的性慾可以先喘口氣，」我說道：「而且，妳應該要說德語。」我手持的巴黎旅遊手冊封面印有德國國旗圖案，我拿手冊敲了她一下。

她向我敬禮，以德語回我，「遵命，跋扈女士。」

我又推了她一下，幾分鐘之後，我們通過安檢。某個百無聊賴的職員坐在高腳椅上面，當我們重新扣上腰包的時候，他以銀色計數器記錄著進場人數。我們兩人的腰包裡，除了塞滿優惠券與信用卡的錢包，以及一些化妝品與小藝品之外，就沒有其他更有趣的東西了。我還帶了好幾件印有艾菲爾鐵塔圖案的塑膠雨衣，這是我在藝術橋附近的某個路邊小販那裡買到的便宜貨，先前

❼出生於一九〇九年的著名英國女演員。

我們也曾在一家體育用品商店短暫停留，買了一些額外物品，包括了護膝，如今全部整整齊齊塞在我們的運動褲裡面。地下墓穴採自助式參觀，我們開始沿著高聳的螺旋梯往下走，一共有一百三十一階，最後終於碰觸到了石面。空氣濕冷，有一種我從未聞過的氣味。

我在娜塔莉耳邊低聲說道：「靠！那是什麼？」

她回我，「親愛的，死亡啊……」

不過，這不是我習慣的那種死亡。我們的處理手法乾淨俐落。依照下手目標的各種死法，槍傷、刀刺，還是中毒而亡，味道也會各有不同。鮮血氣息強烈，帶有金屬味；中毒可能還不錯——我對於植物情有獨鍾。要是逗留太久，就會聞到其他更可怕的氣味，因為屍體已經進入到死亡的鬆弛狀態。對於血腥惡臭沒那麼敏感的人，最初的幾分鐘應該是可以完全忍受。

血液，我可以應付得來。不過，瑪麗艾莉絲關於骨頭的看法的確沒錯。這裡有一個關於地下墓穴歷史的小小展區，解釋在法國大革命時期，過於擁擠的墓地已經成為疾病媒介，於是當局制定了一個計劃，挖出死者，然後安置在某個藏骨庫，大約有六百萬具屍體被送入這座死者之城。接下來，我們轉彎，哇！一開始就是骨頭。地下墓穴是一連串的低矮寬敞的房間，人骨以各種樣式貼著牆面堆疊，可能有兩公尺之深。每一個有柵欄相隔、後面堆放一堆骨頭的房間，都至少有一間以上的其他連通空間。某些房間有主題——但其實就是一堆堆對著觀光客大笑的頭骨，旁邊有一塊匾額，上面的文字是在此止步——這裡是死亡帝國。希望禮品店裡有這個匾額的複製品，因為我想要買一個送給瑪麗艾莉絲，讓她可以掛在她家廚房裡面。

我們轉彎，看到了一堆又重又長、末端為球狀的人骨，我開口說道：「這一定是股骨室……」

我們停頓了一會兒，佯裝充滿興趣地盯著一堆骨頭，就在這個時候，某個加拿大觀光團經過，頻頻拍照，其中一個女孩的步伐稍微落後，正忙著發出自拍照（#浪漫人骨），我真想伸腳絆倒她。

等到他們前往另一個房間的時候，娜塔莉回頭看了一下我們剛剛過來的那個方向，迅速給了我一個提示訊號。她帶路，繞過某根以脊椎骨組合而成的花俏廊柱，到達了石牆的某座小門。我從自己的霹靂腰包裡拿出一組環形棒針，目前正在編織的是暗沉石灰色的莫比烏斯式羊毛圍巾。瑪麗艾莉絲早就已經準備就緒，向我解釋如何拆開圍巾、鬆開針腳，讓棒針完全裸露出來。然後，迅速轉動一下，棒針的兩端蓋頭就鬆開了。裡面藏有一根堅固的細鐵絲，我遞給娜塔莉，而她趁這時候從錢包裡抽出某張信用卡。我按下卡片的其中一角，亮了，這是我們在五金店買鐵絲時發現的小型手電筒。她彎腰，開始工作，把鐵絲扭入小門的鑰匙孔裡。她閉上眼睛，憑感覺撬鎖，而我則在一旁穩穩持燈。

我聽到房間的另一頭出現導遊以日語在背誦史實的微弱人聲。我沒有催促小娜，只是把燈源對準她的工作區。旅行團的聲音越來越明顯，我能夠聽出他們的手機相機喀擦不斷，還有雨衣的窸窣聲響。

娜塔莉低聲咒罵。

我終於開口，「妳大概還有四秒鐘的時間……」

她再次閉眼，深吸氣，迅速轉動手腕，開了，她猛力拉門。金屬發出恐怖的刮擦聲響，不過，我們已經大有斬獲。我們鑽進去，掩門，整個人撲地平躺，那裡有個凹陷處，而且這道門被陰影籠罩。只要沒有人湊過來細看，我們就可以等到旅行團通過這裡之後，繼續幹活。

我們肩並肩躺在一起，緊閉雙眼，幾乎不敢呼吸。突然，我知道不是只有我們兩個人。吱嘎作響的腳步聲越來越靠近，我透過睫毛偷看，發現有兩隻小小的運動鞋，鞋底附近有燈光不停閃爍。

有人彎身低頭，出現的是一張小臉，透過大門柵欄往裡面瞧。是一個男孩，可能是七、八歲吧，他用日語問道：「妳們是誰？」

我微笑說道：「我是女魔頭，我要吃掉你的靈魂……」而且還以雙手擺出伸爪的動作，他尖叫溜走，趕緊去找他的母親。

他拉住她的外套，伸手指向我們的幽暗藏身處，不過，他母親指責他撒謊，還把他推到下一個房間。

娜塔莉努力站了起來，拍了一下衣服上的灰塵，「真有必要搞成這樣嗎？」

「不就把他趕走了嗎？」我努力把毛線線頭綁在大門上面，把一件塑膠雨衣丟給她，「我們現在去探險吧。」

# 29

經過了四個小時，大約轉彎五十次之後，我們停下腳步。娜塔莉在自己的包包裡東翻西找，挖出我們之前在運動用品店買的一瓶水與能量膠，味道很恐怖，但的確效果很好，在我們探勘周邊環境的時候，為我們補充了滿滿的元氣。

娜塔莉正忙著比對十幾張各種地圖與描圖紙、我們帶來的計步器，以及掛在她項鍊尾端的小羅盤。

她指向卡在硬石裡的一小段樓梯，「就是這裡了……」我們爬上去，避開了一些破損的階面，終於到了一道鑲嵌在岩面裡的古門。門框很牢靠，而且古老的橡木大門本身也很堅固。門鎖生鏽，鉸鏈已經碎裂成一坨坨的紅色鏽灰。娜塔莉本來想要撬鎖，但我這時候已經累壞了，隨手撿了個破石頭，狠狠敲了兩下，門鎖落地。

她說道：「要保持優雅啊……」

「娜塔莉，我很累了。我全身沾滿了至少有百分之七十來自死人的泥巴，而且我很餓，不要考驗我的耐心了。」

鉸鏈搖搖欲墜，足以讓我們兩人把大門拉開到能夠鑽進去的程度，我們沒有讓它全開——總是要提防可能有人會經過，不需要張揚我們出現在此。在我們這一路的探勘過程當中，沒有看到任何人，能一直這樣下去最好。我們進入某間早已被荒棄多時的酒窖，酒桶全空，結滿了蜘蛛網，我以手電筒對準酒桶的模版印字，差點發出大聲歡呼，阿爾上博。娜塔莉指了一下，得意洋洋地看了我一眼。

我以圓滑態度稱讚她，「娜塔莉，妳像品時樂廠牌的新月麵包一樣鬆軟不可靠，不過妳的方向感真是媽的超強……」我刻意沒提我們轉錯彎進入死路的那些時間，找到了，這才是重點。

我們穿過酒窖，走上某層階梯，進入了真正的地下室。裡面堆滿了破舊的嬰兒床、全空的細頸大酒瓶、一堆爛掉的《巴黎競賽》週刊，還有因歷史久遠而捲角的報紙。到處都有窸窣聲響——無庸置疑，鐵定是老鼠——不過，看起來沒有其他生物。我們小心翼翼繞過堆積物，朝對面的那一道牆走去。一切開始得太容易了，一看到有障礙，反而讓我鬆了一口氣。我不是悲觀主義者，不過，所有工作都會出現複雜難題，最好是在一開始就解決。而我們的複雜難題是安裝在加強型鋼門之上的，明亮又閃閃發光的全新生物識別鎖。

娜塔莉轉頭看我，罵了一聲髒話，「我打不開，即使有這個能耐，我也沒有工具。」

我四處尋找其他的破門方式，有時候，當打開門鎖無望的時候，天神會露出微笑，大門另一頭的鉸鏈會助你一臂之力。敲爛鉸鏈是浩大工程，而且我們沒有槌子，但不重要。門框的刮痕顯示這是重新安裝的門，鉸鏈安全固定在房屋的內側。

我搖頭，「這個鎖比浸信會的處女還緊，算了吧。」

我們在地下室裡四處走動，找尋其他可以闖進去的方法。就在我們打算放棄，正準備要離開的時候，小娜看到了。她跪下來，稍微呻吟了一下，然後推開了一堆雜誌，有一些囓齒動物的骨頭順勢飛出，我趕緊把它們揮開。

「我就說怎麼可能已經看不到骨頭了……」我跪在她旁邊問道：「妳發現了什麼？」

她正在以指尖搬動鑲嵌在岩壁的某一塊面板，不超過一平方公尺的薄木，推一下就鬆動了。腐臭又潮濕的空氣，從後方的黑暗空洞撲鼻而來。

我對她說道：「娜塔莉，要是妳剛剛打開了第七封印，引發了世界末日，麻煩先告訴我一聲……」

她拿著手電筒對著洞裡照了一下，她的頭和肩膀都鑽了進去。當她探身出來的時候，哈哈大笑。

「那是水電瓦斯通道，全都是管線……」她伸手指向在一片漆黑之中蜿蜒前行的纏結管線地帶，「我等一下會沿著它進去。妳待在這裡，如果我十五分鐘後沒有回來，就去找人幫忙。」

「找人幫忙？我不是應該進去救妳嗎？」

「不行，」她扭動身軀進去，「如果我沒有回來，那就表示我被卡住了，如果連我都被卡住了，妳絕對擠不過去。」

我對著她已經消失的屁股問話，「妳這話是不是在罵我胖？」她的手電筒微光消失無蹤，我又坐在地上，盯著自己手錶發亮的顯示盤面。我關掉了光，坐在一片漆黑之中。現在浪費電池沒有意義，這裡唯一的威脅就是某隻過於熱情的老鼠，或是誤把我的假髮當成方便棲地的蜘蛛。我每隔五分鐘就會看一下手錶，測試自己的時間感到底有多麼準確。當你沒有任何視覺線索可以依靠的時候，很容易就會失去感知力。時間一分一秒過去，完全看不見娜塔莉的蹤影。我已經做出了決定，她剛剛叫我向外求援，我就當沒聽到了——我該怎麼向當局解釋這一切？而且，瑪麗艾莉絲和海倫對於狹窄空間一直不在行，我也不是很喜歡，不過，對於那種需要逼迫自己，測試無法自我移動之輕微不適感極限的任務，我從來不曾說不，這是一種自我鍛鍊的方式。正當我下定決心要去找她的時候，我看到那一抹光又出現了。她狼狽不堪，雨衣碎爛，運動鞋沾滿了蜘蛛網，不過她在笑。

「找到了嗎？」我伸手，把她拉出牆面破口。

「找到了，」她的笑意更加燦爛，「而且他永遠猜不到。」

我們從地下室爬出去，穿過酒窖，回到了地下墓穴，沿著我留下的骯髒毛線前行，終於到達門口。回程就快多了，現在我們已經知道了怎麼走，大約就是二十分鐘。我們脫掉破爛的雨衣，把它們整齊捲好，塞入我們的口袋裡。現在我們的衣服外面罩上了全新雨衣，遮蓋了最明顯的污漬。我們撣去假髮的灰塵，以嬰兒濕巾擦去臉龐的污垢。當我們從地下墓穴走入禮品店時，我們以德語暢聊這裡的氛圍，我們臉色紅潤，只是衣裝稍微有些狼狽。某個昏昏欲睡的職員在櫃檯按了兩下計算人數，我們露出淺笑揮手致意。

當我們一派悠閒沿著拉斯帕伊大道走回飯店的時候，娜塔莉簡述了一下計劃。我想盡辦法找出破綻，不過，對於一切問題，她都講得出答案。

「這創意超強，」我終於老實承認，「但會是艱難任務。」

娜塔莉大笑，「就跟以前一樣啊。」

# 30

第二天，我們幾乎睡了一整天，一直等到快要傍晚的時候，四人才動身前往地下墓穴。我們身穿乾淨慢跑服，各式各樣的口袋裡都塞滿了補給品。食物、飲水，還有從我們最喜歡的小販那裡買來的全新艾菲爾鐵塔雨衣。瑪麗艾莉絲和海倫跟我們一起過去，湊成了四人組。前一天晚上，我們待在海倫和娜塔莉的飯店房間裡一起開作戰會議時，我們已經向她們解釋過了，我們需要額外人手。當時的我們已經洗了兩次澡，頭髮還濕漉漉，已經開始忙著吃東西。

娜塔莉一邊吃外帶越南菜，一邊開始解釋，「地下墓穴的工作人員會以小型銀色計數器追蹤進出人數……」

瑪麗艾莉絲皺眉，盯著她的順化牛肉河粉，「就像是遊樂園旋轉椅設施使用的那一種？」

「沒錯，」娜塔莉回她，「這不是什麼先進技術，他們有攝影機，不過，只要數字兜得起來，他們就沒有理由檢查攝影機畫面。」

海倫百無聊賴，把越南春捲翻來翻去，「瑪麗艾莉絲和我應該要負責這件事，既然我們不能實際參與，至少做到這一點不成問題。」

「最後一塊就由我來，」瑪麗艾莉絲指著海倫的春捲，直接拿起來放入她的牛肉湯裡面。她緊盯我的食物不放，我趕緊伸手護住我的容器。

「妳要是敢動我的烤肉米粉，等一下妳縮回去的時候就會變成血淋淋的殘手……」在警告她的同時，我又舀了一塊豬肉餅。

瑪麗艾莉絲咕噥了幾句，不過還是乖乖坐回她的座位，「為什麼妳……」她以春捲指著我，「還有妳……」她的春捲又揮向娜塔莉，「不能跟今天晚上一樣？直接從地下墓穴出來？這樣的話，計數器就會準確無誤。」

「因為地下墓穴在晚上八點半關門，我們要過了午夜之後才能開始工作，」我告訴她，「要這一招奏效，必須趁卡拉帕茲睡著的時候。」

娜塔莉詳盡說明了計劃的其他部分，我們一邊琢磨細節，一邊吃著笑臉形狀的椰子小果凍。瑪麗艾莉絲列出一長串我們要增補的物資，還有哪些商店會賣我們的必需品。不過，海倫的話不多，幾乎沒有動她盤子上的椰子果凍，而當我們回到房間的時候，瑪麗艾莉絲瞄了我一眼。

「怎樣？」我累得半死，覺得飯店房間裡有一股淡淡的噁心氣味。

「我很擔心海倫，她幾乎沒吃東西，宛若整個人的光采都消失無蹤。」

「她還在哀傷情緒裡走不出來……」我又猛吸鼻子狂聞，空氣中真的有某股消散不去的味道，我移到窗簾那裡，嗅了一下，什麼都沒有。

「不只是這樣，」瑪麗艾莉絲一邊對我講話，一邊把睡衣從頭上套下去。她的史奴比睡衣丟在安菲屈蒂號了，不過，她現在已經找到了及膝足球運動衫的替用品，「但我不知道問題是什麼。」

我心不在焉地回道：「她得了易普症……」

「易普症？」

「這是棒球術語。有時候，投手會失去某種投球能力。也許他們本來一直都能把快速球投到本壘板的正中央。不過，某天醒來之後，它就這麼……消失不見了。無論他們做什麼，都找不到那種球路。他們得了易普症，而海倫就是得了易普症。」

「妳認為這是和工作有關？」

我走到床邊，開始嗅聞被單，「我知道一定是。」

我抬頭望著瑪麗艾莉絲，她隔著自己的半框眼鏡盯著我，一臉疑惑。

我坐在床上，「好，我當時什麼都沒說，不過，在傑克遜廣場的時候，我向海倫打暗號要狙殺史威尼。」

瑪麗艾莉絲眨眼，「妳有啊？」

「對，但是她畏怯了，整個人愣在那裡，所以我才自己動手殺了他。」

她低聲吹口哨，「靠，但我們一直指責妳偷偷搶功。妳為什麼都不吭氣？」

我聳聳肩，「指責海倫對她又不會有好處，對於易普症必須要小心處理，非常棘手。」

我拿起枕頭，仔細嗅聞，除了清潔劑的味道之外，什麼都沒有。

「那麼投手們要怎麼治療易普症？」

「就不管啊。等它們自行消失，期盼哪一天醒來的時候，就完全不見了。」

「要是它們永遠不離開呢？」

「那就只能被降到小聯盟，坐在冷板凳上面等到合約結束，最後淪落到當少棒聯盟的教練，教六歲小混蛋打球。」

「六歲小孩不可能是混蛋，」瑪麗艾莉絲說道：「妳會這麼想，顯然吐露了妳的許多真心話。」

「對，這也證明了妳一定從來沒遇過六歲的孩子。」

我抓起床被一角，仔細聞了一下。

「比莉，我很喜歡妳，但這件事我得要管，那股味道是從妳自己身上冒出來的，妳再去洗一次澡。」

# 31

第二天，我們依循瑪麗艾莉絲制定的程序行事。我們吃得很好，有條不紊地買完了購物清單的物品，一切準備就緒。娜塔莉和我努力把所有必要物資塞滿口袋，還戴了雙層霹靂腰包，把備份物資藏在防風外套裡面。天氣轉為濕冷，我們一群人窩在隊伍裡。我們戴上金屬灰色假髮，花了幾分鐘的時間以修容組化老妝，為自己的外表增添了約十歲左右。義大利青少年插隊，當這群小兔崽子的頭頭與他的朋友會合，踩到我鞋子的時候，我死瞪著他，正準備要拿出我的棒針，瑪麗艾莉絲抓住了我的手臂。

她低聲說道：「不要惹是生非……」

「我又沒有要殺他，」我喃喃回話，「不過稍微刺他一下，也許能讓他學到一點禮貌而已。」

她向我保證，「專心工作，等到我們進去之後，我會絆倒他。」

我回她，「這就是真正的友情……」

我們過了安檢，穿過展示間，進入了各個人骨室。海倫臉色發白，呼吸變得短淺，我以手肘推了一下瑪麗艾莉絲，「盡快把她帶到出口，底下的空氣很糟糕，她氣色不太好。」

這段話不小心被海倫聽到了，她勉強擠出微笑，「比莉，我沒事，只是味道有點重而已。」

「發霉的人骨……」小娜興高采烈，她東張西望，「準備好了嗎？」

我們其他人說道：「準備好了……」瑪麗艾莉絲與海倫看了我們最後一眼，走開了，開始對著那一堆堆人骨緩慢繞圈，她們花了一點時間，一直沒發現合適的對象，不過，半個小時之後，有兩個身穿巴黎迪士尼樂園運動衫、比較年輕的女子晃進來，她們在抱怨這個地方好髒，我真的可以感受到在另外一頭的瑪麗艾莉絲笑得好開心，她們很完美。她拿著多餘的雨衣過去攀談，還花了好幾分鐘的時間跟她們開心聊天，那兩名女子一開始的時候很警覺，可能是以為她要錢，不過，聊了一會兒之後，她們收下雨衣，套在身上。計劃內容是讓瑪麗艾莉絲與海倫在出口處碰撞工作人員，讓對方手中的計數器落地。當她們把它撿起來，趁著遞送回去的時候快速按個兩下，簡直是輕而易舉，不過，萬一失敗的話，他們會發現兩名客人還在地下墓穴，就會開始調出監視器畫面。而錄影內容會顯示有四名身著艾菲爾鐵塔雨衣的女性進去，而且也有四名身著艾菲爾鐵塔雨衣的女性出來。他們會在那個時候進行全面搜查，當地下墓穴工作人員發現根本找不到人的時候，應該就是聳聳肩，然後直接鎖門過夜。

我們等待了一會兒，讓晚餐寂靜時段之前的最後一批洶湧觀光客人潮離開，而晚間還有另一波人潮，不過，到了那個時候，我們早就出發了，我們會利用這兩波遊客之間的空檔，再次溜進那一道門。重新上鎖遠比第一次撬門的難度高多了，不過，不留下任何人從那裡穿越而過的痕跡，是不可或缺的步驟。

我們在隧道裡繞上繞下，轉彎，一直朝西北方前進。我們在某個小小的舒適角落停下腳步，窩在太空毯裡面——底下很冷——補充了一些營養。我們玩猜字遊戲，輪流打盹，又要出發的時候終於到來了。我們抵達阿爾上博家族酒窖的時候，暫停了一下，最後一次檢查自己的裝備，然後進入地下室。我們迅速環顧四周，發現從昨天之後並沒有任何東西被人移動過，蜘蛛網完好，一疊疊《巴黎競賽》的週刊仍然搖搖欲墜。娜塔莉火速取下木板，我們好整以暇地戴上頭燈，輕輕鬆鬆進入水電瓦斯通道，在前方引路的是娜塔莉。

這裡沒有多少空間，我們必須側身移動，背貼岩牆，胸部磨擦管線。走了大約五公尺之後，管線垂直轉彎，通道亦然。這個區域顯然曾經是煙囪，兩側是老舊磚頭，間隙之間灰泥已然剝落。我拿出一個鎂粉袋，伸入手指，然後把它遞給了小娜。我們都穿著登山鞋，薄鞋底，抓地力強大。當我們向上爬，在磚塊之間的縫隙中尋找手腳的支撐點時，幾乎可以想像自己正在健身房攀岩牆上的畫面。我們沒有爬多高——大約是四點五公尺左右——小娜就停下來，將雙腳卡在某個壁架上面。管道呈九十度角彎曲；我們就在浴室外面。娜塔莉的前方是一個開口，面積差不多與地下室開口一樣大，與室內區域之間有一塊以鎖夾固定的金屬板相隔。

小娜取出瑞士刀，啪一聲彈開，露出了扁頭螺絲刀的附頭。她才剛剛舉起手，想把它插入第一個鎖夾的時候，我們聽到了口哨聲。小娜的手裡還拿著工具，整個人僵住了，瞪大雙眼盯著我。一開始的時候只是某個低沉單音，然後轉為輕鬆旋律，我花了一分鐘才想起這是什麼歌，不過，當答案浮現的時候，就讓我差點笑了出來。

我張嘴，默聲對娜塔莉說道：「是〈放克名流〉。」

我們等到樂音逐漸消失，接下來是金屬碰撞聲，然後是沖馬桶的嘩啦水聲。髒水沿著我們身旁的管線咕嚕嚕流下去，娜塔莉做出想吐的動作。我低聲說道：「天吶，希望只是尿尿就好。」她對我揮揮手，我做出了全世界都懂的拉上嘴唇拉鍊的閉嘴手勢。她拍了一下手錶，我點頭。現在時間剛過凌晨一點，希望剛剛的那一次深夜如廁表示卡拉帕茲很快就會再次入睡。

為了保險起見，我們又等了半小時之後，娜塔莉才繼續工作。她花了許多時間撬開每一個金屬夾扣，一開始是兩側，然後是頂部。等到大功告成之後，她向我示意，我擠到了她的旁邊。那一塊金屬面板不僅只是板子，而是盒子——卡拉帕茲浴室裡的藥櫃。我們一起慢慢把它往前移動，讓它移位。整個任務當中最困難的部分，就是要把藥櫃移入浴室，而且要以全然無聲的方式把它放在洗手台上面。在藥櫃原來的位置，露出了一個長方形的缺口，娜塔莉把頭伸出去，查看浴室後，對我豎起大拇指，我們繼續進行第二階段。我纏結十指做出花繩狀，給予小娜助力，讓她得以越過缺口邊緣。她搖搖晃晃進去了，過了一會兒，再次伸手進來，又對我比了一個大拇指。

我比小娜稍微高一點，自己抬身翻過去容易多了。那個洗手台是一塊現代風格的水泥板，放置了小化石作為點綴，看不到任何漱洗用品，上頭放置了一個深灰色光滑玻璃水槽，我慢慢移動到洗手台，整個人跨坐在水槽上面。小娜伸手扶我下來，讓我站在長毛地毯上面。我們身處在一片寂靜之中，傾聽是否有動作聲響。卡拉帕茲在床上翻身，發出微弱窸窣聲，隨之而來的是連綿放屁聲，接下來是鼾聲大作。

天吶，我愛男人，但他們好噁心。我們又等了幾分鐘，確認他再次入睡之後，我們才溜出浴室。床邊桌的燈依然還亮著，發出柔光，我們在門口停下腳步，觀察狀況，想必他是在看書的時候睡著了。床上有一個攤開的檔案夾，鼻樑還掛著老花眼鏡。娜塔莉先移動，悄悄走過鑲木地板。看到了浴室的現代化暴行之後，我一直擔心他會改建老屋的精華部分，不過，看到他依然保留原始的地板，讓我覺得鬆了一口氣。我們走了一大段距離，才終於到達放置在房間另一頭的那張床——美規的寬敞低矮特大雙人床，在巴黎似乎顯得太奢侈了。房間很溫暖；顯然他不知道在什麼時候安裝了中央供暖系統，他把羽絨被夾纏在腿間，可能是本來打算要踢被，這不禁讓我懷疑，也許他睡得並不好。

*賤貨，你良心不安嗎？*我跟在娜塔莉後面，終於走到了床尾，我們開始分道而行，她進攻右側，我往左側前進。他整個人平躺，張開的嘴巴不斷發出淺鼾聲響，其中一隻手藏在自己的枕頭下面，我對小娜迅速點點頭，不需要聰明絕頂也知道下面藏著一把槍，而且他連在睡夢中都死抓不放。

小娜盯著他的手臂，點頭。他的手槍握把在我這一側，也就是我必須在小娜完成任務的時候負責牽制他。她再次取出自己的可靠瑞士刀，這一次，她選擇的是最長的刀鋒，它只有五公分的長度，不過，她早已把它磨得超級鋒利。剛才我們窩在隧道裡打發時間的時候，曾經討論過她應該要攻擊他的哪一個部位，我喜歡的是鎖骨下動脈，不過娜塔莉偏好的是頸動脈。

我們隔床對望，張口默聲計數。

一，二，三。

我們之前應該要討論一下，是要在把三講出口的那一刻還是之後展開行動。我本來以為的節奏是一—二—三—動手！不過，娜塔莉卻在三出現的那一刻跳起來，我慢了半拍。她跳上床，將刀刃插入他下巴下方，狠狠向下斜切。他瞬間睜開眼，就在我衝向他的那一刻，他發出怒吼。他的手依然放在枕頭下方，但想必已經出於反射性動作扣下板機，因為某顆子彈呼嘯而出，穿透枕頭，空中有羽絨在亂飛。他的脖子鮮血狂噴，宛若加油站幫浦一樣，他的另一隻手扣住小娜的脖子，她把刀插入他的手臂，劃開他睡衣的袖子。她的運氣很好；因為她戳中了他的尺動脈，噴出了弧狀鮮血。

這一切發生都只在短短數秒之內而已，不過，卻足以引發混亂。他流血不止，坐在鮮血噴泉之中，但還是竭盡全力按下了床頭櫃的某個按鈕。警報大響，刺耳又淒厲，我可以聽到樓下傳出某隻看門犬在嚎叫，聲音宛若《巴斯克維爾的獵犬》的魔犬主角。有人砰砰跑上樓梯，我們趕緊從床上滾下來。我也不知道為什麼，在逃跑的時候抓起了檔案夾。卡拉帕茲快死了，但是他並沒有輕易放棄，依然拿著槍，他開了兩槍，其中一發剛好擦到我的肩頭，我們以飛快的速度衝入浴室。娜塔莉砰一聲關上門，鎖好，我則撲向窗戶，用力打開它。

小娜飛撲進入水電瓦斯通道的缺口，對我咬牙切齒，「靠妳到底在幹什麼？趕快啊！」

我把檔案塞入我的襯衫，靠胸罩把它固定好。然後，我奮力躍身進入管線通道，就在傳出第一波猛攻浴室門的碰撞聲響時，我們已經把藥櫃放回原位，但現在沒有時間把它固定好，只能祈禱它會乖乖留在原位。我們趕緊沿通道而下，在回到地面的過程中差一點就直接摔下去。娜塔莉已經離開通道，回到了地下室，就在這個時候，藥櫃在槍林彈雨之中往後飛，前面的鏡子撞到磚頭而碎裂，我低頭的時候，碎片宛若雨點落在我身上。我快要到達底部了，不過，卡拉帕茲的保鏢已經探身進來，他們都是大塊頭，像美式足球線衛一樣壯碩，當然不可能進入通道。不過他們有槍，而且立刻開火，他們對著一片漆黑亂射，子彈從磚面彈飛，瓦礫碎片飛入我的髮中。他們遲早會有人想到要拿手電筒，不過，他們還來不及這麼做，已經有一雙手抓住我的腳踝，拚命拉扯。娜塔莉把我拉入地下室，我們氣喘吁吁爬起來，完全不敢停下腳步，擔心那些殺手中是不是有哪個人驚覺這個通道是如何嵌入這座豪宅的肌理之中。

所以我們奔跑穿越地下室，撞倒了一堆堆的《巴黎競賽》週刊。當它們倒下的時候，我靈機一動，擦了一下打火機，紙張潮濕又長滿霉斑，不過還是點著了。

等到我們好不容易衝出酒窖，硬是把門關上的時候，裡面已經充滿煙塵。我們繼續匆匆前行，在對他們來說就算有心也因為狹窄而無法跟進的那些通道之中，蜿蜒轉彎了好幾個小時之久，空氣變得越來越冷濕，充滿了我根本不想知道是什麼的臭味。

娜塔莉得喘口氣，我們暫停腳步。她的臉色很差，她捂著身體側腹，似乎是胸肋劇痛。我的運動衫因為肩傷浸滿了血，小娜指著那裡，氣喘吁吁問道：「妳……還好嗎？」

我言簡意賅地回道：「擦傷……」我環顧四周，但這地方看起來很陌生，我問道：「妳知道我們在哪裡嗎？」

她搖搖頭，要不是因為我沒那個氣力，我早就開口飆髒話了。我把一支能量膠塞入她嘴裡，然後我們從頭再來。我們進入某條寬度足以容納小路的隧道，兩側有許多門通往它處。我推開第一扇門，發現了一段樓梯，我拖著娜塔莉上去，終於看到了某道上鎖的大門。她幾乎已經氣力用盡，不過還是努力振作，搓手，回復一些暖意，最後，她終於能夠取出霹靂腰包中的鐵絲，把鎖撬開。

這道門通往某個石屋，空間狹小，沒有窗戶，角落放了一堆花盆，裡面放置了幾個生鏽的手作工具。我說道：「看起來像什麼場地管理員的小屋。」對面那面牆有門，但是沒有上鎖。我不覺得意外，裡面根本沒有值得偷的東西。我們開了門，冰冷空氣噴湧而來，但感覺很清新。我們進入了某處輕靈脫俗的地景，放眼望去是一大片白色石材十字架，放眼所及都是。而正中央的某座低矮小丘，矗立了一座圓塔。

我哈哈大笑。

「歡迎來到蒙帕納斯公墓，」我伸出手臂環抱她的肩，「我們成功了。」

# 32

一九八一年七月

他們身穿顏色最深的衣物，還有橡膠鞋底的鞋子，溜出了帳篷，進入了開鑿的坑洞。隧道入口已經堆滿了支撐的木材，他們小心翼翼地鑽進去。提耶利．卡拉帕茲揹了個小背包；而其他人都攜帶手電筒、某些可以裝入口袋的小型工具。隧道內的空氣悶熱潮濕，等到他們抵達地下室的時候，每一個人都汗流浹背。他們靠著凡斯．吉爾克里斯特的礦工頭燈光線，默默魚貫前進。當他們進入主屋地下室的時候，他關掉了燈，大家蹲在這個涼爽又漆黑的世界之中等待了幾分鐘，讓眼睛適應環境。這是他們第三次進入地下室探勘，除了堆積如山的空橄欖油罐以及大量蒼蠅死屍之外，這個石牆空間裡什麼也沒有。有一條電話線沿著某個牆面蜿蜒而下，被瑪麗艾莉絲剪斷，女爵豪宅與外在世界已經徹底斷聯。

豪宅大門外有一小段台階，娜塔莉被指派的任務是帶著一組工具過去，為鉸鏈上油，撬開門鎖。她完全憑手感工作，大功告成之後，她吹了一聲輕柔的口哨。他們到了台階與她會合，等待凡斯發出模仿花園鳥囀的信號。他發號施令，叫他們一個接著一個溜入有昏暗夜燈的廚房。廚房又小又髒，就是靠著薄薄隔牆從用餐區分割出的一小塊地方。爐子很小，以繩索拴在某個瓦斯桶上面，跪在一旁的是卡拉帕茲。他默默開始打開自己的工具，而凡斯與那些女孩則分開行動。瑪麗艾莉絲負責提供卡拉帕茲需要的一切支援，而海倫和娜塔莉則等待信號一發出之後，就立刻動手搬運藝術品。

三個月之前，有一名偽裝成水電工的「來源處」幹員進入屋內，憑記憶畫下了某張地圖——他們現在已經全部牢記在心的地圖。比莉在心中已經走過這些陰暗房間有上千次之多，她一邊走，一邊計算腳步，跟在凡斯後面，穿過了用餐區，沿著某條又低又寬的走道前行，到達了女爵的臥房。凡斯暫停腳步，把手擱在門把上面，一直等到他們聽到了床墊吱嘎作響，以及充滿喉音的低沉呼吸聲。

他推開房門，走了進去。就在那一瞬間，床頭燈啪一聲亮了。女爵醒過來，一手拿著左輪手槍，另一手拿著電話。

凡斯舉起雙手，微笑，「晚安。」

他並沒有講出謊言安慰她，也沒有佯裝一切不會有事，這一點讓比莉很尊敬他。女爵開始以德語滔滔狂罵，她對著電話，也就是自己的管家們大聲叫喊，吐出了一連串的子音。不過，沒有人來，在最後一刻，她似乎明白了。

她丟了電話，以那隻手托住左輪手槍，穩定重心。她把槍對準凡斯時，比莉走入房間。在這種狀況下，這是標準程序，也是他們在受訓時學到的應對方式。兩個同時出現的可能射擊位置，會讓他們的下手對象感到困惑，藉此讓他們爭取更多時間。

「沒關係，」凡斯語氣自信，「要是她還沒開槍，那就表示不會了。」

他最後一個字還沒說完，女爵已經開火，子彈擊中他的衣領，他低聲嚷嚷：「天啊……」他緊緊抓住剛剛子彈擦過皮膚、留下焦痕的地方，而子彈現在已經落在後方牆面的某幅畫作裡面。

在女爵再次扣下板機之前，比莉握住女爵的手。比莉覺得自己的掌心裡包了一堆鳥骨，皮膚冰冷，死氣沉沉，餘肉已經全部消失，只剩下孱弱骨架。

她抬頭盯著比莉，滿是仇恨的雙眼又黑又亮。她說了一些比莉幾乎聽不清楚的話，因為小房間裡的槍響依然害她耳鳴不已。在比莉走到女爵身邊的這段時間，她趁機掃視了床邊桌，看到裝滿棒針織品的籃子，有一雙長型金屬棒針，插在一坨坨的毛線團裡面。

比莉揚手，女爵完全無感，只發覺有人朝自己鎖骨後方斜刺了一下。然後，比莉移開自己的拳頭，一股溫熱感隨即而來，濕血噴湧。鎖骨下動脈擁有「血井」之名，因為只要有人以乾淨俐落手法截斷了它，它就會大量噴血。健康年輕人在兩分鐘之內就會因為這類傷口失血而身亡，而女爵整個人已經開始往下陷落。她的嘴張了幾次，但什麼也沒說出口。她沒有閉上眼睛，而是盯著比莉，最後的生息從她身上慢慢流逝，她看到的最後一眼是某個金髮女孩露出大功告成的滿足微笑。

凡斯的手捂住脖子，指縫間滲出鮮血，他的臉扭曲成為一張憤怒面具，比莉這才驚覺自己做了什麼，已經為時晚矣。「博物館」上次處決納粹分子已經是十多年前的事了，而這本來應該要由凡斯動手才是。

他聲音嘶啞，「她是我的……」

「她對你開槍……」

凡斯向她逼近，整張臉靠得好近，她已經能夠在他的瞳孔裡看見自己的映影，上下顛倒且非常渺小。

「她，是，我的。」

在那一瞬間，比莉本來以為他會出手揍她，而她的手指依然緊握著那根棒針，她不會先出手，但要是他碰她的話，她絕對不會不戰就直接屈從。

他將目光往下移，瞄了那根棒針，露出毫無幽默感的冷酷笑容，「小女孩，要是我打算因為這個原因懲罰妳，妳還沒看到我出現就已經掛了。妳不是我的對手，千萬不要再犯下這種自以為是的錯誤。我忘記的殺人方法比妳學到的還多，所以給我完成工作，不要在這裡礙事。」他下達命令，「取下這幅畫，它在清單裡面。」

她從牆上拿下那幅畫，匆匆走到用餐室，娜塔莉正在那裡忙著包裝最後一批畫。他們成了一條工作鏈，在黑暗掩護之下，將藝術品搬入地下室，最後，房子已經被清空，他們沿著隧道移動畫作，一邊往前走，一邊以碎片封住後面的地下室。她們小心翼翼堆疊畫作，而且又蓋了另一座殘骸小山進行保護，以免它們受到挖面的破壞。

全身髒兮兮又疲憊不堪的一行人，移到香蕉樹叢底下靜靜等待，卡拉帕茲將時間算得精準無比，正當她們站定在盈綠闊葉下方的時候，瓦斯桶爆炸，他早已在房子周邊撒出一條通往女爵臥房的油徑，窗戶遇到高溫而爆炸，他們緊盯不放，臉頰也感受到了熱氣。

娜塔莉驚呼，「我靠……」

這棟房子的牆壁宛若在吸氣，煙霧翻攪衝入夜空，比莉往前走，不過，屋頂瞬間坍塌，化為碎片急雨，屋樑轟然一聲瓦解，夜晚也隨之爆裂。

不過，農園與那裡完全隔絕，而且最近的鄰居遠在好幾公里之外，沒有人過來。當大火轉為悶燒灰燼時，他們準備去取畫。凡斯・吉爾克里斯特手持清單，只要認出了失而復得的畫作，他就會把它槓掉。

「梵谷，〈森林裡的女孩〉；卡拉瓦喬，〈女妖提西弗涅〉；布勒哲爾，〈瘟疫醫生〉。」

為了要運送這些藝術品，他們早已訂製了一組古吉拉特門，雕工繁複，但沒有什麼價值。每一道門都包括正面與背面的鑲板，周邊都包有以鐵釘固定的條片。他們的夜晚都在忙著拆除門底條片的鐵釘，這是海關最不可能會仔細檢查的部分。而那些小型撬棒也成為拆開沉重畫框、拔出將畫布固定於架內之小釘的工具，他們移出這些畫布之後，把它們塞入這些門的開口裡面，然後，這些門會再加上條片，運送到「博物館」旗下位於米蘭的某家進口傢俱企業。他們會在那裡整理畫作，重新裱框，悄悄送回當初慘遭掠奪的家族手中。「來源處」對於他們找尋失主的能力一向很自豪，他們會搜尋移民資料與藝廊型錄，最後拼湊出究竟應該要歸還何方。只要是無法物歸原主的藝術品，都會存放在某間有控制溫濕度設備的瑞士倉庫，期盼未來有一天能夠找到歸處。

凡斯說道：「索福尼斯巴．安圭索拉，〈示巴女王晨起〉……」他沒有提到角落的彈孔，比莉也是，不過，當畫作裡的那張面孔消失在藏匿空間的時候，她一直緊盯不放。

過了將近四十年之久，她才再次看到它。

# 33

我泡茶的時候，一直在對自己重複這句話，「解決了兩個，還有一個⋯⋯」它一直在我腦中不斷迴盪，宛若日復一日下個不停的滂沱大雨。我們回到英國才三天，這地方已經讓我越來越煩躁。首先，幹掉卡拉帕茲之後，我覺得自己就是個徹頭徹尾六十歲的人。我之前拋諸腦後的肌肉僵硬與痠痛，還有，我的關節與膝蓋都瘀青一片。瑪麗艾莉絲幫我縫合了肩傷——針腳綿密準確，縫得整整齊齊，不過，它卻癢得跟火在燒一樣，越癢，我越暴躁。

好幾天過去了，對於要如何找到凡斯・吉爾克里斯特依然一籌莫展，這也是令人頭痛的問題。我們開始互相挖苦，但這樣並沒有任何助益。過沒多久之後，大家都在屋內甩門，而且每個人都心懷報復，把自己的音樂開到最大聲，就是為了要蓋過其他人。娜塔莉以手機狂放麗珠的歌曲，對抗米恩卡在自己的筆記型電腦裡播放的「可愛金屬」樂團作品。海倫在閣樓挖出了一台依然堪用的可攜式唱機，甚至還找到了某張有一半扭曲變形的卡洛兒・金黑膠唱片，卻敵不過瑪麗艾莉絲在廚房收聽的英國國家廣播公司的巴洛克歌劇。正當歌手蒂朵發出最後一次尖叫的時候，我已經不行了，拿了一包香菸與筆記本，還有我們從卡拉帕茲家中拿走的檔案夾，進入花園的棚屋，我拿了幾個發霉的土壤覆蓋物大袋，做出一個簡單的沙發，坐下來，聆聽清水合唱團的音樂，以快要凍僵的手指拿著菸。如果現在是夏天的話，我身邊應該會有好奇的兔子或友善的老鼠作陪，不過，棚屋裡並沒有任何碧雅翠絲．波特筆下的那些角色。這裡涼風颼颼又潮濕，我的鼻尖已經因為寒冷而凍傷。

只要頒布格殺令時，「來源處」就會寄出一份彙整過的初步資料。這份包裹永遠就像是姑婆或姨婆會寄來的東西，有一封以私人特製信紙寫的嘮叨信函，加上一些剪報和雜誌的精選內容、食譜卡、針織圖案等等。「博物館」組訓的每個小隊都有根據受訓期而設計的專屬主題，我們所有的用紙紙頭都有一個小女孩俯視羊群的插圖，這是對康絲坦絲代號「女牧羊人」的戲仿，而且這些信件的署名永遠是「康絲坦絲阿姨」，只不過真正下筆的人是「來源處」的某名一般工作人員。我們不管信中寫了什麼，注意的反而是頂端的那張圖案，它會依照要傳達之訊息而出現細微差異。羊隻數目告訴我們的是距離暗殺還剩下幾個星期；女牧羊人面對的方向、拐杖絲帶的顏色——這一切都給了我們拼圖的另一片碎塊。而包裹裡的每一張紙都增添了更多細節，讓我們最後知道自己應該殺死誰，包括地點提示、暗殺對象的行為模式、個人興趣，以及明顯的弱點都一應俱全。

等到破解包裹密碼之後，擬定真正的計劃就落到我們身上了。我們會與「採購處」協調執行計劃的物資與後勤，他們還有一個小組會負責我們工作時所需要的一切、並且監控後續發展。一開始的時候，我們的計劃必須得到「展覽處」處長的批准，而等到我們證明了自我實力之後，就可以獨自醞釀計劃，而我也有一套自己的標準流程。

在收到包裹的那一天，我會騰出原本排定的所有行程時段，取消各項預約活動，重新安排我的自由譯者工作截止日期。然後，我會準備一盒伊夫牌香菸，以及母親在她拋棄我的那一天、不小心留下的銀色打火機。在打火機與香菸的旁邊，我會放置全新筆記本與提孔德羅加牌的鉛筆，把它的筆芯削得跟針尖一樣細。

接下來，我會倒一瓶大紅牌碳酸飲料加冰塊，就此坐定。等到我開始抽菸，聆聽冰塊裂開的聲響，讓空氣中瀰漫燃燒菸草與汽水的棉花糖氣息，過了一會兒之後，靈感才會出現。當我思考的時候，會同時玩弄打火機，把它當成念珠一樣，不斷刮擦上面的綠松石。

等到我把第一杯汽水喝了一半，被我當成菸灰缸的酚醛樹脂咖啡碟裡已經出現了好幾根菸蒂之後，就會開始振筆寫下想法。一開始時是隨便寫下的詞語、問題、各種可能性。關於這個部分，我不會進行任何篩選，純粹寫下我想到的一切。然後我會繼續下去，抽菸、寫東西、喝汽水，等到我因為伊夫牌香菸而頭痛、因為汽水而胃痛的時候，計劃就會生出來了，雖然只是雛形，但是所有的主要部分都不成問題。通常我還得要花幾天的時間細修，磨平粗糙表面，整理得有條不紊，最後擬定出漂亮的小巧方案。這是我四十年來的一貫行事方式，從來不曾讓我出包。

不過，我現在並沒有提孔德羅加牌的鉛筆或是伊夫牌香菸，而且我絕對不可能找到大紅牌汽水。我有一本從廉價商店買到的筆記本，上面畫有一籃子的小狗，還有聞起來像是泡泡糖口味的麥克筆。而我有自己的打火機，我把它從口袋裡拿出來，點燃了一支超難抽的香菸，也就是我們之前為犟瑟釀毒時剩下的原料，嗆口的廉價品，害我咳得直流眼淚，然後，我直接把它壓在靴底捻熄。我以拇指摩擦打火機，盯著上面的每一小塊綠松石，經過多年使用之後，它們已經變得無比光滑。它很重，而且不是很漂亮，我想當初一定是我母親從她的某個「男友」那裡偷來的東西。她有好多個，差不多都是同一個模樣，開著超炫的車子，完全被蒙在鼓裡的老婆。無論他們以什麼方法說服了她，讓她以為這次自己遇到了一個會長長久久照顧她的好男人，但她跟他們廝混在一起的時間就只有某個週末或是一年而已。她從來不曾發現任何蛛絲馬跡，或者也許她純粹就是眼不見為淨。她會甩動她的金髮，又塗上一層亮光唇膏，上了另一輛的雪佛蘭卡瑪洛，心想這一次可能會不一樣。

不過，這樣的結局一直沒有出現。她的年紀越來越大，但腦袋卻從來沒有變得更靈光，她好渴望被愛，但是孩子對她的愛並不足夠，不是合適的愛，所以我學會了要把它收回來，不要讓它成為她的負擔。當我對她沒有任何索求的時候，她最愛我了，所以我一直把那份愛放在心中，一直到她拋棄我的那一天才就此終止。她和某個男人跑了，當然，這次是前往加州。他有大肚腩，可以從撐開的襯衫縫看到肚臍，不過，他開的是凱迪拉克，而且有賺大錢的計劃。孩子會造成破局，但這一點並沒有澆熄她的想望；甚至可能根本沒有因此而稍作遲疑。她帶走了所有能夠方便典當的物品，所以我才會知道她忘了打火機。她本來可以靠它換一點汽油錢，或是史塔奇牌的胡桃捲餅乾。

一開始時，我本來希望她會叫我一起過去。我會拿這個打火機點燃生日蠟燭的。其實我沒有蛋糕——外婆沒有那種預算，而且她根本不記得我的生日。

不過，我從食物儲藏室的某個褪色盒子裡找到了一根斷掉的蠟燭，以我母親的打火機點燃它，其實我許下的願望，就跟之前我從五毛錢商店偷兔腳鑰匙圈時的願望一模一樣，重點只是為了要摩擦那個打火機。

這個願望一直沒有成真。我用打火機燒掉了她從洛杉磯威尼斯海灘寄過來的，告訴我那裡有多棒的那張明信片，不過她連讓我過去一趟的巴士車票都出不起。自此之後，我再也不會頻頻檢查郵件，也不再回顧過往。不過，我一直留著那個打火機。每當我想要燒掉自己的胸罩、成績單、懲戒通知、拒絕信，以及解僱通知書的時候，就會使用這個打火機。我把掉落的綠松石黏回去，重新補滿油，總是讓它保持光亮。我剛加入「博物館」的那幾年當中，經常搬來搬去。我偏好的是帶傢俱的租屋處，這樣一來就可以讓我輕輕鬆鬆帶著自己的資產——只有一個盒子而已，四處換地方。這些年來，盒內的物件發生了變化，但這個打火機一直都在，是我一定會隨身放在口袋裡的物品。我利用它來燒毀情資、點燃信號之火，而且在必要的時候讓烈酒著火。我第一次和塔佛納過夜時，我把它放在床邊桌，而我最後一次與他告別時，我拿它點菸，手抖得很厲害，幾乎點不著。它是某種護身符，而且一直不曾辜負我的期待。

但現在它卻失靈了。我在手裡不斷把玩，卻讓我覺得它冰冷又沉重。要如何找到凡斯，完全沒有任何頭緒，只有棚屋裡的刺骨寒意，還有手中那一塊銀色物的重量而已。我摩擦了一下，點燃微小的火焰，我把手放在焰光之上，感覺稍微暖和了一點，但這麼做的目的主要是殺時間，每操作一次，我的手掌都越貼越近。

我翻開從卡拉帕茲家中取走的那一個檔案夾，逐頁翻閱。無論當初是基於什麼直覺，逼我在離開之前隨手帶走了它，如今都證實了這的確很值得。它是我們四個人的檔案，呈交給董事會，號稱我們在收錢。這就像是所有為董事會準備的資料一樣，語氣近乎冷酷無情，鋪陳之證據宛若以麵包屑留下的痕跡一樣，讓董事們跟著它一路前進。我們每個人都有各自獨立的部分，還包括了污衊我們拿錢辦事所犯下的那些殺人案。我再次瀏覽我自己的那些頁面，仔細閱讀那些駭人聽聞的細節。笑死人了——我根本從來沒聽說過的下手目標，鮮少使用的方法。我覺得這整件事很草率，彷彿拼裝速度太快，或者，可能是由某個沒時間的人倉促處理。

我又點了一根菸——味道可能很難聞沒錯，不過，我需要尼古丁——我慢慢噴氣，做出了菸圈。這份檔案根本就是煙幕彈，是萬一有人問起我們的時候，隨時可以派上用場的道具。這份檔案是老派的那一種，硬紙板封面，邊側有長狀金屬扣夾。扣夾雙條穿過那些內頁的小圓孔，讓一切保持得整潔有序，還有小鉤固定扣夾的雙條，成了臨時的裝訂軸，也就表示這些紙頁可以像書本一樣閱讀，裡面還設計了足以平整翻閱頁面的溝槽。我彈開小鉤，拉直扣夾的雙條，然後鬆開了封面。我把每一頁都拿出來，終於看到了它，沿著某個內頁邊緣垂直排列的一小段編號。每個檔案都有這種代碼，如果你知道內情的話，就有可能解讀一系列的字母和數字之組合，每個參與編輯的人都會在這組代碼中加上自己姓名的首字字母及日期。等到它到達某名外勤幹員手中的時候，這組代號可能會佔據頁面的全部長度。而這個很短——只有一組首字字母與日期，從頭到尾編寫的就只有一個人。

我的手指劃過那組首字字母，想起了我與納歐蜜·尼迪雅之間的對話，努力思索我是否可能遺漏了什麼。過了一會兒之後，我又把檔案裝回去，將封面回歸原位。我想出了一些答案，不過，在沒有進一步資訊的狀況下，我也只能這麼做了。

我拿出米恩卡為我設定的手機，撥打納歐蜜的號碼。一陣長長的沉默之後，出現了罐頭語音。

「此號碼已經不再使用，若您認為這是錯誤訊息，請掛斷電話，稍後再試。」

我狠狠戳了一下「結束」鍵，破口大罵。這婊子換了電話號碼，就是不希望再接到我的電話。

我覺得自己已經沒剩下多少選項，所以只能試試看運氣了。我按下之前給馬丁的那一組有電話答錄機功能的號碼，接通之後，我按了密碼，本來以為會聽到一如往常的粗魯錄音回覆，「妳沒有任何新留言。」不過，我卻聽到對方以雀躍語氣說出我有新訊息，還問我是否要收聽。

我低聲說道：「蠢賤貨，當然啊……」

錄音系統不喜歡那樣的答覆，「我無法識別那種回應……」聽起來已經是預錄語音發火的極限了。

我說道：「好，麻煩了，再加上滿心歡喜的感謝……」

「請稍等。」

我聽了好幾秒只有靜電噪響的沉默之聲，終於接通了，是馬丁，聽起來比我記憶中的年輕，而且還很急促，彷彿擔心被人聽到一樣。

「比莉，我是馬丁，我覺得我聽到了什麼，但也可能不是，我不確定。不過，我得要把某些檔案交給凡斯，我去了洗手間，等到我回來的時候，他正在講電話，他沒有聽到我的聲音，所以我……靠，我就偷聽到了，好，我不知道到底是什麼意思，不過他講出同樣的字詞有兩次，托爾馬許（Toll mash）我知道這聽起來很蠢，而且我居然認為這可能有用，我應該會覺得自己真是豬頭，但我的心情很糟糕，我的意思是，比莉，妳一直對我很好，我……我得掛電話了，托爾馬許，希望對妳有幫助。」

我按下「通話結束鍵」，盯著手機，腦中不停翻攪這個字詞。托爾馬許，我根本連那東西是什麼模樣都想像不出來。聽起來像是摔角招術，或是跟巧克力餅乾有關的東西。

「托爾馬許……」我努力大聲念出來，沒有用。我閉眼，想像那些字母，但看起來就是不對勁。我心中浮現的畫面不是那段字詞，而是別的字母組合。

Tollemache。

這名字看起來有一種模糊的熟悉感，但我想不出來是為什麼。我迅速拍手合掌取暖，然後把這個字詞輸入手機的搜尋欄位。七十七萬五千筆資料，但第一筆就是我想要找的東西，「托爾瑪許拍賣與私售」。它與佳士得和蘇富比齊名，是倫敦的三大藝術拍賣公司，專長是繪畫和珠寶。我點開他們的網站，首頁主題是畫家波爾蒂尼筆下身穿粉紅色緞面服飾與薄紗的優雅女子。托爾瑪許很傳統，甚至可說是古板。他們寧願燒掉房子也不願意販賣當代藝術品，他們不會出售填充的鯊魚標本或是沾有一條條經血的畫布，完全是老派風格。

而他們對我們來說，毫無意義而言。我從未涉足這種領域，據我所知，其他成員也沒有。托爾瑪許是座落於搖搖欲墜都鐸式建築之中的老牌貴族，相形之下，就連倫敦的老牌高檔利伯提百貨看起來都像是後現代主義建築了。我繼續搜尋網站，過了大約十五分鐘之後，我找到了。

重點在「活動」頁面，年度的一月拍賣會公告。今年的主題是女性畫家，標題是「歡慶五百年的女性藝術，西元一五〇〇年至一九五〇年」。我點入線上目錄，一邊閱讀，一邊忙著把英鎊估價換算為美元。有一幅令人垂涎的歐姬芙作品，預計的落槌價將會創下五千萬美金左右的紀錄，此外，真蒂萊希、卡薩特、維傑・勒布倫等人的畫作，預計每一幅的售價會略高於五百萬美元。還有一幅瓦萊耶－柯斯特的作品，預計會在九十萬美元左右成交，而墊底的是豐塔納的某幅作品，開價正好是五十萬美元。

在目錄的最下方，有一行粗體字。**最近加入之拍賣品**。我點入之後，緊盯不放，我摘掉老花眼鏡，小心翼翼以襯衫衣尾擦拭乾淨，然後繼續定睛細看。突然之間，我恍然大悟，知道我們該怎麼找凡斯・吉爾克里斯特了。

# 34

我晃了一下手機，還跳了一下勝利舞步。

瑪麗艾莉絲問我，「妳到底是為什麼這麼興奮？」由於亞希子一直與她保持距離，她的脾氣變得越來越暴躁。

「我知道我們要怎麼找到凡斯了。」我把手機翻過去給她看，其他人也湊過來，我同時聽到了三個女人倒抽一口氣的聲音。

只有亞希子和米恩卡在狀況外，米恩卡把手機交還給我，「所以呢？」

亞希子凝視小小的螢幕，「畫得很漂亮，但這和吉爾克里斯特有什麼關聯？」

我微笑，「重點不在於它的美，而是索福尼斯巴．安圭索拉的〈示巴女王晨起〉。」我清清喉嚨，唸出目錄的詞條內容，「『當初〈示巴女王晨起〉是由西班牙女王伊莉莎白．德．瓦盧瓦進行委託，由擔任馬德里宮廷畫家的安圭索拉負責繪製。女王過世的時候，安圭索拉帶著這幅畫，回到了她位於克雷莫納的家，直至一六二五年過世。後來這幅畫由其繼子基多．洛梅里諾所繼承，隨後就一直在私人收藏家手中。』」

海倫盯著小小的螢幕，「妳確定那就是我們的示巴女王？」

「肯定是她……」我點開描述畫作狀況的標籤，迅速瀏覽關於裂痕以及缺少原始畫框的文字——對於文藝復興時期的作品來說，並不意外。我標示了相關的部分，然後交由娜塔莉大聲朗讀。

「『這幅畫整體狀況良好，只有因年代久遠造成的些許破損。左下角畫布顯然有小處的補痕，直徑約零點七五公分的圓圈，曾經遭完全刺穿，時間點不詳。損壞只出現在畫作之帷幔，並沒有任何人物或藝術家簽名受損。而補痕僅在實驗室條件之下才能檢測而出，應不至影響畫作價值。』」

「槍傷……」瑪麗艾莉絲說道：「靠，真的是我們的示巴女王。」

我點點頭，但亞希子卻一臉困惑。「妳們為什麼一直稱呼這幅畫是妳們的示巴女王？」我們向她簡要說明尚吉巴的那一場任務，以及女爵射偏之子彈對畫作所造成的損壞。

「其他大部分被追回的作品都已經物歸原主，也就是在第二次世界大戰期間被搶奪藏品之家族繼承人，」海倫開口解釋，「不過示巴女王並沒有，曾經擁有她的那一個家族在戰時全部罹難。『來源處』調查多年，但一直沒有找到可能的主人。」

「那麼她一直在哪裡？」亞希子問道：「我想，不可能是放在某人房間的牆上吧？」

「在瑞士，有一個特定場所，」娜塔莉說道：「某個自由港。」

米恩卡問道：「那是什麼？」

小娜解釋，「自由港是可以交易與換錢的地方，但是完全不需要繳稅。」

亞希子問道：「等一下，真的有這種地方嗎？」

「一共有數百個之多，」海倫告訴她，「這一點都不稀奇，古代就存在了。」

米恩卡插嘴，「但是所有的政府都愛稅收啊……」

「沒錯，」海倫回道：「不過他們更愛的是商業活動，所以他們為了繁榮貿易而容許建立自由區。」

「全世界最大的其中一個就位於日內瓦，」娜塔莉繼續解釋，「一開始的時候是個醜陋大糧倉，可以讓大家在那裡儲藏食物與煤炭之類的一般商品，不過，等到第二次世界大戰爆發的時候，就出現了更有趣的儲放項目——金塊、珠寶，以及陳年好酒。」

瑪麗艾莉絲插嘴，「還有藝術品……」

「對，藝術品，」娜塔莉也附和，「而且，它是儲存家當的好地方。那裡具有嚴格控制溫度與濕度的儲藏室，所以保存畫作、手稿，以及紙幣都很安全。而且，它還有地利之便，因為每個人都想要有祕密瑞士銀行帳戶。如果本來就住在那個區域，處理一點銀行業務，轉移數億美元，那麼順便去看一下自己的梵谷畫作或是南海珍珠，也是輕而易舉之事。」

「而且，那裡也非常安全，」海倫說道：「鐵刺網、防彈門、戒備森嚴，根本不可能行竊。」

「妳們的畫作在那裡嗎？」亞希子問道：「我說的是示巴。」

「曾經是……」我告訴她，「『博物館』在那裡租用空間，因為維護如此精密的儲藏設施不但昂貴，而且可能會引發側目。『博物館』把各種品項寄放在自由港設施，就只是另一個客戶而已。何況，『博物館』並沒有太多藏品。在過去這幾十年來，我們已經追回了數百幅作品，不過，只有十幾幅左右無法歸還原主，示巴女王就是其中之一。我們在一九八一年把她找回來之後，她就被直接送到了日內瓦，自此之後一直待在那裡。」

瑪麗艾莉絲糾正我，「但現在已經不是了……」

我也跟著改口，「現在不是了……」

亞希子皺眉，「但妳怎麼確定是凡斯．吉爾克里斯特把她帶出來？也許他們已經找到了失主，而這一切只是巧合而已。」

我以手指一一回覆答案，「首先，凡斯必須親自把她帶出來，因為那裡是生物識別保全系統，只有『博物館』處長才有權進入儲藏室拿取藝術作品。其他兩個處長已經喪命，而且，這幅畫是在最後一刻才加入托爾瑪許的拍賣清單之中。第二，當我們追回的藝術品物歸原主的時候，我們會收到更新通知。我們這裡的人，幾乎已有四十年之久不曾聽說示巴女王的消息。」然後，我舉起第三根手指。

亞希子問道：「還有第三？」

「第三，我不相信巧合，就凡斯這種人來說，他出這一招是故意的，目的是要把我們引出來。拍賣公司對於藝術品受損通常都是避而不談。不過，對於示巴女王的描述卻非常具體。那個角落有一個彈孔，凡斯確認一定要把這項事實寫在目錄裡，他希望我們找到它。」

亞希子反駁，「為什麼？我以為他會躲妳們。難道他不怕喪命嗎？」

瑪麗艾莉絲本想要伸手觸碰亞希子，然後似乎又改變了主意。「他知道我們在追殺他，我們已經幹掉了帕爾與卡拉帕茲。他不希望一直提心吊膽下去，想要以自己的方式主動下戰帖。」

米恩卡皺眉頭，「這樣不安全。」

「的確，」我露出微笑，「對，一點也不安全。」我停頓片刻，「還有一件事，應該要讓妳們知道。」然後我把自己在檔案夾裡找到的線索告訴了她們，也就是這份檔案編寫者的身分代碼。

第一個開口的是瑪麗艾莉絲，「我們要怎麼處理？」

「暗殺名單多加一個人……」我拿起了那支散發棉花糖氣味的麥克筆。

我寫下了此人的姓名，粉紅色大寫字體，然後，我又轉頭面向大家，「誰有意見？」

# 35

距離拍賣會還有一個星期的時間，還有機會努力敲定細節，讓我覺得很慶幸。我們先從確定的部分著手——也就是地點。

某天傍晚，我們吃完晚餐之後，聚在康絲坦絲的書房裡，瑪麗艾莉絲若有所思說道：「這將是一場大型拍賣……」亞希子與米恩卡待在廚房忙著整理，同時也在練習《魔髮奇緣》的二重唱。海倫盯著托爾瑪許拍賣公司的網站，尋找我們可能遺漏的任何蛛絲馬跡，而瑪麗艾莉絲則忙著翻閱我們梳理的各種列印資料。我坐在康絲坦絲的書桌位置，隨手翻閱在架上找到的某本藝術書籍，《女畫家的藝術》，這種名稱充滿了性別歧視，不過，我還是希望可以找到一點靈感。

瑪麗艾莉絲繼續說道：「拍賣會想必相當擁擠，有收藏家、記者……」

「還有大量的維安人員，」娜塔莉接口，「通行證、監視器、這些畫作，全都是頂級規格。」

「外加線上直播，」海倫指向官網的超連結，「服務那些在家觀看或是參與競標的人。」

我思索了約一分鐘之久，「有一大堆的目擊者——對於一直以謹慎自豪的組織來說，這樣的人數也未免太多了。他們得要把我們引到外頭，最後在別處殺人。」

海倫回我，「妳覺得他會親自出馬？有超高的風險……」

我說道：「凡斯是個性傲慢的人渣，自從我在尚吉巴搶走他的納粹目標之後，他就一直對我很不爽，他當然會自己來。想必他會低估我們的實力，這是我們的最大利基。」

「所以，」瑪麗艾莉絲說道：「我們必須要訂定的計劃是在不驚動凡斯人手的狀況下、進入托爾瑪許的拍賣會場，然後，必須在大家神不知鬼不覺的狀態下殺死凡斯。」

「當然，更好的方式是把他擄走，在別的地方取他性命，」海倫說道：「這樣低調多了。」

「這樣更危險，」娜塔莉糾正她，「要是我們匆匆忙忙把他帶走，很有可能會被跟蹤，或是讓他趁隙逃役，我認為要在拍賣會場出手。」

「在全世界眾目睽睽之下？」我挑眉盯著她，「這種作風哪算細緻？而且，旁觀者可能會受傷，我們不能冒這種風險。」

娜塔莉露出倔強神情，但是她並沒有開口辯駁。「博物館」的首要規定就是我們絕對不碰無辜者。這很麻煩——沒有比直接朝群眾扔炸彈更輕鬆簡單的方法了——不過，這也逼使我們必須要以更加小心、更有創意的方式執行任務。

我翻了一頁，整個人愣住了。這是某張畫作的彩圖，我以前只看過它一次而已。

當時我在威尼斯，靜悄悄殺死了在當地度蜜月的某個亞美尼亞犯罪集團首腦之後，自己也休了幾天的假。我本來打算要參觀各大景點，但是雨勢連綿，我大多數的時間都在逛博物館躲雨。某個下午，接近傍晚時分，我發現了古根漢美術館，在裡面東逛西看，就在這時候，我看到了它。

畫作名稱是〈史芬克斯的女牧羊人〉，作者為萊昂諾爾．菲尼。

這幅畫完成於一九四一年，但裡面的主角卻擁有一九八〇年代的誇張造型，飛揚的黃褐色蓬鬆鬆絲。她身穿覆蓋生殖器的某種盔甲，要是你瞇眼端詳，可能會覺得那像是金屬泳衣。她雙腿之間夾有牧羊杖，宛若女巫準備騎上掃帚一樣，而且她正以某種寧靜、謹慎的目光俯視她照護的這些小小羊群。只要她在這裡，她的這些女孩就一定平安無恙，不過，從這群史芬克斯的外表看來，她們似乎照顧自己不成問題。她們有母獅的身體，卻長出模特兒的翹嘴及更翹的雙乳。

當她們俯視遍佈鮮花，以及自己吐出的死人骨頭之寧靜牧地的時候，她們的表情很安詳，完美展現了女性掌控生死的可怖力量。這些史芬克斯將男人碾爛至見骨，吸吮他們的骨髓，但自己的髮絲依然光鮮亮麗。我面露微笑，我逐一檢視每一個史芬克斯，發現其中有一隻的尾巴懶散貼地，目光正直接打量框外的潛在獵物。然而，她們並不是掠食者。她們成群結隊，受到疼愛的照護。畢竟，她們並不邪惡，只是忠於自己的本性。我猜，這個女牧羊人保護姿態的某種精神觸動了我。我在禮品店買了一張這幅畫的明信片，隨身攜帶多年，紙質隨著年歲變得軟爛，最後被我弄丟了。

我已經多年不曾想到她，不過，她現在卻以光芒萬丈之姿出現在此。我想起了自己最後一次站在這個房間的時候，康絲坦絲．哈利戴告訴我的那番話。我們當時剛接到第一次任務的命令，也就是在尼斯郊區狙擊保加利亞人的那一次。我緊張得要命，康絲坦絲發現我在花園裡自我鍛鍊，頻頻毆打練拳假人，搞得指關節一片瘀青。她逼我進去，命令我要浸泡雙手來消腫。我原本以為她會狠狠訓斥我一頓，不過，那是她第一次不發一語，反而和我坐在一起，丟給我的是寧和又充滿自信的沉默。

這讓我坐立難安。我直接把手從冷水盆裡抽出來，死盯著她。

「難道妳就不會給我一些建議嗎？」

她起身，走向門口，看了我最後一眼。

「威博斯特小姐，真正的領導術，不是在於相信自己，而是信任妳的整個團隊。」

信任妳的整個團隊。我盯著書中的那張畫，手指撫過那些嗜殺成性的美麗史芬克斯獸群。

我狠狠闔上了那本書，「我知道了。」其他三個人一臉期盼地看著我，「妳們一定覺得不好，但這是唯一的方式，我們要……」

我講出計劃之後，大家爭辯了幾個小時之久，最後她們終於讓步。照理說，我剛剛成功說服眾人，應該能夠睡得跟小嬰兒一樣香甜，但事實上，我卻輾轉難眠，掙扎了一會兒之後，我下樓去熱牛奶。我不會喝它——熱牛奶太噁了。不過，它讓人得不斷攪拌，不然就會燒焦，我覺得這動作很令人放鬆。我發現海倫坐在餐桌前，面前放著她的通訊錄，流露若有所思的神情。

我開口問她，「妳有什麼想法嗎？」我把牛奶倒進水槽，然後拿出白蘭地。「也許吧……」她以大拇指指甲輕輕敲牙，又陷入沉思。

我沒有繼續追問她。我知道她準備好的時候就會說出口。我唯一的錯誤就是誤以為她會告訴我。

# 36

第二天早上，我一路追隨吐司與伯爵茶的香氣，下樓吃早餐。我推開廚房的門，停下腳步，盯著坐在餐桌前的那兩個人。海倫抬高下巴，她的同伴緩緩轉身面向我，雙手緊握茶杯。

塔佛納向我打招呼，「嗨，比莉……」他聲音平淡，目光並不友善。

「這是不是幻覺？」我問道：「你來這裡做什麼？」

「是我打電話給找他的……」海倫舉高自己的通訊錄，露出緊繃微笑。「好，妳可以之後再對我大吼大叫，不過，我希望妳能先聽我說完。」

我在他們對面坐了下來，交叉雙臂貼胸，「好吧。」海倫又倒了一杯茶，推到我的面前。

「先喝吧。或者，如果一定要拿水潑我的話，等我說完後再出手。」

她努力又擠出一次微笑，等到她笑意消失的時候，我才拿起茶杯，我並沒有看他。

海倫清了一下喉嚨，「我們需要幫手。凡斯本來就預期會遇到狀況——更精確的說法，他在等我們出現。他沒有料到會有米恩卡或是亞希子，這樣一來，她們成了我們即將執行任務的一大優點，但也讓她們身處在危險之中。比莉，她們不是專業人士，她們需要保護，而且，」她繼續以理性語氣說道：「他萬萬沒想到會有塔佛納。」

他目光低垂，盯著自己的茶，緊抓馬克杯的指關節泛白。我沒有提到他看起來不錯，但他的確狀態很好。維持瘦長體型。肩膀依然厚實，屁股還是很緊。腹部有些鬆軟，不過，我靠，我們這年紀了誰不是這樣？而且他所有的頭髮都還在，只是已經全轉為純銀色，而髮尾也依然像他三十歲的時候一樣捲翹。我一直在打量他的一切，最後看到了他的臉，發現他早就注意到我在盯著他，他全看在眼裡，我趕緊把注意力轉向海倫，

我開口問道：「妳答應要給他什麼報酬？」

塔佛納突然開口，「妳在跟我開玩笑嗎？」他抬頭，我發現他生氣了，其實，是勃然大怒。

海倫起身，「我想我還是讓你們兩個獨處一下……」說完之後她就溜出去了。

我說道：「她的風格一直就是這麼圓滑……」

「真的嗎？妳要以這種方式處理問題？」他推開他的馬克杯，還造成一些茶水飛濺而出。

「我並沒有對你生氣，」我平靜說道：「我氣的是她們，要把你加進來，她們根本沒有徵詢我的意見。」

「把我加進來，一直就不是妳的強項，對吧？」

他雙掌平貼桌面，整個椅子往後退，他站起來，我也做出相同的動作。

「到底是什麼意思？」

他厲聲問道：「妳到底有沒有曾經想過好歹通知我一聲妳沒死？」

我開口，但是又立刻闔上嘴巴，足足過了一分鐘之久，我才再次開口，「這就是你動怒的原因。」

「動怒？比莉，我並沒有動怒。只有發現乾洗店老闆弄丟了你最喜歡的襯衫時，才會怒氣衝衝。我現在的反應是那種根本連在告解的時候都不會對神父講出口的感受。聖誕節過了五天之後，史威尼打電話給我，他說妳們四個都死了。就這樣，純粹就是妳已經不在人世的赤裸事實，而現在是一月中了……」他刻意指向釘在牆上的月曆，「已經過了好幾個星期，我這幾個星期想的都是在妳已經離世的事。」

我本來想要告訴他，要是史威尼在我聯絡他之後，願意再打通電話給他，那麼他就會知道我們都還活得好好的，不過，史威尼想要拿獎金，他當然不會冒險告訴塔佛納，這樣一來塔佛納可能會跟著下場搶錢，或者向我們打小報告。不過，我覺得這些話都無濟於事，所以我就改口了。

「抱歉。」

他將雙臂交疊胸前，意味深長地看了我一眼，「真誠一點。」

「對不起，塔佛納，我沒想到……」

「妳就是沒想到。不過話說回來，妳從來不會這麼做。」

說得真好，他也夠聰明，正好把它當成離開的理由。等到他離開之後，海倫悄悄溜回來，我對她揮揮手。

「海倫，沒關係。」

「是嗎？」

「當然不是，如果這地方有碎木機，我一定把妳送進去。」

她坐下來，握住我的手，「我也很希望當初可以告訴妳，但我知道這樣一來就不可能了，妳一定會拒絕，但這個構想明明很不錯。」

「是不錯，」我也同意，「其實是相當不錯的構想。要是妳之前跟我說就好了，妳不能自己……」

她溫柔說道：「不是只有我而已……」

「瑪麗艾莉絲？」

「是她打電話給他的。」

「娜塔莉？」

「今天早上是她去車站接他。」

「哇。」我把手從她手掌下方抽出來。

「我知道妳會生氣，我們早就猜到了。我們也知道把他找進來很冒險，但我們也知道這世界上找不到比他更合適的人選。他能夠在危機中保持冷靜，聰明，有才幹。你們兩個人之間還有未完盡的那一切……」

我打斷她，「我不會這麼說。我們當初做出了抉擇，也都坦然面對，都已經是幾十年前的事了。」

她柔聲說道：「對，我看得出來妳非常自在……」

我對她扮鬼臉，「好，我是不高興，但不是在氣妳，也不是因為妳找他進來。我之所以生氣，是因為我們應該是一個團隊，但完全沒有人提到要找他加入的這個構想。」

她挑眉看我，「然後呢？」

「然後，我也氣我自己，因為他以為我們都死了，我一直沒想到要告訴他。」

「我知道，」她告訴我，「他接到我的電話時有一點吃驚。」她的雙唇露出了淡淡笑意，而我的心情也放鬆多了。

「海倫，我覺得我好糟糕，我就是沒想到要打電話給他。」

「寂寞是一種慣性，」她聳肩回道：「可以被打破的慣性。」

然後，她離開了，也許這樣最好。我捻熄香菸之後去找塔佛納。他待在花園裡，朝某個樹樁扔刀。他的體格還是不錯，不過，他會做出扔刀這種衝動式舉動，表示他依然煩躁不安。

「好，我聽說你現在做慈善事業，」我坐在草地邊緣，「免費殺人。」

「對啊，買四送一，我今年已經殺了四個了……」

我附和他，「維持手感是好事……」我吐了一口氣，聽起來很疲憊，感覺更糟糕了，「真的很抱歉，哎，我應該要想到的，但就是沒有。我猜我可能已經很習慣把你拋諸腦後，久而久之就成了箇中高手。」

「好，這種話真傷人……」他坐在我旁邊，我遞給他一瓶水。他散發出乾淨汗味，還有其他的氣息，是不是檸檬？

我好不容易找出話題，「雙胞胎怎麼樣？」

「都長大了，準備要過她們的三十歲派對。凱特住在倫敦，是電視製作人，跟一個我不是很喜歡的優秀年輕人訂婚了。莎拉是園藝設計師，她嫁給美國人，住在紐約上州。她自己也生了一對雙胞胎，剛滿三歲。」

我忍不住哈哈大笑，「你當外公了？」

「對，他們叫我阿爺，把我氣死了。」

「你的反應很正常，這好糟糕。你的外孫在美國，你有沒有常去探望他們？」

他聳聳肩，「我很想，但沒有辦法，因為他們很忙。」

「我住在約克郡的某間農舍，烘焙麵包，修整古董傢俱，在花園裡裸體打太極讓鄰居嚇得半死。」

「聽起來退休生活很適合你。」

他沉默許久，「只是某種調整。我在考慮當自由工作者，嗯，就是偶爾接一下零星殺人案，讓自己有點事可以忙。」

「哦，所以我們是第一個了。好，要是你表現不錯，可以找我們當推薦人。」

「我一定會把它放入我的履歷表……」他停頓了一會兒，繼續說道：「對於凡斯的事，我深感遺憾。我一直不是很喜歡這個人，但沒想到他這麼惡毒。」

「我也沒想到。我從來就不覺得這個人有什麼好崇拜的，但我可以理解他為什麼這麼做……我只是覺得自己真的……好蠢。我全部的職場生涯，這些歲歲年年，為了什麼？沒有養老金，身敗名裂。」

「嘿，妳殺了一些的確罪該萬死的人，這一點值得大書特書。」

我哈哈大笑，最後笑到眼角泛淚。

「天吶，我就是需要聽到這種話，謝謝。」

「這就是我來這裡的功能……」他講這句話的時候，我們差點肩膀互碰在一起。

我終於講出了那句話，「貝絲的事，很遺憾……」

他點點頭，「我有收到妳的卡片，我應該要回覆妳才是，但葬禮加上其他的事，我一直沒時間處理。」

我們沉默了好幾分鐘之久，和他在一起的感覺好棒，太棒了。現在也該回頭講正經事了。

「塔佛納，計劃很穩當，我們做足了功課。」

「是，的確。」

「所以，你加入我們了。」我不想讓這句話聽起來像是疑問句，但是我得要知道，我盡量讓自己的語氣保持中性。

「我加入。」他說道。我心中的某種鬱結開始鬆解。

我開口，「我知道你告訴海倫你不收錢……」

「我還沒動手殺過無辜的女人，」他語氣輕鬆，「千萬不要逼我動搖。」

「由我們主導，」我告訴他，「你不要當自走砲。」

「我知道了，」他站起來，從樹樁那裡拿回自己的刀，「我的功能只是花瓶而已。」

「這一點千萬要謹記在心。」我站起來，拍掉剛剛坐下來時沾到的塵泥，「所以你準備了什麼樣的火力？」

他低頭盯著我，「妳是問我有沒有帶槍？」

「對，當然啊，我們跨國移動，帶槍是自找麻煩，太多問題了，我想你一定有精采的小型軍火庫可以跟我們共享。」

「我當然沒有。我是負責任的外公，而且這是英國，我家裡沒有槍。」

「天吶，塔佛納，那你來這裡做什麼？」

他翻白眼，「不知道妳是不是忘了，我的專長不只是扣板機。」他講這句話並沒有任何與性有關的暗示——至少我覺得沒有，他繼續說下去，「不過，我的後車廂放了一些有用的東西。」

他帶我走向他的停車處——某輛跟我們年紀幾乎差不多的古董積架。他打開後車廂，我往裡面張望，哈哈大笑，「你是認真的嗎？」我拿起其中一盒鞭炮，那是會發出一點碰響，但除此之外什麼都沒有的小爆竹。

「我告訴過妳了，我是外公。其實，我是那種很酷的外公……」

「你讓三歲小孩玩鞭炮？」

「當然沒有，我讓他們在遠處觀看。」他的屁股斜靠車面，「這種工作沒有特殊資源，必須利用手邊的素材。」

我舉起那一盒鞭炮掂重量，想起了我上次看到的路邊鞭炮攤場景。某個面色疲憊的女子開著旅行車，車上載滿了一群流鼻涕的小男生，他們把鞭炮塞在蘋果裡面，丟向來往車輛的後窗玻璃，她別過頭去，佯裝什麼都沒看到。

我盯著塔佛納，聳聳肩，「這注定是我一生的腳本，現在怎麼可能會有任何改變？」

# 37

海倫與塔佛納前往雜貨店買了一堆食物——馬鈴薯、大份量烤牛肉、多份的單人約克夏布丁、蘋果塔、無乳成分的奶精——這是我們在本斯肯姆的最後一晚，

我們決定要來一頓特別的大餐。塔佛納負責掌廚，他在腰間圍了浴巾，作為圍裙的替代品。大家都沒什麼胃口，不過，我們一直記得康絲坦絲・哈利戴的金科玉律：只要逮到機會就吃吃睡睡上廁所。她向我們解釋，威靈頓公爵曾經叮囑麾下部隊，只要能小便就趕快小便。這是非常好的建議，因為有需要的時候，未必能夠隨時找到廁所或是炸甜麵包。

所以我們逼自己要把食物吞下去，等到盤子全部洗完後，其他人四處走動，只剩下小娜、海倫、瑪麗艾莉絲，還有我。娜塔莉從地下室拿出一瓶沾滿蜘蛛網的酒。「猜我找到了什麼？」她擦淨瓶身，海倫則挖出了上好酒杯，迅速洗了一下，我舉杯向大家致意。

「我們醞釀許久，終於等到明天了，」我開口說道：「四十年……」我想到了女牧羊人與她教導給我們的一切，停頓一會兒之後，清清喉嚨，重新起頭，「四十年之前，康絲坦絲・哈利戴讓我們走上了這條路，創生了她的史芬克斯小組。我們每個人都萬萬沒想到會過著這樣的人生。但我們已經使盡全力，我們會讓她引以為傲。她要求我們要把正義放在第一位，到了明天，正義終將得到伸張。」

「正義！」其他人也跟著附和。我們碰杯喝酒，然後拿出手機，打開「絕經爪」應用程式，也是該更新我們的週期了。

第二天我醒來，伸懶腰，然後足足做了兩個小時的瑜伽來伸展四肢。然後，我好好洗了個澡，換上牛仔褲、白色真絲襯衫，以及焦糖色麂皮外套。我穿上平底靴，梳理頭髮，裡面多了好幾根灰白髮絲，但我覺得這也是理所當然。我拿了娜塔莉買給我的樸素銀色髮夾，固定一半的頭髮，另外一半則是自然垂落肩頭，至於香水與珠寶就免了。

其他人在屋內各地忙自己的事。塔佛納在廚房裡磨剔骨刀，而瑪麗艾莉絲與海倫則忙著對付某輛破舊拖拉機，拆側面的螺絲，取下某塊印有「貝庭森」商標的沉重鐵板。娜塔莉拿著自己從閣樓找到的某組棒針與一坨毛線在織東西。

我盯著那個充滿瘤結的編織物。

我亂猜，「是刀鞘嗎？」

她告訴我，「是陰莖暖暖包。」

我哈哈大笑，走向花園棚屋，在那裡待了許久，抽了最後一根菸，靠著手機瀏覽計劃。我賭的不僅是自己的生命，還把所有人的生命都當成了賭注，我不能有任何差錯。

我拉緊外套，捻熄香菸，然後向大家道別。我翻找應用程式，打開了發送訊息的那一個，輸入了幾句話之後，按下「傳送」鍵。大功告成，我把自己的手機交給了瑪麗艾莉絲。

她問我，「妳準備好了嗎？」

「沒有。」

她大笑，「我們也一樣。現在，準備出發吧。」

我走向戶外車道，發現塔佛納在等我，他正在晃動自己的車鑰匙。

「我以為是米恩卡送我去車站。」

「她正在和亞希子練習她的快速球，」他說道：「我開車送妳過去。」

我沒有等他開門，自己直接進入副座。

我問道：「所以接下來我們會擁有一段寶貴的共處時光？」

「看來是如此。」他的語氣聽起來很輕鬆，但他的手指卻頻頻敲打方向盤，我完全知道為什麼。

再過幾個小時就要展開行動，腎上腺素狂飆，能夠紓解的方式很有限。性與運動可以發揮效果，不過，在行動之前搞這些名堂一定是腦筋壞了，只會害自己疲憊軟腿而已。酒精也可以消除緊繃感，不過，工作時需要的敏銳度卻會因而降低。只有一個解決方法，就是忍耐，承受那種亟欲從皮膚飛跳而出的爆發感。

這就是我開始練習冥想的原因，大多數的時候都能奏效，不過，現在有塔佛納坐在我旁邊，彼此相隔的距離只有四十幾公分，但是卻有長達三十年的歷史。我們在一起時的那種互動，是一種我永遠無法向別人解釋清楚的方式，當我與他相遇時的那種認同、世界歸位的感覺，我之前從不曾體會、之後也從來沒有的悸動。

我們交往了三年之久，趁工作空檔在偏僻地方見面，因為外勤幹員之間有嚴格的禁愛令。我們最後一次幽會地點——莫三比克的某家簡陋旅館——畫下終點，是他對我第四次求婚，而我提早兩天收拾行李離開。他那一次也開車送我到車站，吻了我的臉頰，對我說他能夠諒解。其實這並不複雜，我們想要的東西不一樣。他比我大六歲，已經準備要安定下來，建立人生，生幾個寶寶。無論我多麼努力嘗試，就是無法想像把自己縮小到足以塞入那樣的畫面之中。

兩年後，當我在威尼斯出任務的時候，他留訊給我。我回電的時候，他告訴我這是他的大喜之日，我祝他好運，這幾乎是我的肺腑之言。他沒有說出那段話，不過，我很清楚塔佛納的思路，我已經聽到他的潛台詞，我先愛上了妳，此愛至死不渝。

我掛了電話，以赤手空拳在威尼斯殺死了我的目標，在那一刻，他應該在忙著切他的結婚蛋糕吧。

我面向他，端詳他那張也不知怎麼會越老越好看的側臉。「你後悔過嗎？」我開口問他，「我的意思是分手。」

在他說出否定答案之前，還是裝作思索了一下以示尊重，「要是我們不分手的話，我不可能擁有我的女兒，也會錯過與貝絲共處的三十年美好時光——大部分的時候都很美好。」

「這就是你所想望的一切嗎？有木頭尖欄的房子？還有PTA[8]？」

「什麼是PTA？某種邪教嗎？」

「差不多吧。」我說道。他正經過某個圓環，我靜靜等待回覆。

「對，」他終於開口，「我有了一個長滿玫瑰的家，幾乎幸福一輩子的生活。」他側瞄了我一眼，「妳呢？」

我的思緒宛若飛鳥，急速穿越了過去這三十年——幾乎是四十年了。天吶，時光到底去了哪裡？我眼前浮現各式各樣的場景，宛若電影膠卷一樣，有些是褪色的黑白畫面，還有的是豐富的特藝七彩畫面，我去過的地方，見過的人。

我告訴他，「我完全過著自己想望的那種生活……」

他沉默許久，「我替妳感到開心。」

「你知道嗎？」我語氣輕鬆，「我一直想知道當我拒絕你的時候，你是不是真的傷心欲絕。我本來以為你會追上來，硬是把我拖進教堂，但是你從來沒有這麼做。」

「哦，我的確有過這種念頭，」他老實承認，露出微笑，「但我知道要是我硬逼妳的話，妳會因此恨我，我不會冒險。而且，我一直覺得我們終究會回到彼此身邊。」

我不知道該如何回答才好，所以這時候抵達目的地也算剛剛好。他緩緩停入車站的暫時下客區，我打開了自己的車門。我清了一下喉嚨，努力維持正常語調，「你能過來真是太好了。」

「我怎麼可能不來……」他說完之後大笑，我也報以微笑，真心的笑容。

---

❽ 家長教師聯誼會。

「英國佬，謝謝你送我過來。」

「那就之後碰頭了。」

# 38

將近傍晚的時候下了雨，人行道散發出濕水泥的氣味。我從車站步行過來，一轉彎就看到了托爾瑪許拍賣現場的畫廊燈光透亮，宛若生日蛋糕一樣。靠近街道的窗戶都已經被封死，不過，大門兩側卻掛著散發柔光的燈籠。有人擺放了一整排綴掛小彩燈的黃楊木盆栽——應該是實習生搞的花樣。大門開了，有個身穿緊身格紋西裝的花瓶年輕人站在裡面，宛若被卡帶一樣，每隔個五、六秒鐘，就會重複一次「歡迎來到托爾瑪許」。

我進去，從端著托盤走動的女孩那裡取一杯香檳。時間還早，但是裡面很熱鬧，充滿了眾人的期待之情，準買家們全都聚集在畫作周邊。我貼靠牆壁，任由人流經過我的面前，我一邊啜飲香檳，一邊評估情況。

托爾瑪許將仿都鐸式主題發揮得淋漓盡致。室內設計模仿的是數百年前的「環球劇場」，正中央是開放舞台，而周邊則是樓座。上層是保留給賣家與托爾瑪許高階主管的專區，而下面則為旁觀者及媒體提供了圍欄區，舞台後方甚至還有一大片酒紅色天鵝絨布幕，前方已經擺放了提供拍賣師使用的講台。

講台旁邊放置了一個空畫架，而畫架兩側各有一張擺滿電話的長桌。大多數的拍賣公司都會準備以各種貨幣顯示底價與目前出價的大型電腦顯示器，不過，托爾瑪許對於這一點就太老派了，只會以英鎊顯示底價與目前出價。如果你被自己的歐元或日幣搞得一頭霧水，我猜也只能自算倒楣。不只一位競標者因為無法計算正確匯率而吃了悶虧，但是托爾瑪許卻能全身而退，應該是因為這也屬於他們古怪魅力的一部分吧。

等到我喝完了一半的香檳之後，便加入排隊人龍觀賞畫作。移動速度比我想像中快速，而且沒有多少人注意示巴女王。他們爭相目睹的是昂貴畫作——為了要看歐姬芙的作品還發生了推擠。而示巴女王卻掛在比較小的凹室，與瓦萊耶－柯斯特的靜物寫生鳳梨圖放在一起。這個鳳梨就……嗯，它是個鳳梨——有黃有綠，周圍擺放了各式各樣的其他水果，還有綳著一張臉的龍蝦。

示巴女王與眾不同。她擁有安圭索拉筆下所有女性的特質。她們以畫中的雙眸凝視觀者——不是看你，而是直接穿透了你。她們凝視的目光如此悠長深沉，會讓人幾乎以為她們是真的，而自己才是某個藝術家的幻想創物，她們栩栩如生，這是只有偉大藝術才能達到的境界。大部分的安圭索拉肖像畫都是黑色背景，不過，為了要凸顯皇后的深膚色，她在後面畫出了居家場景，床被的柔白色讓觀者想到了女王之前做了什麼——還有對象是誰。所羅門的裸露大腿，有滾落床單作為映襯，是經過日曬的橄欖色，肌肉因為疲憊與滿足而變得放鬆。示巴女王的雙眼平靜，小心翼翼，嘴角掛著淺笑。有一個裝水的大罐子，裡面的水潑灑出來，暗指所羅門使詐騙她上床的故事，她答應所羅門不會碰觸他的物品，然後，他刻意讓她吃辛辣食物，確保她會在半夜的時候得要找水喝——小小的行竊事件，卻造成了嚴重後果。

這位示巴女王看起來不像是被騙失身的女子，而是正好得其所願的女子。國王的武器早已被丟在地上，完全派不上用場，顯示這場戰爭已經被愛情所征服。從示巴的肌膚光澤，乃至床邊那一碗熟桃，這幅畫作的一切都充滿性感魅力。

我彎身，貼近左下角，卻找不到修補痕跡。要是你先前不知道曾經有人對這幅畫作開槍，絕對不會想到曾經有子彈刺穿畫布。很遺憾，「來源處」一直沒有找到最後失主家族的倖存者，不過，示巴能夠重新出現在大家面前，我感到很開心，她應該要被世人看見。

就在我起身的時候，我發覺有人站在我身邊。她很高，還穿了將近有十三公分的細高跟鞋，讓她的身高輕輕鬆鬆就超過了一百八十幾公分。她身穿上半部緊貼、從膝蓋處轉為寬管的西裝褲。低胸白色西裝外套裡面沒有穿襯衫，只有一條扣住胸下部位與脖子後方的金色細鏈，她的圓環耳環與戒指都是鑽石製品，她的一頭爆炸頭形成了一個完整圓形，染成金色的髮尾，給了她一個閃閃發亮的光環，而她的唇色也是同樣的閃亮金。她後面站的是她的跟班，抱著一個客製的超大白色鴕鳥皮柏金包，要是被海倫看到的話，一定會剁掉自己的右臂來交換。我花了足足一分鐘的時間才想起她是誰——蒙娜．雷，我上次看到她的時候是在《娛樂週刊》封面，因為她奪得金球獎最佳導演。

鈴聲響起，音響系統出現艾爾加的〈小號即興曲〉，這是托爾瑪許的正字標記音樂。競標者們宛若牛群一樣，步向座位區。厚重的酒紅色繩索隔離了記者與遊客，一些身著素黑洋裝、拿著夾紙板的女孩們，站在繩索的每一個缺口處，引導每位競標者前往指定編號座位，而且當他們進入時還打勾標註。我發現蒙娜・雷就坐在最前面，位置絕佳，記者們可以拍到她與示巴一起入框的精采照片。

不過，安圭索拉的畫作是排在第二個登場。眾人入座，氣氛激昂。突然之間，音樂越來越大聲，紅絲絨布幔拉開，後面站了一排身穿綠色賽車工作服的搬運員，胸前口袋都繡有托爾瑪許的標誌。穿過那一排搬運員隊伍走到台前的就是拍賣官，莉爾亞・寇斯克拉。

她大約四十多歲，身材纖瘦，宛若惠比特犬，就連鼻子也很像。我不知道有黑髮的芬蘭人，但這一個就是，而且她還佩戴了佛杜拉牌的項鏈——粗肥金鏈，綴有各式各樣的寶石。我後來查了一下，發現價格差不多是八萬美元。要是當時我知道的話，搞不好至少會考慮轉偷珠寶。莉爾亞・寇斯克拉走到講台前面時，姿態宛若奧斯卡得主接下小金人。她冷冷盯著群眾，宣布了一些事項，她的英語幾乎聽不出口音，只有一直聽到的某個芬蘭語母音露了餡。

我心不在焉地聽她講話，目光一直在人群中四處游移。還好看到了他那一閃而過的白色袖口，不然我很可能根本沒注意到他。他一身打扮低調有品味，普通巴寶莉風衣，暗色格紋圍巾，海軍藍的軟呢帽壓得低低的，遮住了他的眉毛。我啜飲了一小口香檳，等待。他很謹慎；只有另一個專業人士才會注意到他正在偷偷迅速掃視群眾。不過，我一直躲在某根柱子後面，其中一盞泛光燈正好投射在我的上方，讓我整個人完全沒入陰影之中。

講台上的莉爾亞・寇斯克拉結束宣讀，當兩名搬運員把瓦萊耶-柯斯特的鳳梨畫作送進來的時候，突然響起韓德爾的〈水上音樂〉。他們把它放在畫架上面，群眾向前傾身。這是這一組畫作中唯一的靜物畫，令人興奮的程度就像是看到一顆普通鳳梨一樣。不過，寇斯克拉是敘事天才，當到她把構圖與出處描述完畢之後，競標者已經紛紛伸手取喊價牌了。

她的開價是四十萬英鎊，突然之間，她從四十萬英鎊開始競價，眾人旋即開始廝殺，喊價牌到處飛舞。一開始的時候，似乎有八個不同的競標者，但其中一些可能是吊燈競標——這是瑪麗艾莉絲曾經解釋過的某種技巧，拍賣師佯裝接受某個假競標者的出價，藉以提高價格。要是無法確定現場有人會追價，這樣的喊價就會有風險，不過，寇斯克拉操弄群眾，宛若在擠奶牛一樣壓榨他們，最後把價格哄抬到七十五萬英鎊。以一英鎊兌換一點三〇八美元的匯率計算，再加上其他費用，這個鳳梨固然可能狀似海綿寶寶的房子，但它正朝向一百萬英鎊整的方向挺進。

她的落槌價是七十七萬五千英鎊，眾人瘋狂，至少參與拍賣的群眾的確瘋狂無誤。短暫休息之後，音樂再次響起——依然是韓德爾的音樂。〈示巴女王晨起〉，寇斯克拉唸出了出處，以三十萬英鎊的起價開始讓大家競標。一開始的時候，參與者眾——某些博物館，還有兩名個體戶畫商。畢竟，在文藝復興時期的黑人女性形象並不多見。而且，安圭索拉的作品後勢可期。除了藝術界之外，她的知名度不算高，不過，女性藝術家越來越受歡迎，而安圭索拉正是箇中翹楚之一。

我本來可以在當下就採取行動，不過，我的情緒很激動。我想要見證示巴女王得到應有地位的那一刻。當蒙娜・雷舉起自己的喊價牌、槌子落下的時候，寇斯克拉以嘶啞聲音宣布：一百二十萬英鎊。安圭索拉的新紀錄。蒙娜・雷高舉雙手表示勝利，而且立即被資深職員護送出去，安排付款事宜，而她也為此沾沾自喜。

當某幅充滿情感的卡薩特作品——某幅重要畫作——被送出來的時候，大家的目光都集中在拍賣官身上。時候到了，凡斯旁邊的座位沒人坐，我溜過去。

「示巴女王賣出高價，我很開心，」我的語氣很隨性，「對於『博物館』來說，這也是一筆不錯的小小紅利，而且，它也找到了好主人，我真心認為蒙娜·雷懂得安圭索拉要表達的意念。」

我斜眼瞄了他一眼，發現他比我想像的還老，讓我感到一陣竊喜。他沒有發福，巴寶莉底下並沒有大肚腩。不過，那眼神卻飽經滄桑，當他朝我的方看過來的時候，目光冷硬決然。

「嗨，凡斯。」

「比莉……」

我從包包裡拉出檔案的其中一角，刻意讓他看見，「我有一份你們針對我們的檔案的副本。對了，全都是鬼扯，指控之事都是無中生有。」

「哦，妳是從哪裡弄到這個副本？」他問話的時候嘴角抽動，彷彿在忍笑一樣。那是男人拿到一手好牌時完全掩藏不住的表情。

我老實招認，「我是在卡拉帕茲家裡拿到的……」

他回我，「應該就是妳殺害他的那一晚吧……」

「嗯，沒錯，這樣觀感不好，我承認。」

他不發一語，不過，他還沒有對我開槍，所以我想應該是好兆頭。

「凡斯，我們只想要一個證明自己無辜的機會。」

他面向我，勉強擠出一抹笑容，「哪裡無辜？帕爾之死和卡拉帕茲之死，妳們難道沒有任何關係嗎？」

「有人對我們下達格殺令，」我的語氣很平穩，「我們只是想要努力活下去而已。」

突然之間，他戴的智慧型手錶發出鳴響，他低頭查看。是簡訊，他看了一下，微笑，然後拉下袖口遮住手腕。

「妳居然就這樣直接過來這裡，我很欣賞妳的勇氣，千真萬確。我本來以為妳會搞出一些可笑誇張的惡作劇，而妳卻像個男人一樣，坦然接受即將到來的一切。」他又繼續貼過來，我聞到他的氣息中有強烈的「漁夫之寶」牌薄荷喉糖氣味。

「你感冒啦？」我問道：「如果是這樣的話，請你坐遠一點，把病毒留給你自己就好，我真的不想被傳染。」

他的笑容越來越僵，「妳還是搞不清楚重點，對吧？那封簡訊是從本斯肯姆傳來，我已經派了一組人過去，剛剛已經逮到了其他人。無論妳以為妳來這裡要做什麼……」他停頓了一會兒，以食指畫了一個圓圈，「……都結束了。」

我的臉色垮下來，別過頭去，直視前方，他的手悄悄扣住我的手肘。

「現在，我要站起來，妳跟我一起走。我在這裡有四個夥伴，所以，拜託注意一下，要是妳打算做什麼蠢事，妳沒辦法活著離開。」

我猛力吞嚥口水，逼自己裝出隨性語氣，「我們要去哪裡？」

「還會有哪裡？當然是本斯肯姆。我覺得妳們四個一起死一定很精采。」

「當你講出這種話的時候，不是應該捻著鬍子嗎？搞不好還要撫摸著毛茸茸的白貓？」

他的鼻孔微張，這是唯一外顯的惱怒。

「輕鬆一點，」我告訴他，「我看到你的那些嘍囉了。」我的目光向四處張望，朝著安排在不同有利位置的那三個人點點頭，「樓上是溫蒂・鄭。自從在馬拉喀什那一次之後，我就再也沒見過她。尼爾森打扮成餐飲服務生，混在人群之中，你知道嗎？我在紐奧良的時候差點就他抓到了。還有，卡特爾・布里格斯坐在後兩排，走道的另一邊。對了，我想他剛剛出價想標下某些價格被高估的剪影畫。」

「妳漏掉了一個人。」

「不，我沒有，伊娃・諾瓦克。她就在那一排電話的旁邊，穿的是香奈兒仿貨，甚至根本懶得裝模作樣。這臭婊子一直不懂得要怎麼打扮，但話說回來，我也沒有因為自己的時尚感得了什麼獎。凡斯，我要給你一點小小的建議——我看到他們每個人都帶著武器，你真的該告訴他們要更低調一點。」

他的手抓緊了我的上臂，「我知道妳不會想看到有哪個無辜的藝術界人士受傷。所以，我們現在站起來，優雅又自在。」

我聽令照做。他帶著我穿過人群，走出了大門。某輛加裝深色玻璃的豪華休旅車就停在這條街的人行道邊緣附近，引擎還在怠速運轉中。我們站在外頭，他對我搜身，雙手摸遍了我的口袋與許多其他地方，檢查是否藏有武器。我們才一出現，剛剛被我發現的那四人組立刻就跟過來，打開車門魚貫進入。我被推到後座，已經有一個人人坐在那裡，蜷縮在角落，拚命把自己的身軀縮到最小。有人從我背後猛推一把；我趕緊抓住那個窩在陰影裡的人才穩住重心。

我出於直覺反應，「抱歉……」

那個人影說道：「我也是……」

就在這個時候，有人按下了車內燈源的開關，我盯著他。

「嗨，馬丁。」

# 39

凡斯坐在我的另一邊，所以前往本斯肯姆的旅程非常舒服。除了他們禮貌詢問我是否要喝水，以及我以同樣禮貌的態度拒絕之外，我們沒有任何對話。我的口很渴，但我現在萬萬不想尿尿。我知道凡斯絕對不會同意。而且到了我這把年紀，也不該忍太久，泌尿道感染就是這麼來的。

所以，我開始神遊四方。在我小時候，我從來不曾數羊，反而是在默默背誦歷任總統，接下來是英國君王，依照原子量排列的元素週期表，以各式各樣的語言從一數到一千。心理任務是什麼並不重要——重點是要讓自己的心夠專注，不要胡思亂想。這一次，我回憶的是自己的殺人名冊，以尼斯邊郊的那一次保加利亞人任務作為起點。

我們離開幹道高速公路，前往本斯肯姆。我東張西望，稍微伸展了一下身體之後，面向馬丁。

我的頭朝凡斯的方向扭了一下，「好，所以我猜你一直和他共事吧？」

我只能看到他的側影，但我看得出他在咬嘴唇。

他悄聲回道：「一開始的時候並不是……」

「當初是你準備了設計我們的檔案？我這句話是提問，但其實我已經知道了答案。在卡拉帕茲的檔案中，我已經看到了所需要的一切，頁面邊緣那一串編碼的起頭就是馬丁名字的首字字母，MF——結果還真是剛好[9]。

他低著頭講話，「是的。納歐蜜在上次會議中沒有向董事會簡報，是我出面。她有孕吐，不能來。」

我戳了一下他的毛衣背心，「對我們做出這種事真的很惡劣。這是你的主意還是凡斯的念頭？」

我轉頭，看到凡斯正盯著我們。

「是馬丁來找我們的，」他說道：「他帶了證據，顯示妳們四人私下收錢行凶。」

「你相信這種鬼話？」

凡斯聳聳肩，我面向馬丁。

「所以你捏造我們在偷偷接案的消息。為什麼？」

「因為這個小混蛋以為他可以比我更高竿，」凡斯的聲音中有一抹笑意，「他以為他可以讓董事會對妳們四個感到不滿，讓我們發佈格殺令。然後，他會提供妳們足夠的情報來追殺我們，利用妳們四人組來除掉我們，這樣一來，他就可以接管組織。我的意思是，消滅整個董事會，將會留下巨大的權力真空，對吧？比莉，重點從來就不是針對妳，而是馬丁，他以為他可以像操

❾ Motherfucker 縮說亦是MF。

縱魁儡一樣利用妳，扯弄妳的絲線，逼妳跳舞。妳和其他三個人將會幹掉董事會，讓他掌管一切。」凡斯俯身對馬丁說：「但是你低估了我，對吧？」

馬丁不發一語，凡斯的手越過我，狠狠拍了他一下。我們經過的某個街燈，將光束映照在馬丁的臉龐，我可以看到他某隻耳朵後方有一條乾涸的血跡，他流露出那種被修理、完全感受不到一絲喜悅的表情。

「現在你被人逮個正著，」我對馬丁說道：「你以為你可以像下棋一樣玩弄所有人，等到一切恢復正常之後，你就成了最後的贏家？」

他下巴緊繃，「差不多就是那樣……」

我望向凡斯，「所以，要是我們都認同是馬丁在搞鬼，造成我們彼此看不順眼，那麼我們可以達成協議。」

凡斯搖頭，「不可能，這是不能錯失的大好機會。」

我點頭，「當然了，我們除掉了卡拉帕茲和帕爾，你很高興。怎樣？董事會人太多，你想想獨攬一切？」

「比莉，『博物館』是高尚的奮鬥，但是在過去這幾年當中，它出現了疲態。妳知道為什麼嗎？廚師太多了。一直由『來源處』找出目標，還有靠投票決定要發佈格殺令的董事會——更何況，一季只有一次，媽的實在太慢了。這在『博物館』成立初期應該沒問題，不過，現在已經成了一個全新的世界，而我們還困在黑暗時代之中。由合適領導者進行現代化、精實人力，以及全方位體檢，然後予以重建的時刻已經到來，『博物館』有潛力成為全球最偉大的私人殺手部隊。」

我幫他講完，「一切由你領導……」

我看到他在一片漆黑中露齒而笑的光芒，「總是要有人負責。」

我轉身面向馬丁，「哇，你真的被耍了。」

他忍住聽起來可能像是啜泣的笑，「這種話妳也敢講。我們之所以能夠找到妳，就是因為妳笨到居然會傳那封簡訊。」

他拔高聲音，模仿女人的音調講話，「謝謝你幫了大忙，下一次見面時候，我請你喝一杯。」

我對他拚命擺出氣急敗壞老阿姨的表情，「我並沒有講出我們在哪裡。」

「妳開了定位，」凡斯的語氣充滿諷刺，「馬丁一查到妳的手機定位在本斯肯姆，我就派了一支隊伍前往確保其他人的安全。」

車子急煞，司機留在車裡，不過，凡斯、馬丁、我，以及其他四人全都下了車。有個保鏢站在房子大門那裡，趨前向凡斯做簡報。

「已經搜查過屋子了，三名目標在廚房裡。」

三個。我鬆了一口氣，是瑪麗艾莉絲、娜塔莉，還有海倫。這就表示亞希子、米恩卡和塔佛納在一起安全無虞。無論凡斯想盡辦法使出了什麼招數，他都沒有抓到其他人。

他們把我趕入屋裡，我走在其他人的前頭，而馬丁卡在中間的某處。我不知道他們打算要怎麼處理他，不過我確定一定不妙。

我們進入玄關，然後是廚房，瑪麗艾莉絲、娜塔莉，還有海倫都坐在桌邊，桌面鋪了一塊印花油布。兩名保鏢貼牆站立，槍套裡並沒有槍枝。乾淨碗盤堆放在瀝水架上，不過烘焙用品整齊放在流理台，而且，還有人點了根蠟燭，放置在餐桌中央的小碟子。不知道什麼時候有人煮了咖啡，還沒有清理乾淨，咖啡壺旁邊有糖罐，還有幾瓶奶精粉，不過，馬克杯裡什麼都沒有。

我吸吸鼻子，聞了一下味道，「是Bath and Body Works這個牌子吧？」

「是從瑪莎百貨買的，」瑪麗艾莉絲回我，「他們在打折。」

我告訴她，「很香啊……」有人用槍頂住我的背，我和她們一起坐在餐桌旁。凡斯也入座，我們互相打量彼此。

「那麼，就由我來告訴她們吧？」我面向其他人，「要是我漏掉了什麼，麻煩糾正一下，馬丁……」我伸手指向他站立的位置，只穿毛衣背心的他，流了一點鼻涕，「……是一切的始作俑者。他決定接管『博物館』，所以他捏造了我們一直與董事會作對的證據，而且提交給他們，引發他們發佈了格殺令。」我抬頭盯著他，「我猜你當時一定是這麼想的，如果凡斯死了，你就可以直接偷偷溜進他的辦公室大位，沒人會在意？」

「有一項臨時董事的條款，」馬丁悄聲說道：「我剛到『博物館』工作的時候，我的職責是要把創始文件進行數位化。偶然發現到出現傳承危機時該怎麼處理的那一個段落，我覺得是那種隨時可能派得上用場的有利資訊。」

「傳承危機？」瑪麗艾莉絲挑眉，「聽起來真是正式啊。」

馬丁繼續說下去，「當董事會成員的位置意外出現空缺的時候，他們的直屬下屬將會被自動晉升為臨時董事會成員。」

海倫嘛嘴，所以要是整個董事會全滅的話。那麼你和納歐蜜就要接管一切？但納歐蜜請病假，所以就表示你掌握了全部的主導權。」

「而且，逼孕婦遠端工作，也不是什麼太難的事，」娜塔莉做出結論，「要是有人問我做何感想，我會說這是相當厭女的舉動。」

「但是，」我接話，「凡斯發現了他的企圖，並讓他利用我們幹掉卡拉帕茲和帕爾，讓凡斯可以隨心所欲打造他自己想要的『博物館』。」

我傾身向前，「凡斯，怎樣？是為了錢嗎？最近的董事薪資不夠用了嗎？」

他搖頭，「比莉，我不是會懷恨在心的人，但妳卻害我破例。」

我翻白眼，「你還在為尚吉巴的事生氣？」

他靠近我，我發覺「漁夫之寶」的氣味早已消失無蹤，現在的他全身散發老人味。「比莉，妳搶走了我的納粹，那是我的工作，我的任務。妳只是那裡的後援，應該要處理藝術品，擔任臥底故事的配角，如此而已。但是妳卻憋不住，衝進來殺死她。」

我悄聲說道：「我救了你一命。」

他伸手重拍桌面，造成馬克杯震跳，燭光晃動，「妳真的覺得我沒辦法解決一個老太太？她只是僥倖打中我一槍而已，之後就不會有機會得逞了。一切都在我的掌控之中，而妳卻毀了它。

這是『博物館』抓到的最後一個納粹，功勞卻算在妳頭上。」

「凡斯，她死了，任務就是如此，誰動手殺人很重要嗎？」

「很重要。」

「重要到讓你決意要在四十年之後想辦法搞死我？」

他大笑，「並沒有，不過，這種恨意已經讓我覺得面對現在這種狀況，妳死不足惜。」

「現在呢？」海倫輕聲問道：「你殺了我們，然後接管『博物館』？」

「差不多就是這樣……」他站起來，把手插入口袋。「等到馬丁掛了之後，」他瞄了一眼畏縮的馬丁，「而且，納歐蜜又在休假，要進行一些改革輕而易舉。」

娜塔莉開口，「比如說，取消其他兩個董事會席位……」

瑪麗艾莉絲接下去，「並且把這兩個職位的功能予以合併——變成你的位置。」

他聳了聳肩。「裁員。每個組織遲早都會遇到這種情況。」

他示意叫我們站起來。「起來。時間到了。」

「這計劃還不賴，」我說道：「要不是因為有我們這些攪局的臭小孩，你就能夠得逞了。」

「妳這話是什麼意思？」他指向四周，「四名殺手加上兩名保鏢，外面還有五個保鏢，而且，這還沒把我算進去。聽好，妳下場玩遊戲，妳輸了。一點也不丟人現眼。不過，現在結束了。」

他轉身要走，把骯髒活交由其他人處理。我的目光飄向桌面的手機，也就是瑪麗艾莉絲的那一支。「絕經爪！」應用程式是開啟狀態，小貓在繞圈，目前正在倒數計時中。

我叫住他，「凡斯……」

他在門口停下來，「怎樣？妳有什麼遺言要交代嗎？」

「是啊。」我望向其他三人，瑪麗艾莉絲、海倫，以及娜塔莉。然後，我面向凡斯，深呼吸，露出微笑，「你以為六十歲的人就不懂什麼是手機定位，這根本是年齡歧視的鬼話。」

就在這個時候，應用程式數字歸零，裡面的小貓叫了一聲。海倫的手機也跟著叫，娜塔莉的手機也一起加入。而外頭的亞希子也拿著我那隻早已設置與他人同步的手機，當四隻電子貓齊聲吼叫的那一刻，我們撲到桌子下方，窗戶震碎，屋內瞬間燃起熊熊火焰。

戰鬥結束的速度比想像中更快。首先，我們加入了出人意料的元素。瑪麗艾莉絲與海倫利用拖拉機面板，以螺絲固定在桌子下面予以強化，而且，就在我們把它翻倒，以其作為掩護的時候，為我們多爭取了一些時間。而且震碎窗戶是一種小巧精采的干擾戰術，這都要歸功於塔佛納的馬鈴薯炸彈與亞希子的投手強臂。每一顆馬鈴薯都塞了鞭炮，當它們從窗戶飛入的時候，發出了小巧爆裂聲響與大量煙霧。塔佛納為亞希子在花園裡建了一個舒適的沙坑，而當初的計劃就是讓她不斷點燃鞭炮與投擲，值此同時，他則在原地守株待兔，等待凡斯派來的保鏢現身。我懷疑塔佛納早就帶了一些他沒有告訴我的玩具，不過，光是靠廚房裡的剔骨刀，也足以讓他成為致命殺手。亞希子一直和米恩卡在一起，負責點燃和投擲。其中一個直接擊中了尼爾森的臉，他衝了出去，伸手緊壓以前還有眼睛的那個血坑。我聽到迅速倒抽一口氣的聲音，塔佛納已經解決了他。

剩下的是溫蒂・鄭、卡特爾・布里格斯，以及伊娃・諾瓦克。馬丁趁著煙霧瀰漫和一片混亂的時候溜走了，我不知道凡斯在哪裡。小娜抓著油布，把它從桌面扯下來，正好在半空中接住了一個奶精罐。她直接把它扔向伊娃，奶精粉末在她的仿冒香奈兒外衣爆炸。瑪麗艾莉絲追加點燃的蠟燭，整坨東西宛若七月四日國慶日煙火在燃燒（大多數人並不知道無乳成分的奶精是多麼可怕的易燃物，各位就把它當成一則公益廣告吧）。

剛剛尼爾森跑出去的時候，並沒有關後門，只要我們一直躲在桌子後面，就可以成為我們的完全防線，我們把它抬起來，將它像斯巴達盾牌一樣擋在自己面前，當溫蒂與卡特爾拚命朝我們開槍的時候，我們盡速奔逃。子彈在屋內彈跳，其中一顆擊中了卡特爾。就在這個時候，溫蒂卡槍，正當她在處理彈匣的時候，瑪麗艾莉絲發現自己的鞋子附近有一小坨燃燒的奶精粉。她瞄得不夠準，但也沒關係，她把食用油砸向溫蒂的腳邊，應聲碎裂，溫蒂的膝蓋以下全都沾滿了油。

卡特爾已經換成非慣用手持槍，而且又用完了一個彈匣。桌子已經失守，木片碎屑亂飛，我知道到了下一個回合的時候，這桌子就撐不住了。

我四處張望要找東西扔過去，還沒找到可用之物，而瑪麗艾莉絲已經抓起沉甸甸的鐵鍋，宛若中心打者一樣狠揮，她揮了第二次之後，卡特爾的腦袋幾乎已經完蛋了，她轉向伊娃，在她倒下的地方收拾她，而小娜則解決了溫蒂。海倫看起來嚇得半死，但我抓住她的手，把她拉向外頭，而且以另一隻手摟住她的腰。

我向她保證，「快結束了，」

就在這個時候，一顆子彈從我頭髮旁邊飛掠而過，削掉了我的耳垂底端。是凡斯，他從花園裡朝我們走來。我把海倫推到一邊，她踉蹌回到屋內。瑪麗艾莉絲和小娜正在滅火，想必亞希子肯定用完了馬鈴薯。天知道塔佛納在哪裡，我驚覺可能就得這麼結束了。

我站起來，腎上腺素與疲憊感讓我顫抖不已，因為，老實說吧，我已經不再年輕了。

我直接面對凡斯，鮮血滴落到我的襯衫，「靠，凡斯，這是真絲耶。」

「妳自以為了不起，死到臨頭都一樣……」他舉起了槍。他按下板機，完全沒事，他並沒有再試一次。他把槍扔到一旁，伸手摸口袋，但是什麼也沒有。他一定是算錯了子彈數目，或者，不知道把備用槍放到哪裡去了，因為他什麼也沒有，他挺直身軀，脫掉外套，扭動了一下脖子。

然後，那個混蛋對我微笑，露出我見過一千次、十萬次的那種笑容。那笑容在放話，*我最清楚一切*；那笑容在放話，*我比妳厲害*；那笑容在放話，*我在這裡很安全，妳不是*；那笑容在放話，*我有大老二，所以我贏了*。

憤怒宛若海潮奔湧心頭，我覺得它淹到了我的頭頂，恐怕會讓我滅頂。然後，我聽到有人在講話，細弱而寧和，我已經四十年不曾聽到的聲音。我閉上眼睛，專心傾聽。

*能夠讓妳在這一行表現傑出的原因不是妳的怒氣，而是妳的喜悅。*

憤怒退去，取而代之的只有喜悅，強烈又張狂的喜悅。

這不是我有生以來的最美好一戰，不過，卻是最激烈的生死鬥。我用盡了一切力量攻擊他，我差點就成了他的手下敗將。我們在草地上糾纏，全身沾滿露水，一片濕滑，他的大腿扣住我的腿，雙手緊掐我的喉嚨，我的眼前一陣黑。他成功擊中我的耳朵好幾次，引發的耳鳴好嚴重，我除了自己的心跳之外，什麼也聽不見。

我看得出來，我能堅持這麼久讓他很驚訝，不過，話說回來，凡斯總是低估了女人。

我屏息，靜靜等待，把頭歪向另一側，為了製造效果，我還微微伸舌。他的雙手稍微放鬆，微微顫抖。我提醒自己，他畢竟比我了大五歲，而且因為喝雞尾酒而有點發福。

就在他雙手放鬆的那一刻，我的頭猛力往後一仰，然後撞向他的鼻子，打斷了他的鼻樑，鮮血和軟骨四飛。他踉蹌退後，我站起來大笑，「這不會是女人第一次在你面前假裝吧。」

他發出咆哮，朝我衝來，我就隨便他了。要是換作二十年之前，我大可以施展颶風戰術反擊，雙腳纏住他的軀幹，一路向上，最後以雙腳勾住他的脖子，把他甩到地上。不過，那需要耐力，我已經精疲力竭。我還剩下最後一個妙招，遊戲將會就此畫下句點，不是他死就是我亡。

他伸出雙手，再次抓住我的喉嚨，把我當成布娃娃一樣拚命搖晃，鮮血從他的斷鼻子狂噴而出。我任由他把我壓制在地，整個人壓在我身上，雙手越抓越緊，最後，我的視線已經縮為一個小黑點。我以左手抓住他的雙手，奮力想要扒開他的手指頭，但是它們堅硬如鐵。我以右手摸頭髮，取下髮夾，彈開。娜塔莉先前幫我磨尖了，它比剃刀還鋒利，當我把它插進凡斯的胳肢窩，切斷腋動脈的時候，它順滑而入，宛若在切奶油一樣。

一開始的時候，他並不知道出了什麼狀況，不過，我拔出鋒刃放在自己面前時，那根金屬已經沾滿了他的血。他一看到它就愣住，放鬆了手。趁他還沒來得及回神，我扭動臀部，把他反壓在地。我們的大腿依然夾纏在一起，我以雙腿固定住他的身體，當我站起來的時候，髖屈肌發出抗議尖叫，我使出「瘋狗」當初教我的招數，以一隻手臂繞過他的下巴，另一隻手放在他的頭頂上，當我俯視他雙眼的時候，我知道他很清楚接下來會發生什麼事。

他張嘴，但不發一語。然後我猛力一扯，手腕迅速使力，扭斷了他的脖子。他的身軀貼著我，然後又慢慢滑落而下，宛若石頭落入海底。我把他放在草地上，自己跪了下來。我流著血，氣喘吁吁，肩傷縫線綻裂，有一部分耳垂完全不見了。瑪麗艾莉絲與娜塔莉渾身瘀傷，血跡斑斑，站在花園邊緣。瑪麗艾莉絲手持斧頭，兩名保鏢的殘屍宛若薪柴一樣，堆疊在她們兩人之間。

我舉起手，揮了一下。我已經太累了，叫不出來。就在這時候，我發現有冰冷槍口緊貼著我的脖子。

「妳給我慢慢站起來……」開口的是馬丁，他手中的槍在抖動，我覺得不妙。緊張的手會誤觸板機。

瑪麗艾莉絲舉起斧頭，不過，馬丁卻把槍對準她，「不准動，不要再靠近我，我只想離開這裡而已。」

「你想要害死我們，」娜塔莉開口，「我們不會讓你得逞。」

我低聲咕噥，「天吶，小娜，妳大可以撒一下謊啊……」

他把槍緊壓著我的頸項，小娜和瑪麗艾莉絲站在原地不動。

「也許你還沒有發現，」瑪麗艾莉絲耐心解釋，「我們在這裡有朋友。你沒辦法活著離開。」

「如果我有她，我就辦得到，」他的槍壓得更深，我在猜，他也許拿到了凡斯的備用槍，我想凡斯應該不會讓他帶自己的配槍。「馬丁，」我開口，「我們保持理性，你想去兜兜風，我樂意奉陪。」

他的笑聲在顫抖，聽得出歇斯底里，「然後，讓妳趁我們獨處的時候殺了我？妳可能是老了沒錯，但我不喜歡賭這種事。」

我告訴他，「這樣的話，我覺得我們陷入了僵局……」

他緊緊抓住我，我感受到他的心跳，「不要再講話了，我只是要想一下。」

「好，那你的槍別壓得那麼緊好嗎？」我問道：「你用槍頂著我的脖子，很不舒服。」

「閉嘴，給我閉嘴！」他說。他把我拖到花園邊緣，那裡的玫瑰很茂盛，宛若睡美人安眠的灌木叢。那裡有一個小缺口，當我們兩個過去的時候，我知道他到底想要幹什麼。我們兩個都擠不進去，他打算要開槍殺我，然後拖著我的屍體，當成獨自逃亡的盾牌。

他停頓下來，舉起槍管，對準我的後腦勺。我感覺到他吐出的氣息吹拂我的髮絲，他準備開槍了。閃光，巨響，鮮血，熱燙又散發金屬味，潑濺在我的脖子上面，結束了。我轉身，看到他滑落地面，額頭上出現了與我的拳頭一樣大的洞。我摸了一下脖子，手是濕的，這是他的血，不是我的。

站在他背後的是海倫，手持康絲坦絲・哈利戴心愛的柯爾特左輪手槍，她面露微笑。

這真的就像是往日時光啊。

# 40

有個人從幽影地帶冒出來，海倫立刻把槍移過去，瞄準對方。

「喂，妳不會真的朝孕婦開槍吧？」

納歐蜜．尼迪雅走向馬丁的屍體，她披著巴寶莉風衣，貼身T恤裹住了腹部。

娜塔莉開口問道：「妳現在這樣真的適合飛行嗎？」

納歐蜜聳聳肩，「過了第二孕期之後，通常不成問題。我知道我的肚子看起來很大，但這都已經是第三胎了。」她舉起雙手，讓我們可以看個清楚，「我等一下要把手伸入外套口袋裡，海倫，妳不要對我開槍……」說完之後，她緊盯著海倫。

海倫點點頭，納歐蜜把手伸入口袋，拿出了某個綠色的東西。她旋開瓶蓋，喝了一大口，還發出響嗝。就在那一瞬間，我想到了那可能是汽油或是燒夷彈，或者她可能帶來的百種攻擊物之中的某一種。不過，她喝了一口，狠狠灌了一大口，然後打了一個響嗝。

「靠，舒服多了，這是薑汁汽水……」她向我們解釋，展示標籤，「可以舒緩孕吐。」

瑪麗艾莉絲問道：「還在害喜啊？」

納歐蜜扮鬼臉，「妊娠劇吐。」

娜塔莉點點頭，「凱特王妃也一樣，超慘。」

「我每次懷孕的時候都病得很厲害，通常在第一孕期之後就沒問題了，但是旅行會造成復發……」納歐蜜說完之後，又意味深長地看了我們一眼。

我開口，「哦，可是我們沒有請妳來……」

「的確沒有，」納歐蜜回我，她以自己的運動鞋踢了一下馬丁的腳，「我一路跟蹤他過來的。」她瞄了一下海倫，「我知道這是妳的專長，不過，拿槍對著我會讓我有點緊張。也許妳可以把手放下，我保證不會有任何突然的動作。」

海倫思索了一會兒，「妳讓娜塔莉搜身。」

納歐蜜搖頭，「不要吧。我已經飛越了大西洋，但我不會再讓這個寶寶冒任何風險。我沒有帶武器，因為我無意與妳們有任何衝突。在過去這十二個小時當中，我只吃了乾巴巴的土司，而且幾乎讓我食不下嚥。我從昨天到現在都還沒睡覺，而且我的妊娠痔瘡應該腫脹得很厲害，所以我現在沒那個心情被別人搜身。娜塔莉，我沒有冒犯妳的意思。」

娜塔莉請她安心，「沒問題……」

「妳好可憐，」瑪麗艾莉絲說：「要不要吃點什麼？盡量吃個蛋吧？」

納歐蜜在發抖，「謝謝，不用了。我想要解決問題，然後趕緊離開這裡。」她盯著海倫手中的槍，「我是『來源處』的人，不是『展覽處』，」她提醒海倫，「妳可能六十歲了，但是妳受過正規的野外訓練，而且在我還沒出生之前，妳就已經開始殺人。要是我現在得評估戰鬥的勝算，我會說妳贏的機率比較高，十比四。」

海倫問道：「為什麼只有十比四？」

納歐蜜冷冷回她，「因為我們打架的唯一可能就是妳先動手，然後我會為了保護這孩子而拚戰到底，而且我的個性很凶狠。」

海倫思索了一分鐘之久，然後垂放手臂。

納歐蜜態度一本正經，「謝謝……」她環視大家，指著馬丁額頭的洞，「我猜這是妳們的傑作……」

海倫點頭，納歐蜜彎身，一手放在自己的肚子下面，仔細檢視傷口。它還在滲血，緩緩流入他還睜大的眼裡，在鼻子皺褶裡匯聚成了小池塘，「有一點偏左，但非常不錯，他似乎很驚訝。」

我告訴她，「的確……」

她伸手為他闔眼，然後挺直身軀，又喝了一大口薑汁汽水。她搖頭說道：「笨蛋……」她從口袋裡拿出手機，撥打某個號碼，「我需要善後小組。」她給了本斯肯姆宅邸的地址，「要快，要安靜。在花園裡。」她停頓了一下，環顧四周。「還有哪裡需要清理的嗎？」

我告訴她，「房子裡到處都有保鑣的殘屍……」我告訴她，「廚房裡也有，但應該已經被燒光光了，凡斯．吉爾克里斯特在溫室旁邊。」

她挑眉毛，但沒有回我話。她把這段話轉述給電話另一頭的人，沒說再見就掛了電話，「二十到三十分鐘。」她四處張望，「我本來可能要去劍橋念書，但我畢竟來自亞特蘭大，這種冰冷天氣讓我覺得好刺骨，我們還是進去吧。」

她前往花園棚屋，而我們其他人則環顧四下。納歐蜜已經無縫接軌地掌控全局，我們也可以考慮制服她——她現在的體格根本不適合戰鬥，而且，她是「來源處」的一員，她所接受的訓練完全不像我們那麼完整。我們的底線是，如果我們願意的話，當然可以取她的性命。

但是我們並沒有做出這種抉擇，反而跟她進入花園棚屋。亞希子與米恩卡也在那裡與我們會合，她們幫我們堆疊了好幾個土壤覆蓋物大袋，讓納歐蜜可以坐下來。我懶得去找塔佛納。他已經按照我們當初的指示，在狀況沒有問題的時候趁空溜走，要是他能夠待得夠久並看到結局該有多好。

等到大家都準備好之後，納歐蜜開始講話。

「首先，依我判斷，是妳們殺死了凡斯・吉爾克里斯特、提耶利・卡拉帕茲，以及他們的保鏢。」

我接著補充，「還有鞏瑟・帕爾。」

她瞇眼盯著我，「他們判定是自然死亡，心臟病發作的時候因為蘋果而窒息身亡。」

「瑪麗艾莉絲和我以尼古丁原料的敷泥料塗抹他全身之後，我把一小塊蘋果塞入他的氣管裡面。」

納歐蜜張口，本來想要說些什麼，卻又闔上嘴巴。然後她爆出大笑。「各位女士，真是太令人驚豔了，真正的老派手法。」她又喝了一口薑汁汽水。「好，死亡人數又添一筆。妳們有幫手嗎？」

「沒有……」我接得超順。

她看了大家，但是沒有人會透露塔佛納的身分。她點點頭。「好吧，妳們都在我面前撒謊，但我知道了，妳們在保護某人。沒關係。不過，要是妳們不告訴我真相，我就無法保護妳們。」

瑪麗艾莉絲問道：「保護我們？」

納歐蜜表情冷靜，「有一整個組織的人為了豐厚賞金要追殺妳們。既然現在由我負責，我就有權可以取消。所以，沒錯——我來這裡是為了保護妳們。」

海倫問道：「為什麼？」

納歐蜜伸手指向花園，馬丁的屍體正在逐漸變冷，「因為妳們除掉了那個小混蛋，為我省去了麻煩。」

娜塔莉雙眼睜得好大，「妳在追蹤馬丁？」

「在過去這兩年、將近三年的時間當中，我一直在觀察他。他巴結董事會，承擔額外的工作，永遠是大家的救兵，有點完美過頭了，這讓我很不爽，」她說道：「所以我開始留意這傢伙。」

瑪麗艾莉絲開口，「妳怎麼監視他？」

納歐蜜微笑，「每逢董事會的季會，我向他們進行簡報的時候，馬丁也在那裡。我在他的電腦上安裝了按鍵記錄器，也在他的手機上安裝了間諜軟體。只要花十分鐘的時間，我就能看到他做的一切，每一筆搜尋紀錄，每一封電郵，每一個他策劃的骯髒小動作。我還知道他在『憤怒鳥』玩到了哪一個等級，我知道他銀行帳戶裡的錢超過了他的敘薪等級，而且我知道他得了讓他的醫生憂心忡忡的足癬，因為花了好久時間才清理乾淨。」

娜塔莉低聲說道：「好嗯……」

納歐蜜大笑，「還有他的同人誌小說，我就不提了，一定會讓妳們瞠目結舌。」

「所以妳看到了他的一切舉動，」我緩緩說道：「包括了設計我們。」我死盯著她，而她完全沒有要退讓的意思。

「對，的確，但我知道我完全無法證明。只要是我拿給董事會的證據，他都可以反咬我在他的電腦與手機安裝設備，目的就是為了我的一己之私要陷害他。而且，妳覺得他們會聽我的話嗎？他們自己都搞了一堆勾當。」她喝了最後一口薑汁汽水，發出悠緩低沉的打嗝聲，「這寶寶正在對我慢慢索命。」

米恩卡開口，「妳需要更多的薑。」她從口袋裡拿出一罐薑糖，遞了過去。納歐蜜拿了一塊，開始吮吸薑糖。

米恩卡語氣嚴厲，「只要妳對我的朋友好，我就會對妳好……」

我告訴她，「米恩卡，坐下來，妳的烏克蘭性格又冒出來了……」

納歐蜜抬頭，「烏克蘭人？」她講了好幾句話，米恩卡臉龐一亮，以我從來沒聽過的雀躍語氣回話。

海倫問道：「妳會講烏克蘭語？」

納歐蜜聳聳肩，「我會說十七種語言，大部分都是為了工作，烏克蘭語只是純粹好玩而已。」

娜塔莉說道：「妳的『多鄰國』分數一定嚇死人。」

納歐蜜微笑，「好，沒錯，比莉，我要回應妳幾乎毫不掩飾的指控，我發現馬丁陷害妳們，董事會發佈了格殺令，我一度想要向妳們示警，但最後還是決定作罷。董事會認為四個大嬸——這是他們的用詞，不是我講的——根本不是布拉德．佛葛帝的對手。所以他們只在郵輪上面安排了一名殺手，他們以為妳們永遠不會發現他。但我覺得他們搞錯了，妳們是老手，有強烈直覺，知道要眼觀四方，而且妳們救了自己，我本來就猜測妳們辦得到。」

亞希子突然插嘴，「妳拿她們的生命做賭注……」

納歐蜜根本連眼睛也沒眨一下，「我的這一場冒險是經過了精算，我們這一行就是如此，」她繼續說道：「當他們發現妳們成功跳船的時候，董事會陷入分裂，帕爾傾向就這麼算了，一開始的時候，最不想要簽署格殺令的人就是他，不過吉爾克里斯特與卡拉帕茲卻對他施壓，他終於同意放行。他們覺得妳們可能會找朋友尋求答案，所以他們早就盯上了史威尼。」

我提出猜測，「他們竊聽他的手機，派尼爾森去執行任務，以免史威尼搞砸一切……」

「正是如此。那一場任務失敗之後，他們認為妳們離開了紐奧良，但無法確定妳們在哪裡，這一點讓吉爾克里斯特氣瘋了。卡拉帕茲決定自己窩在巴黎就好，而且保鏢人數加倍。帕爾一直不覺得妳們有膽量出來找他們，所以他繼續進行水療之旅。我覺得他搞錯了，」她舉手向我們敬禮，「帕爾是有慣性的生物。妳們能夠找到他，我不意外，但是卡拉帕茲一定更難對付。妳們是怎麼辦到的？」

我們向她詳細說明整個流程，她面露欽佩神情，「妳們在根本不知道的狀況下就拿走了床上的那一份檔案？」

我聳聳肩，「也許我潛意識裡把它當作了『博物館』的任務。我不知道，拿走它就是我的直覺反應。當我在閱讀的時候，注意到了紙頁邊界的代碼，發覺編纂者是馬丁。」

瑪麗艾莉絲插話，「當然，馬丁並沒有意識到自己留下有關托爾瑪許那段話的時候，比莉已經盯上他了……」

我微笑說道：「他以為自己神不知鬼不覺……」

「他需要某種方式讓妳們知道那幅畫在托爾瑪許，這樣才能引誘妳們踏入凡斯的陷阱……」

納歐蜜已經逐步拼湊出一切。

我補充剩下的部分，「我們不知道哪裡是這齣陰謀的起始點，不過，我們在那時候已經知道凡斯和馬丁在共享情報。只能靠我們扭轉局勢、讓他們來到這裡自投羅網，這種計劃才能奏效。」

「所以妳大搖大擺地走進托爾瑪許，把自己送上門，」納歐蜜看了我一眼，充滿讚許，「妳真有膽識。」

我聳肩以對，「他們的目標是我們四個人。我猜在我們四人會合之前，我應該安全無虞。凡斯這四十年來一直對我有敵意，逼我得眼睜睜看著他殺死我的朋友，對他來說是一點精采的額外獎勵。」

納歐蜜更用力吸吮薑糖，翻白眼。「我不知道這算是我吃過的最好還是最糟糕的東西。」

米恩卡回她，「龍舌蘭酒也讓我有相同感覺……」

「妳們把帕爾之死偽裝成自然死亡，真是高招，」納歐蜜繼續說道：「卡拉帕茲和吉爾克里斯特曾經對於要如何處理爭執不下，卡拉帕茲覺得他只需要等妳們精疲力竭。他認定妳們沒有資源進行一系列謀殺，尤其目標還是他們。而吉爾克里斯特比較謹慎，當妳們幹掉卡拉帕茲的時候，他決定最好的防守就是進攻。」

海倫插嘴，「安圭索拉的話被送去拍賣，就是為了要把我們引出來……」

「的確奏效，」納歐蜜再次微笑，「總有一天我會弄清楚整起事件的來龍去脈。不過，我聽到花園裡有聲音，善後小組已經到了。」

# 41

我們待在花園棚屋裡，盯著身穿低調灰色連身衣的工作人員以帆布裹好屍體，整齊堆放在某輛廂型車的後面，砰一聲關上後門，沒有和任何人對話，直接驅車離去了。

娜塔莉問道：「他們要把屍體送到哪裡？」

「布里斯托郊外有一處工業級垃圾焚化爐，負責我們在英格蘭南部與威爾斯的需求，而英格蘭北部與蘇格蘭又是另一個部門，」納歐蜜繼續解釋，「骨灰會被倒入垃圾掩埋場。在一個小時之內，屍體的所有痕跡都會消失無蹤。」她東張西望，「純粹出於好奇，妳們本來打算要怎麼處理？」

我告訴她，「有討論過要餵豬……」

她點點頭，「在鄉下地方，餵豬一直是不錯的選擇。」她看了一下大家，「好，我們來討論一下未來吧。女士們，我來這裡是要提供妳們某個方案。」

納歐蜜簡述條款內容，然後我們又稍微討價還價了一下，最後達成協議。沒有人會寫下任何文字，這是靠著薑糖與娜塔莉口袋裡的迷你伏特加瓶所訂下的君子協定。

我開口作結，「撤銷我們的格殺令，恢復我們的養老金，而在選出另一個董事之前，就由妳擔任代理董事……」

瑪麗艾莉絲握住亞希子的手，「我們可以回去過自己的生活……」這一次亞希子乖乖順從，沒有任何違抗，我想她們之後就不會有任何問題了。

「對，但不是馬上，」納歐蜜提醒她，「我要確認每個人都知道妳們再次得到『博物館』的重用，所以，先保持低調一陣子，沒問題吧？」

「我要去日本，」娜塔莉突然開口，「我一直想要學花道。」

亞希子望著瑪麗艾莉絲，微笑說道：「我們就去挪威吧，帶凱文前往他的祖先之地。」

她抓起凱文的爪子，他發出充滿睡意的低吼。

我詢問海倫，「妳呢？」她深呼吸，凝望這棟屋子。除了廚房之外，火勢並沒有波及其他地方，而善後小組已經完成了滅火工作。花園裡依然有煙味籠罩，

我覺得接下來這幾天我們的頭髮依然會有味道。

「我得要好好整理房子，現在已經準備好要動手了，」海倫態度堅決，「妳呢？」

我想到了某個希臘小島，塔佛納和我在上輩子的時候曾經共居了一個月的地方。

我們租了一間盤踞在懸崖頂端的農舍，可以俯瞰湛藍無比的海洋，那種藍之極致會讓你無法想像這世界上還有其他顏色。隨風而來的是香草與海鹽的氣味，而且每一天驕陽逞威的姿態宛若是某個神祇的戰車輪。

「希臘……」我突然冒出口，「我會去希臘。」

米恩卡糾正我，「我們會去希臘。」

我微笑。我會讓她當跟屁蟲，而且讓她短待一陣子，然後，我會姿態溫柔地把她踢出去，讓她好好看一看這個世界。她需要一場空檔年的冒險，等到她離開之後，我心想，就會有時間了，擁有這世界所有的時間，我想到了塔佛納。曬點太陽對他身體好，尤其是在我的花園裡裸身練太極的時候。

納歐蜜暫時離開去上洗手間，等到她回來的時候，其他人開口道別，我送她離開。我刻意繞路，在書房停留了一會兒，站在那幅依然掛在褪色壁紙上的那幅畫作前面，她端詳了足足有一分鐘之久，「是阿斯特賴亞……」她指向畫中的天秤與劍。

「妳知道她？」

她露出了然於心的微笑，「我的碩士論文是寓言與隱喻在義大利巴洛克時期所扮演之角色。」

「那麼妳一定懂得為什麼這幅畫對康絲坦絲．哈利戴來說這麼重要，」我說道：「她所捍護的一切，還有『博物館』曾經捍護的一切。」

「我懂。而且，相信我，我保證，它會恢復原貌。」

我們握手道別後，她就離開了。我不知道她把車子停在哪裡，我也沒有問。她就這麼默默消失在黑暗之中，一如她到來時的姿態，我這才驚覺她所受的訓練可能比我們想像的更紮實。

我走到外頭，緩和自己的吐納，天氣很冷，超級冷，但我還是捨不得離開。

快要破曉了，花園裡一片漆黑，當天色轉灰的時候，夜鳥在歌唱。這些夜鳥很疲憊，而且鳥囀越來越小聲，但牠們依然在歌唱，繼續唱個不停，直到樹林的那一頭出現破曉天光。

# 作者的附註

一般作家會在這裡寫下大大的結局，然後故事在此劃下句點。但我不是一般作家，這個故事永遠不會結束。我更動的幅度足以讓你找不到我們的行蹤，就算你想這麼做也辦不到。而且，你真的不應該輕言嘗試，很多人莫名其妙就死了，我懂；我是過來人。

# 致謝

這本書是一場信任後倒遊戲，而且準備接住我的人已經讓我算不完了，但還是有一些特別感謝的對象，我欠這群人一輪酒：

感謝帕蜜拉・霍普金斯，是我的經紀人、好友，也是在業界之中第一個押寶我的人，希望我的表現能夠讓妳感到驕傲。

感謝丹妮兒・培瑞茲，充滿天份的編輯，某天打電話給我，對我說道：「我們覺得妳應該要寫一部熟齡女子的書。」妳一直不肯放過我，這本書可作為明證。

感謝珍・辛德的慷慨與編輯視角，我們的**殺手們**因為如此而變得更加豐富。

感謝克萊兒・席安的鼓勵、熱情，以及飲酒時的鼓勵談話，促成了這本書問世。

感謝克萊格・博克給了這本書絕妙無比的書名，你是**殺手們**的法定教父。

感謝柏克萊藝術部門創造出絕對**傳奇**的精采封面。

感謝伊凡・赫爾德與珍－瑪莉・赫德森賜予我機會成為富足的人，還可以殺幾個人。

感謝羅倫・賈格斯和塔拉・奧康納當我的啦啦隊，妳們絨球的誇張程度無人能及。

感謝傑絲・曼奇卡羅的無比耐心，以及面對我科技障礙時絲毫未減的善良鼓勵，我好崇拜妳。

感謝甘蒂絲・庫特一路持續不懈。

感謝米雪兒・韋加接棒，成就了這個家。

感謝瓊蜜・威爾汀以及「作家空間」小組關注細節，讓這個數位之家保持清爽。

感謝安潔莉・馬斯特茲為「薇若妮卡・史畢得威爾」系列作發生的卓越貢獻。

感謝柏克萊與企鵝藍登書屋的所有成員，我真的要向每一位致謝，這一路走來有各位相伴，讓我開心無比。

曾經挑選了我的某一部作品又心懷善念的所有書商、圖書館員、書迷網紅、評論者、讀者，感謝各位散播了對書本的熱情。

感謝我的人體知識萬事通，對於我的簡訊出現「所以我需要殺人……」這種開場從來就是面不改色的好友，查維斯・史塔頓－馬雷洛。

感謝艾瑞兒・洛赫恩以及羅琳・威列格，她們都接過我的驚恐電話，包括了這樣的疑問，**「但怎麼會這樣？」**

塔夏・透納、費莉西亞・葛洛斯曼、珍妮・雷・拉帕波特、勞倫・康拉德、史黛西・艾格登，以及布里娜・史塔勒，感謝你們大方與我分享了猶太信仰。

感謝布雷可・雷耶爾斯，我最愛的好友，妳的支撐力道就跟絲襪一樣強大。感謝你的電話、簡訊、腦力激盪，還有最重要的那一句話，「要是妳下筆真誠，絕對不可能會失敗。」我的電腦依然貼著這段話。

感謝「毯子碉堡」的其他人，謝謝你們的圖檔、圈內人的笑話，還有百分百的搞笑能力，我們是同一族類。

感謝艾莉．特洛塔，當我把這本書的消息告訴妳的時候，謝謝妳興奮吼叫得這麼大聲，害我必須放下電話，還要謝謝妳三不五時的鼓勵簡訊。

感謝推特網友們，天天帶給我歡樂與舒緩，謝謝各位當我的虛擬飲水機。

感謝我的女兒和每一句的「**妳沒問題啦**」訊息。

感謝我的父母與操煩的一切家務，痛苦承受的心情，還有哭乾的淚水。

感謝我的丈夫與一切。

感謝每一位認同女性又深感憤怒的人，姐妹們，我懂得妳們的心情，這是獻給各位的書。

Storytella 237

殺手同盟
Killers of a Certain Age

殺手同盟/蒂娜.芮柏恩(Deanna Raybourn)作；吳宗璘譯.
-- 初版. -- 臺北市：春天出版國際文化有限公司, 2025.04
面 ; 公分. -- (Storytella ; 237)
譯自：Killers of a Certain Age
ISBN 978-626-7637-58-6(平裝)

874.57 114001932


ISBN 978-626-7637-58-6
Printed in Taiwan

This edition published by arrangement with Berkley, an imprint of Penguin Publishing Group, a division of Penguin Random House LLC. through Andrew Nurnberg Associates International Limited

作　者　蒂娜．芮柏恩
譯　者　吳宗璘
總編輯　莊宜勳
主　編　鍾靈

出版者　春天出版國際文化有限公司
地　址　台北市大安區忠孝東路四段303號4樓之1
電　話　02-7733-4070
傳　眞　02-7733-4069
E—mail　bookspring@bookspring.com.tw
網　址　http://www.bookspring.com.tw
部落格　http://blog.pixnet.net/bookspring
郵政帳號　19705538
戶　名　春天出版國際文化有限公司
法律顧問　蕭顯忠律師事務所
出版日期　二〇二五年四月初版

定　價　430元

總經銷　楨德圖書事業有限公司
地　址　新北市新店區中興路二段196號8樓
電　話　02-8919-3186
傳　眞　02-8914-5524
香港總代理　一代匯集
地　址　九龍旺角塘尾道64號 龍駒企業大廈10 B&D室
電　話　852-2783-8102
傳　眞　852-2396-0050